彩雲国物語

十五、暗き黄昏の宮

雪乃紗衣

角川文庫
23320

目次

『彩雲国物語』　主な登場人物

紅《こう》秀麗《しゅうれい》　名門だが貧しい紅家の娘。女性初の監察御史となる。

紫《し》劉輝《りゅうき》　彩雲国国王。秀麗に想いを寄せている。

李《り》絳攸《こうゆう》　文官。黎深の養い子。秀才だが方向音痴。

藍《らん》楸瑛《しゅうえい》　武官。劉輝に忠義を尽くすために羽林軍将軍位を捨てる。

茈《し》静蘭《せいらん》　紅家に仕える家人。実は劉輝の兄である清苑《せいえん》公子。

浪《ろう》燕青《えんせい》　茶州で秀麗の副官を務めた有能で頼りがいのある男。

鄭《てい》悠舜《ゆうしゅん》　宰相として王を支える。紅家の天才軍師・「鳳麟」の当代。

榛《しん》蘇芳《すおう》　地方を巡る監察御史。秀麗の暴走を止める存在。

リオウ　仙洞令君（長官）。縹家の生まれだが、異能を持たない。

旺《おう》　季《き》　門下省長官。貴族派の重鎮。

葵《き》皇毅《こうき》　御史台の長官。秀麗の上官。名門貴族・葵家の唯一の生き残り。

凌《りょう》晏樹《あんじゅ》　門下省次官（副官）。旺季の腹心。

十三姫《じゆうさんひめ》　藍家の姫で、楸瑛、龍蓮の異母妹。武芸に秀でている。

藍龍蓮《らんりゆうれん》　楸瑛の弟。天性の才を持ちながらも、流浪の旅に出ている。

霄太師《しようたいし》　朝廷の重鎮。

司《し》馬《ば》迅《じん》　楸瑛とは昔なじみで、十三姫の元許嫁。

紅邵可《こうしようか》　秀麗の父親。暗殺集団「風の狼」の頭領「黒狼」だった。

紅黎深《こうれいしん》　邵可の弟。兄と姪の秀麗に執心な天つ才を持つ男。

紅《こう》玖《く》琅《ろう》　紅家三男。紅州で紅家を守る。

柴《さい》　凜《りん》　悠舜の妻で発明家。以前は全商連茶州支部長を務めていた。

羽《う》　羽《う》　仙洞令尹（副官）。高齢だが優れた術者。

縹璃桜《ひようりおう》　縹家の当主でリオウの父。不老体質で秀麗の母・薔薇姫を愛していた。

薔薇《ばら》姫《ひめ》　彩八仙の一人。紅仙。かつて縹家で囚われの身だった。

珠《しゆ》　翠《すい》　元・後宮筆頭女官。縹家の血をひき、異能を顕現させた。

縹英姫《ひようえいき》　故・茶鴛洵《さえんじゆん》の妻。

山の彼方《かなた》、虹《にじ》の向こうには、『幸い』がある——。

＊　＊　＊

一足《ひとあし》一足踏みしめ、彼女は弟を連れて深山《みやま》をのぼる。時折、獣の痕跡を見つけるのみで、人跡はとうに途絶えている。

（……『幸い』？）

彼女は唇《くちびる》を歪《ゆが》めた。誰《だれ》がそんなことをいったのだろう。誰であろうと、きっとその者は知っていたのだ。己《おのれ》が虹の向こうには永遠にたどりつけないことを。

自分の惨《みじ》めな運命は変わらないことを。

彼女は弟の手を引き、時には負ぶって、道なき道を分け入り、一心不乱に山を登りつづけた。朝、袖を通したばかりの巫女装束は泥やかぎ裂きだらけで、二目と見られぬ無残な有様になっていた。素足に草鞋《わらじ》をはいただけの足は草で傷だらけで、肉刺《まめ》がいくつも潰《つぶ》れて血が滲んでいた。喉がヒューヒューと鳴る。彼女は生まれてこの方、こんなに歩いたことはなかった。

……霧《きり》が出てきた。

ざわざわと、山が不気味な音を立てて梢《こずえ》を鳴らす。動物たちは姉弟《きょうだい》をうかがうかのように静かだった。草木にひそんで無数の目で幼い姉弟をじっと見つめている——その気配だけを彼女は感じた。

霧の中を気の遠くなるほど弟と一緒《いっしょ》に歩き——腕《うで》や足の感覚も、時の感覚もとうになくなったころ、不意に霧が晴れた。

目に飛び込んできたのは、天をつくようにそびえ立つ槐《えんじゅ》の巨木《きょぼく》。

大人五人が手を伸ばしてようやく囲めそうなほどの巨大な幹。見上げてもてっぺんが見えない。まるでこの世の初めから存在していたように思える。その槐の木は底知れぬ霊威に満ちていた。恐《おそ》ろしくもあり、神々《こうごう》しくもある威容《いよう》に圧倒《あっとう》され、自分が立ちすくんでいることにさえ、彼女は気づかなかった。生まれてから、一度たりとも何かに心を動かしたことのない彼女の弟さえ、ゆっくりと槐を見上げて瞬《まばた》いた。

黄泉《よみ》との境目、天界への第一の門であると言われる槐の木。

あまりに槐が大きすぎて気づかなかったが、木の下には泉がこんこんと湧《わ》きいで、傍《そば》には古ぼけて小さな祠《ほこら》が一つ、時に置き去りにされたようにポツンと立っていた。しゃがんで拝む程度の簡素な祠で、槐が風雨から守っているのか、壊《こわ》れた様子はなかった。

彼女は弟を負ぶって、足を引きずりながら泉に近づいた。祠に、次いで泉に跪拝《きはい》する。

「聖なる山と泉の神よ……どうかしばしの休息をお許したもれ」

弟に水を飲ませ、顔や手足を絞った布で綺麗に拭いてやり、乱れた髪や衣服もできるだけ整えてやった。その間、弟がしたことといったら、パチリと何度か瞬いただけだった。

弟の世話をし終えると、彼女も泉の水を飲み、身繕いをした。水鏡には青ざめた娘が映っていた。

太陽が傾《かたむ》き、辺り一面、黄金色《こがねいろ》だった。いったいいつの黄昏《たそがれ》なのだろう。弟を連れて逃《に》げたのは、たった今朝の出来事？　でも霧の中を、何日も歩いていたような気もする。

たった一日でも、数日が経《た》っていたとしても、追っ手がかかっているのは間違《まちが》いない。

父は、きっと娘《むすめ》が〝外〟へ逃げたと思っているだろう。

（……〝外〟へ、逃げれば、わたくしにも別の世界が、運命が、開かれるのであろうか）

山の彼方、虹の向こうには、『幸い』がある――その言葉どおりに？

落日が、彼女の全身を茜色《あかねいろ》に染めていく。彼女は目を閉じ、小さく笑った。生まれ育った宮と一族に背を向けて、彼女は弟の元《もと》へと戻った。

小さな弟を膝《ひざ》に抱《だ》きあげ、優雅《ゆうが》に腰《こし》を下ろす。

「……たくさん歩かせて、疲《つか》れたであろ。すまなかったの、璃桜《りおう》。今日は二胡《にこ》は弾《ひ》いてやれぬが、かわりにたくさんお歌をきかせてしんぜるゆえ、許してたもれ」

彼女は囁《ささや》くように、璃桜の耳元で子守歌《こもりうた》を歌った。璃桜は聞いているのかいないのかわからない風情《ふぜい》で、ただパチリパチリと瞬くのみ。それでも彼女は何曲も歌ってきかせた。

黄金の炎《ほのお》を放ち、太陽が沈《しず》んでいく。その大いなる姿が完全に消えたそのとき。

昼と夜の薄暮《はくぼ》の境界で、槐の木が揺《ゆ》れた。泉が小波《さざなみ》を立てる。

世界が、変わる音がした。彼女は弟を抱きしめ、優しい歌を歌い続ける。

黄昏——逢魔《おうま》が時。

翼《つばさ》の音が聞こえた。仰向《あおむ》けば、闇《やみ》さながらの大鴉《おおがらす》が一羽《わ》、槐の枝に留まっていた。その肢《あし》が三本に見えたのは、気のせいだったろうか。

薄闇《うすやみ》の中、忽然《こつぜん》と一人の男が姉弟の前に立っていた。波打つ黒炭の髪《かみ》、黒ずくめの衣《ころも》をまとい、永遠の虚無《きょむ》をのぞきこんだが如き黒々とした双眸《そうぼう》には優しさのかけらもない。

夜の王のような男だった。娘は驚《おどろ》きもせずに歌をやめ、礼を尽《つ》くして跪拝をした。

「……禁域に分け入ったこと、お許しくださりませ。黄昏の門の主《あるじ》、闇を司《つかさど》る狭間《はざま》の君……」

瑠花《るか》がつづいてある称号《しょうごう》を呟《つぶや》くと、男は意外そうにした。

「……これは、驚いたものだ。何千年ぶりかな。黒仙《こくせん》ではなく、まさかその称号を聞こうとは」

男は瑠花のほっそりした顎《あご》を指先ですくいあげた。凍える指先だった。

「娘、なぜここへきた？　父親とおのが運命から逃げるのならば、まるで反対だろう」

「……逃げるために、出てきたのではありませぬゆえ」

「生まれいでし時より父に憎まれた娘よ。誰からも愛されぬ娘よ。それでもお前は父を憎まず、ここで死を選ぶのか？　人形の弟と共に？」

璃桜は、パチリと瞬《まばた》きした。瑠花は人形と言われた弟の頭を撫《な》でた。

……生まれたときより、表情もなく、言葉もなく、泣きも笑いもしない。産声《うぶごえ》も上げなかったという。腕を引けば歩き、水を飲ませれば嚥下《えんか》する。だが、それだけだ。その漆黒《しっこく》の瞳《ひとみ》には何も映さない。まるで生きることを拒否《きょひ》するように。捨て置かれた弟を、瑠花だけが慈《いつく》しんだ。牛の乳を含《ふく》ませ、朝な夕なに膳《ぜん》を食べさせ、二胡を弾き、忘れられた物語を語った。

父に愛されずとも、宮の片隅《かたすみ》で、そうして弟と静かに過ごしていられればよかった。

だが、他《ほか》ならぬ瑠花自身が気づいていた。いつかそんな日々に、終わりがくることを。

その日がきたと知ったとき、瑠花は弟を連れて天空の宮を出た。

逃げるためではなく、終わりにするために。

「……大いなる御方《おかた》、それ以外、何ができましょうや？　我が父様《ととさま》のために」

「父に幽閉《ゆうへい》され、術を封印《ふういん》され、何度も洗脳され、毒を盛られてのたうち回っても死ななかった憐《あわ》れな娘。それでもお前はあの狂《くる》った男を父というのか？」

瑠花は弟をあやしながら、ポツリと呟いた。偽りのない言葉を。

「父《とと》は父《とと》じゃ。どんなに疎《うと》んじられても、この世にたった一人の、わたくしと璃桜の父様《ととさま》じゃ」

ふと、男から冷たい雰囲《ふんい》気《き》が、波が引くように引いた気がした。

「……父の犯《おか》した罪ゆえに、人にはすぎた異能と、父殺しの宿星《しゅくせい》をもって生まれた娘よ」

強大な異能と、予言されたその禍《まが》つ宿星ゆえに生まれたその日から父に憎《にく》まれた娘。

それは娘のせいではなかった。父親のした因果が巡《めぐ》ってきたにすぎぬ。父親の人としてのすぎた望みと執着《しゅうちゃく》、歪《いびつ》な在りようが、巡り巡って瑠花と璃桜という形で生まれたのだ。

娘自身も、そのことを知っていて、なお。

「それでもお前は、父を愛したのか」

この世にたった一人の父であると。

「……父様がわたくしに死ねとひと言命じてくだされば、いつでもこの喉《のど》をかききってさしあげた。じゃが、父様は一度たりともわたくしのもとにはきてくださらなかった」

ただの一度も、娘と相対しようとはしなかった。

瑠花を幽閉するときも、異能を封印するときも、洗脳するときも、他の術者にやらせた。

瑠花が抗わずすべてを受け入れても、父は瑠花の心を測ろうとはしなかった。

会いにくることも、ぶつことも罵《ののし》ることさえなく、ただ娘を恐れ、逃げつづけた。

今でさえ、十にもならぬ幼女を。

「……生きる、甲斐《かい》も、ない。たった一人の親にさえ、望まれぬのでは」

瑠花は弟の髪を梳《す》いた。

「……わたくしだけならよい。でも父様は璃桜の不老長命にも気づいてしまった」

すでに八十も間近になり、ますます寿命《じゅみょう》に固執《こしゅう》するようになった父は、璃桜の特異な体に気がついた。異能のない弟が、唯一生まれながらもった時を止める体。

その、稀《まれ》な肉体を欲《ほっ》した。

瑠花はただちに弟を連れて宮を出た。強欲な魔の手が弟をさらう前に。

「なぜ逃げなかった。どこまでも遠くへ。山の彼方、虹の向こうへ。――〝外〟へ」

瑠花は振《ふ》り絞《しぼ》るように落涙《らくるい》した。思い出す限り、一度も泣いた記憶《きおく》はなかった。

「……なんのために？　わたくしは知っておる。どこに逃げても、〝幸い〟などありはせぬ。――ここにしかない。生まれた家、狂った父、歪《いびつ》な一族。閉《と》ざされた我が天空の宮。それでも、それがわたくしのすべてじゃ。誰もわたくしを愛しはせぬと知っていても。弟が一度もわたくしを見なくても、わたくしは愛しておる。わたくしの幸せは、ここで見つけるしかない」

――ここで見つけるしかない。

男は目を細めた。幼い娘は、多くの蒙昧《もうまい》な人間と違って、知っていたのだ。

世界の果てまで逃げても、夢のごとき桃源郷《とうげんきょう》などありはしないと。

掌《てのひら》の冷たい現実の中でしか、おのれの〝幸い〟は見つけられないことを。

幸せのありかを知っているのに、その場所は娘を拒絶《きょぜつ》しつづける。

「もはや居《お》れぬ。このままではわたくしは、――きっと父様を殺してしまう」

殺すしかないと、思う日がくる。自分が狂った父に見切りをつける日を、予言された宿命のとおりに父を殺す日がくることを、瑠花は恐れた。

「……父殺しの予言を受けた娘を、父様が憎むのは当然じゃ。仕様のない、ことじゃ。たった一人の父様を殺さぬためには、わたくしが先に去《い》ぬしかない」

逃げることも、家に残ることもできなかった。弟を置いてゆくことも。

人形のような弟。死んでいるも同然なのだから、体を使って何が悪いと言い切った父。

……父と一族の娘たちとの間には、璃桜のような『白い子供』が大勢生まれた。ほとんどが短命で、生まれてすぐに死ぬか、長らえても二十歳《はたち》を迎《むか》えることは稀だった。

おそらくはそれが、人の身でむりやり天の月を——仙女《せんにょ》を引きずり落とした禁忌《きんき》の代償《だいしょう》。

それでも異能の子供が生まれる確率もまた高く、父は子供を産ませつづけた。物言わぬ『白い娘』たちを〝薔薇姫《ばらひめ》〟の憑坐《よりまし》として使い潰《つぶ》して。

父の言葉は正しいのかもしれない。弟が、生きているのか、いないのか、瑠花にもわからない。カラッポの弟。どんなに慈しんでも、何一つ返ってはこない。瑠花を見ることもない。

それでも瑠花は、父の言葉に頷《うなず》くことはできなかった。

「——お前には、できぬよ」

男は素っ気なく言い放った。

「お前に自殺などできはしない。ゆえに、この山へのぼってきたのだろう。自ら死ぬことができぬゆえ、殺されることを選んだわけだ。獣《けもの》か、妖《あやかし》か、この私に。さて、私も最初は期待《きたい》に添《そ》おうかと思っていたが、気が変わった。——聞こえぬか、お前を呼ぶ声が」

槐《えんじゅ》の古木がざわめく。潮騒のようだった。あるいは世界の鼓動のよう。

風に乗って、声なき声が、瑠花の耳に届く。

——……さま、……大姫《おおひめ》さま……。

――わたくしたちの姫様……どこに、おいでなのですか……どうか戻ってきて……。

――どうかわたくしたちを、置いていかないで……。ヒメサマ、二胡を聞かせて。お歌をうたって。一緒に遊んで。お話を聞かせて……。

わたしたちの声を聞いてくれて、わたしたちを愛《いつく》しんでくれて、アリガトウ、わたくしたちのヒメサマ……。

瑠花の顔色がサッと青ざめた。男はくつくつと喉の奥で笑った。

「そう、お前は死ねない。見捨てられないからだ。あの狂った父を、その弟を。お前に懐《なつ》き、無心でお前を呼ぶ憐れな『白い子供』たちを。お前の誇《ほこ》りであり、愛する一族を」

〝幸い〟はここより他にはないと言った。それが自分のすべてだと。

父に愛されずとも、一族のためならば生きていけると、娘はすでに悟っていたのだった。

自分にはそれしかないことも。

「山を下りれば、お前は封《ふう》じていた異能で一族に容赦《ようしゃ》なく血の粛清《しゅくせい》を行うだろう。父でなく縹《ひょう》家を選び、いつか父に対する愛情も薄《うす》れる。一族はお前を恐《おそ》れ、世もお前を恐れる。すべてを手に入れても、お前一人は誰からも愛されぬ。どんなに慈しんでも、朝な夕なに手ずから箸《はし》を運んでやった弟さえお前を見もしないことを知る。いつかその弟の欠けた心が埋《う》まるとしても、相手はお前ではないからだ。人には過ぎたお前の異能は、着実にお前を蝕《むしば》んでゆく。縹家に戻《もど》れば父と同じ、狂うに任せる運命《さだめ》しかない。それでもお前は、……

……戻るのだな」

逃《に》げられない。見捨てられない。だから〝外〟へではなく、この山を目指した。

黄昏《たそがれ》の門。姉弟を歪な運命から救うたった一つの門。優しい死。

男は宣告した。

「——お前に我が黄昏の門は開かぬ。ここで弟と首をくくるも、戻るも、お前の好きにするとよいよ」

娘は顔を歪《ゆが》めた。

永遠のような空白だった。

……泉に夜昊の星が光りはじめたころ、瑠花は立ち上がった。

璃桜は手をひかれ、姉に目を向けた。がらんどうの璃桜の双眸に姉の横顔が映る。

男は微笑《ほほえ》んだ。

幼き手で選びとったのは、甘やかな死より、残酷《ざんこく》で血ぬられた生。

「……見せてもらおう。お前と父親の唯一《ゆいいつ》の違《ちが》い。その高貴な誇りは、いつまで孤独と狂《きょう》気《き》から、お前の心を守ってくれるかな……」

第一章　始まりの刻《とき》

「秀麗《しゅうれい》とリオウが行方《ゆくえ》不明とは、どういうことだ!!」

呼びつけられた葵皇毅《きこうき》は、素早《すばや》くその場の面子《めんつ》を確認《かくにん》した。悠舜《ゆうしゅん》も呼ばれたらしく、車《くるま》椅子《いす》に座っている。あとは紅《こう》家当主になったばかりの紅邵可《しょうか》と、警護の武官である茈《し》静蘭《せいらん》。現在無職の李《り》絳攸《こうゆう》と藍《らん》楸瑛《しゅうえい》も、どうせどこぞで聞き耳を立てているに違いない。

皇毅は色素の薄い眼差《まなざ》しで王の取り乱しっぷりを冷ややかに見物した。そのうちに王も視線に気づいた。蛇《へび》に睨《にら》まれた蛙《かえる》の如《ごと》く徐々《じょじょ》に威勢が小さくなり、語尾《ごび》も尻《しり》すぼみになり、やがて劉輝《りゅうき》はスゴスゴと執務《しつむ》室の椅子《いす》に座った。えへんと、咳払《せきばら》いをする。

「……どう、いうことなのか、きちんと報告をお願いしま……報告を……したマエよ、葵長官」

うっかり敬語になりそうになり、急いで取り繕った。でも命令って、こういう風にするものだったろうか。王様なのに、ここまでガンつけられ、凄まれ、びびり、偉《えら》そうにするのに精一杯《せいいっぱい》勇気を振り絞らねばならないとはこれいかに。

ややあって、皇毅は無表情に口を開いた。

「……その前におうかがいしたいが、その情報はどこから手に入れましたか。まだ私と尚《しょう》書令《しょれい》しか知らないはずですが」

劉輝は目をぱちくりさせ、静蘭を振り返った。情報を持ってきたのは静蘭だ。

「静蘭？」

「私は伝使から、主上《しゅじょう》に奏上するように言われましたが……」

皇毅と悠舜が目を見交《みか》わした。

「……情報が漏《も》れたな……」

「そうですね……」

静蘭はムッとした。まるで静蘭が告げ口をしたといわんばかりだ。

「主上が知らなくていい情報ではないでしょう」

皇毅は静蘭を睨《ね》め据《す》えた。

「出過ぎた口をきくな。貴様は訊《き》かれたことだけ答えればいい。一御史《ぎょし》の情報など、王がいちいち気にする必要がどこにある。差し出た真似《まね》をしおって。能なしの役立たずが」

劉輝はもとより、皇毅の予想通り王の机案《つくえ》の下に隠れて盗み聞きをしていた絳攸と楸瑛も、あまりの暴言っぷりに戦慄した。話には聞いていたが、なんという上司だ。

面と向かって能なしの役立たずといわれた静蘭は絶句した。

人生において、ここまで上から目線で罵倒《ばとう》されたことはかつてない。

舌打ちせんばかりの顔で、皇毅は王へ返答した。

「報告せよとの仰《おお》せですが、現段階で私が奏上すべきことは何もありません」

劉輝はなんとか食い下がった。

「それは、今はまだ捜索《そうさく》をはじめたばかりで言えることがない、ということだろうか？　失踪《しっそう》したのは紅御史とリオウだけなのか？　燕青《えんせい》と蘇芳《すおう》の行方は？」

「捜索？　御史台《ぎょしだい》はそこまで暇《ひま》ではありません。もっていかれて困る情報も紅秀麗には与《あた》えていません。陸清雅《りくせいが》ならともかく、今、一御史のために御史台を動かす気はありません」

静蘭がかみついた。

「一御史？　紅御史は紅家の息女であり、王の後宮に入ることが決まっているのですよ」

皇毅の眉間《みけん》に、怒気《どき》が皺《しわ》となって刻まれた。

「紅家の息女だからなんだ？　後宮入りする娘だから特別扱《とくべつあつか》いしろと？　寝言《ねごと》は寝てほざけ。あの娘は官吏《かんり》だ。私の配下である以上、誰だろうが同じ扱《あつか》いをする。――紅秀麗をいちばん官吏として見ていないのは、貴様らだろうが」

皇毅はじろりと劉輝を見た。

「私に紅秀麗捜索《そうさく》の指揮を執《と》れと命じられるなら、致《いた》しましょう。ただし、私と尚書令をこのように直々《じきじき》に呼びつけ、勅命《ちょくめい》を下す以上、陛下におかれては紅秀麗の案件は、他のいかな国事を差し置いても最優先事項とせよ、ということだと解釈《かいしゃく》してよろしいか」

机案の下で縮こまっていた楸瑛と絳攸は、ぎくりとした。

朝廷《ちょうてい》百官の長である悠舜と、御史台の長を呼びつけ『報告せよ』というのは、確かにそういう意味だった。配下に異変が起こったなら、どうするかは皇毅が決めるべきことで、劉輝が口を出す権利などない。劉輝が御史《ぎょし》大夫《たいふ》を召《め》し出し、「捜《さが》してくれ」と言った瞬間《しゅんかん》、それは王の命令となる。贋金《にせがね》や塩、兵部《へいぶ》侍郎《じろう》殺し、経済封鎖の後始末、そういったことを後回しにしても。

　劉輝はうつむいた。

「……いや……余が軽率《けいそつ》だった。忘れてくれ」

　皇毅はっと邵可に顔を向け、目礼した。

「——申し訳ないが、ご息女はまだ官吏です。特別な配慮《はいりょ》をするわけにはいかないことを、どうかご理解いただきたい」

「いえ、おっしゃるとおりです。私も特別措置《そち》など望んでいません。あくまでも娘《むすめ》を一官吏として扱ってくださることに感謝します。葵長官と主上には、娘がご迷惑《めいわく》をおかけしたことを謝罪しなくてはなりません」

　邵可は答えた。

「娘が勅使——王の代理として、経済封鎖の解除という国の大事を任されながら途中《とちゅう》で行方を晦《くら》ましたとあれば、言語道断です。もし私が貴陽《きよう》へこなかったら、対処は遅《おく》れに遅れていたはず。どんな理由があるにせよ、勅使として許されることではありません。勅使に選んでくださった葵長官の顔に泥《どろ》を塗《ぬ》ることになってしまいました。この上、心配だから捜して欲しいなど、口が裂《さ》けても言えるはずはありません。むしろ任務放棄《ほうき》という罪状をもって、捜索連行してくださって結構」

厳しい言葉だった。

この場で誰《だれ》よりも何があったか知りたいのは、父である邵可のはずだった。

同時に、任務放棄という言葉がしんとその場に落ちた。

勅使に任じられた御史が、果たすことなく途中で失踪した。大変な失態だ。もちろん、何らかの事故があったのかもしれない。だが詳細がわからない内に消息不明の報だけが流れれば、見境ない流言飛語が流れるのは目に見えている。

そこを制御するのが尚書令と御史大夫の務めだった。

情報が漏れたと、目を見交わした悠舜と皇毅。

このとき劉輝は二人が秀麗の失踪を誰が故意に流出させたのかを重視していたのだと合点した。そして邵可もまた。

「……なるほど、先の吏部尚書《りぶしょうしょ》親子よりは、だいぶマシな当主であられるようだ」

皇毅の言葉を聞いた絳攸は机案の下でわなないた。

(ちょっと待て！　同類!?　俺はあの人と十把《じっぱ》一絡《ひとから》げにひっくくられているのか——!?)

絳攸は真っ白な灰になった。吹《ふ》けば飛びそうだと隣で楸瑛は思った。

ややあって、皇毅はつづけた。

「現状、御史台は動くつもりはありません。他に優先すべき仕事が山積しておりますからな」

葵皇毅は辞去の言葉も述べず、いかにも無礼千万《ぶれいせんばん》に室《へや》を出ていったのだった。

劉輝は唇を噛《か》んだ。皇毅を召しだしながら何一つわからずじまい。ここで劉輝が秀麗を捜せといえば、さっきの皇毅の言葉通りになる。

ふと、小さな笑声《しょうせい》が落ちた。静蘭は眉《まゆ》を寄せて悠舜を睨みつけた。

「……悠舜殿《どの》、何か？」

悠舜は笑ったまま、羽扇《うせん》で口許《くちもと》を隠《かく》した。

「いえ、さすが邵可殿、と。かの葵皇毅殿から、よく情報を引き出したものです」

机案の下から放心状態の絳攸を引きずって這《は》いだしながら、楸瑛がきょとんとした。

「え？　何も教えてくれなかったですよね？」

「御史台は動くつもりはない、といったでしょう？　つまり、秀麗殿を捜す気もないが、捕縛《ほばく》するつもりもない、ということです。彼は任務を途中放棄《とちゅうほうき》した配下を放《ほう》っておくような男ではありません。朝廷の監察《かんさつ》を司《つかさど》る御史大夫として、身内である御史の不始末は他部署以上に厳格に処分します。御史台に厳正で優秀《ゆうしゅう》な御史が揃《そろ》っているのは、そうでなければ生き残れないからです。だからこそ御史台官の実力は総じて高く、位が低くとも誰も侮りません。御史たちが超《ちょう》法規的措置を行使しても朝廷百官ことごとく従うのは、彼の冷酷《れいこく》な処分はまず真っ先に身内に適用されているからです」

秋霜烈日《しゅうそうれつじつ》のたとえにふさわしい、仮借ない厳正さ。身内の御史であろうと容赦《ようしゃ》はしない。長官である葵皇毅のその公平な冷酷さがあればこそ、御史台の権威《けんい》は保たれ、朝廷における綱紀粛正の権能を発揮してきた。

「その彼が今のところ動くつもりはない、といったということは、秀麗殿は勅使の任務を全うしたということだと思います。少なくとも経済封鎖の解除を確かめ、紅州州牧《こうしゅうしゅうぼく》と葵長官に何らかの連絡《れんらく》をしてから失踪した可能性が高いということです」

邵可も悠舜に同意した。

「ええ……私もそう考えます。勅使の任を途中放棄したなら、厳罰《げんばつ》が当然です。それをしないと葵皇毅殿が仰《おっしゃ》るなら、おそらく娘は州境の関塞《せきしょ》で私が経済封鎖を解いたこと、紅家を説得する前に事態が収束する見通しを確認《かくにん》し、葵長官へ書面なりで報告をしたのではないかと思います。ならば娘の足取りはそのあとで消えたことになります」

「え？　何？　秀麗は他の仕事でどこかに行ったのかもしれないということか？」

話が思わぬ方向へ転がりかけ、劉輝は混乱した。御史台ならば極秘《ごくひ》任務など当たり前だ。てっきり、秀麗の身に何かあったのかとばかり思っていたが——。

「……どうでしょう。娘が他の任務を与えられるなり自分で見つけるなりしてどこかへ向かったのなら、『失踪』という話にはならないでしょう。もしかしたら、葵長官は娘が向かった先の見当がついていて、動かないという判断をしたのかもしれません。さて、動かないのか動けないのか……仙洞令君《せんとうれいくん》と一緒《いっしょ》に消えて、御史台が手が出せない場所となったら、行き先は……」

邵可はふと視線に気づいた。悠舜が面白《おもしろ》そうな目で見つめていた。まるで、邵可が僅《わず》かな手がかりからどこまで糸を引っ張ることができるかを見定めるように。

「……行き先は、治外法権の縹本家の可能性が高い気がしますが、どうですか、悠舜殿」

「かも、しれません」

悠舜は否定しなかった。落ち着いてやわらかないつもの声は、劉輝たちが動転しているのをよそに、とっくにその答えに行き着いていたようだった。

邵可がいなかったら、いつまでも言わないつもりでいたかのようにも、聞こえた。

悠舜はつづけた。

「秀麗殿はまだ御史です。御史の独立権と捜査《そうさ》権及《およ》び守秘義務は、私たちもおいそれと侵《おか》すことはできません。よほどでない限り、隠していることを言えと葵長官に強制することはできないのです。相応の根拠がなくば、公《おおやけ》に捜すことも難しい……。葵長官が奏上してこない限り、彼女に関して私たちが動くことはできないと、どうぞご理解ください」

悠舜は邵可に言っているようで、劉輝に言い聞かせていた。

何も言えないでいる劉輝のかわりに、静蘭が言った。

「……私には、王に知らないことがあっていいとは、思えませんが？」

「もちろん、そうです。ただ、その優先順位が本当に正しいかを、いつでも自問自答してください、ということです。すべての官吏を公平に扱《あつか》い、公平に見てください。他にすべきことが山積している、との葵長官の言葉のほうを、どうか気にかけてください」

なおも反駁しようとした静蘭を止めたのは、邵可だった。

「――やめなさい、静蘭」

「旦那《だんな》様……」

「君が本当に知りたいのは別なことに見えるよ。遠回しに答えをさぐろうとするのは悪い癖《くせ》だね。真実訊《き》きたいこと、言いたいことがあるのなら、それをきちんと悠舜殿に伝えなさい」

静蘭は痛いところを突《つ》かれて押し黙った。

「私には悠舜殿の今の言葉が間違っているとは思わない。葵長官の言葉も」

悠舜の邵可に対する様子はいつもと変わりない。

悠舜が〝鳳麟《ほうりん》〟だと邵可が知ったことを、彼も気づいているはずだった。なのに見事なほど素振《そぶ》りにも見せない。〝鳳麟〟に関しては非があるのは見殺しにした紅家の方だ。すでに過去のことだと悠舜が言い出さないのなら、むしろ邵可の方が恥《は》じて謝罪するべきだった。ただし〝鳳麟〟が歴代大嘘《おおうそ》つきであり、とんだ悪党ぞろいで、例外は悲しいほどにないと邵可が知らなかったら、の話だ。そう考えると、何一つ気取らせない完璧《かんぺき》な微笑みはまた別の意味に見えてくる。

(……うーん。まあ、いいか)

静蘭も何か疑っているようだが、邵可のほうはあっさり棚上《たなあ》げした。悠舜の思惑をさぐり、対峙《たいじ》するのは、邵可ではない。

邵可は皇毅が出ていった扉《とびら》を見た。直《じか》に話をしたのは初めてだった。

「……彼が、娘をじきじきに御史台に引き取ってくださったという、葵皇毅殿ですか」

悠舜の顔に興が閃《ひらめ》いた。

「ご印象は、いかがでしたか？」

「……先の御史大夫だった旺季《おうき》殿の理念と資質をそっくり受け継《つ》いだような方ですね。もし娘が、この先も彼のもとで御史を続けることができたなら、女人《にょにん》だからどうのという非難は、遅かれ早かれ立ち消えになっていたかもしれませんね」

悠舜はただ微笑んだ。

一方、絳攸はハッとした。

じきじきに秀麗を御史台に引き取り、無理難題をふっかけてきた葵皇毅。

御史台官として生き残れれば、誰からもその実力が認められると言った悠舜。

（もし秀麗が後宮入りせず、御史を続けることができていたなら――？）

皇毅が秀麗を引き取ったのは全然良心的な理由ではないだろうし、散々紅秀麗という存在を利用してきたのも事実だ。同時に、いつでも生き残れる道を一本残していた。悠舜の言葉通り、彼は配下を容赦なく利用するが、葵皇毅の下《もと》で使い潰《つぶ》されずに残れたなら、朝《ちょう》廷《てい》百官は誰もその実力を疑いはしない。陸清雅のように。

国試を通っていなくても、歳がどれほど若くても、――女であったとしても。

もう、その道は残されていない。秀麗が必死で繋《つな》げてきた細い細い道を、容赦なく握《にぎ》り潰してしまったのだ。他《ほか》ならぬ劉輝たちの手で。

『紅秀麗をいちばん官吏として見ていないのは貴様らだろうが』

……絳攸の胸に痛みが走る。

邵可も悠舜も、とっくに知っていたのだ。劉輝の決定の意味を。邵可は非難してはいない。今となっては詮無《せんな》いことを口にする人ではないから、ただ惜《お》しんだ。

劉輝の願いでなく、秀麗の願いが叶《かな》うかもしれなかった可能性を。

絳攸は口を開きかけ——むなしく閉じた。何を言えばいいというのだ。

(何が言える)

今さら。

このとき絳攸は、秀麗でなく、王の願いを優先する自分をはっきりと自覚した。

絳攸は王の孤独《こどく》を知ってしまった。ありあわせで埋《う》められるものではないことも。荊《いばら》の道を一人歩く苦悩と重圧の中、後宮へ戻《もど》った一時でいい、心を許せる相手の傍《そば》で安らぎたいという願いくらい、叶《かな》ってもいいはずだ。それが秀麗の願いを握り潰すことでしか叶わないのなら——仕方ないと思った。絳攸は、それを間違《まちが》っているとは思わない。

邵可は懸念を浮かべた。

「何にせよ、娘《むすめ》の情報が中途半端《ちゅうとはんぱ》に漏《も》れたのは、あまりいいことではない……。実際何が起こったのかもわからない以上、今のままでは誰の目にも秀麗が勅使《ちょくし》の任を投げ出し、行方《ゆくえ》を晦《くら》ましたとしか映りません。覚悟《かくご》はしておいたほうがいいでしょう」

秀麗を勅使として派遣《はけん》した劉輝への、さらなる批判と不満がわき起こることを。

劉輝はこくりと頷いた。

邵可はそのあと、霄太師《しょうたいし》をさがしに向かった。

霄太師は仙洞省《せんとうしょう》の池のほとりで、開かずの仙洞宮《せんとうきゅう》を眺《なが》めていた。

「――そこの性悪《しょうわる》くそじじい、今から訊くことに答えてもらいましょうか」

霄太師は振り返りもせず、わざとらしくヨボヨボと腰《こし》を曲げて耳に手を当てた。

「えっ、なんじゃ？　最近ちょっと耳が遠くなってのう……歳かのう……うっ、ゲフゴホ」

「都合の悪い時だけボケ老人のフリすんのはやめてください。今すぐ暗殺しますよ」

〝黒狼《こくろう》〟の声を出すと、霄太師がようやく振り返った。ニヤニヤしている。

「ふん。ようやく府《ふ》庫《こ》のじじむさい隠居《いんきょ》生活に終止符《しゅうしふ》を打って、働く気になったか、邵可」

「うっさいですよ。あんたがちゃんと劉輝様のためにキリキリ働いてりゃよかったんですよ！」

「おぬしのほうが若いくせに、わしにまだ働かせる気か」

邵可は霄太師を睨《にら》みつけた。

「私は以前、あなたは仕えるべき王のためにしか動かない、と言いましたが、訂正《ていせい》します」

「ほう？」

「あなたはまだ、あのクソバカ戩華《せんか》のためにしか、動かないんですね」

公子争いでガタガタになった国政をまたたくまに立て直したのは霄太師だったが、劉輝の即位《そくい》と同時に実権をすべて手放し、名誉職《めいよしょく》である朝廷三師に退いた。劉輝のためにしたことといえば、秀麗を貴妃《きひ》として劉輝の傍に上げたことだけだ。以後、霄太師は劉輝や絳攸たちのすることに口を出さなかった。ただ黙《だま》って見ていた。

霄太師は劉輝を王として認めたのだと邵可は思っていたが、よく考えれば戩華王とそっくりだった。一度だけなら息子《むすこ》たちの窮地《きゅうち》を助けたけれど、二度は助けなかった先王。まるで戩華王から同じことを遺言《ゆいごん》されていたかのように。

一度だけなら助けてやってもいい——と。

名誉職であっても、霄太師が朝廷にいることで安心していたのは否《いな》めない。いざとなれば劉輝たちに手を差し伸《の》べるだろうと心のどこかで思っていた。だが、やはりクソジジィはクソジジイだった。

——霄太師がそんなに甘いわけがなかったのだ。

「……もしかしなくても、私が紅家当主に就《つ》くのを待ってたわけじゃないでしょうね」

霄太師は面白《おもしろ》げにした。

「自信過剰《かじょう》なヤツめが。だとしても、それを待っていたのはわしより他にいると思うがの」

「はあ？」

「——で？　訊きたいこととはなんじゃ」

邵可は苦虫を噛み潰したような顔になる。このじじいに頼《たよ》るのは癪《しゃく》だが、他にいない。

「今現在、縹家領地へ行き来することは可能ですか」

霄太師が呆《あき》れたようにじろじろ邵可を眺め回した。

「……まさかお前がじきじきに行くつもりじゃあるまいな」

「行けませんよ。紅家当主になった以上、もう単独行動はできません。まったく、小憎《こにく》たらしいくらい絶妙《ぜつみょう》に手を打ってくるものですよ。紅家当主になったらなったで、娘の失踪《しっそう》ですからね。――捜《さが》しに行きたくても、もう私は自由には動けない」

常にこちらが後手に回るよう手を打ってくる。当主交代を遅《おく》らせたことといい、秀麗の失踪といい、これが本当に計算してのことなら、凄《すさ》まじい鬼謀《きぼう》といえた。

霄太師は真っ白な髭《ひげ》を撫《な》でた。

「どうじゃ、〝鳳麟〟がやりそうな頭の使い方かの？」

「一点をのぞけば、ですがね」

「ほぉ？」

「やり方がずいぶんまっとうすぎる。紅家《うち》の〝鳳麟〟なら、もっとえげつない手を打ってきそうなものですけど。隙《すき》なく畳《たた》みかけるところは似てますが、卑劣な手段ってことはない。物凄《ものすご》く正攻法《せいこうほう》なのが怪《あや》しい」

「今まで『紅家の紅は血みどろの色だ。突撃《とつげき》ー！』とか高笑いするバカ当主にばっか仕えてたからのう……。人間的でまともな主人に鞍替《くらが》えしたから、〝鳳麟〟の性格もよくなったのかものぉ」

「誰に言われようが、あんたにゃだけは言われたかありませんね！」

霄太師は笑い出した。

妻と一緒《いっしょ》に自分も死んだような顔で、十年も府庫に引きこもっていた邵可。単に人生やめました状態でボンヤリしてただけなのに、なぜか若人《わこうど》から「仙人《せんにん》みたいに達観したスゴイ人」と勝手に勘違《かんちが》いされ、四十を前にカビ臭《くさ》い府庫で隠遁生活をしていた。このままずっと人生をあきらめ、無気力に過去に立ち止まったまま、ミイラみたいに過ごすのかと思っていたのに。

ついに、出てきた。

二十年ぶりに、本来の邵可の顔をして。

（……引きずり出されたというほうが正しいかの）

かの紅黎深《れいしん》でさえも動かせぬこの男を、力ずくで表舞台《おもてぶたい》に引っ張り出した。それは先王や霄太師にさえ不可能だったことだ。やってのけた『相手』の手腕《しゅわん》には、実際霄太師も脱帽《だつぼう》する。

「愛娘《まなむすめ》より政事《まつりごと》をとる氷の理性は、相変わらずじゃの。安心したわい」

「気にしてないわけじゃありませんよ。亡《な》き妻にぶち殺される。――で？」

「縹家は現在、全通信手段を完全に遮断《しゃだん》している。こっちからむりやりこじ開けられる術者は羽羽《うう》殿しかおるまい。それもおそらく一回きり。行きの片道切符《きっぷ》しかない」

「帰りは自分で何とかしろってことですか。相変わらず三途《さんず》の川に立ってる迷惑《めいわく》な家だな！　まあ、一度でも行けるとわかっているぶん、まだマシか……縹家に何が起こってるんです？」

「はあ？　わしが知っとるわけなかろうが」

「ですよね！　知ってても教えてくれないですよね。訊いてみただけです。この役立たず」

「んんー？　小声でなんかボソッと呟《つぶや》いたか？」

「気のせいですよ。耳が遠くなったんでしょ？　聞こえるわけないですよ。ねえ？」

「……ほんっっと無駄《むだ》に元気になりおったな！」

「で、もう一つ。秀麗と一緒に消えたっていう、仙洞令君のリオウくんのことです。ずっと気になってたんです。彼の母親について。もしかして、リオウくんの母親は――」

邵可があげた名に、霄太師は笑《え》みを深くした。

「……よくわかったの。そのとおりじゃ。あの混乱の最中ゆえ、嫁《よめ》に出したと知ってる者はほとんどいないがな。そう思うと、よく似てるじゃろ？」

「……ええ。道理で父親が『人間辞《や》めました』なろくでなし野郎《やろう》でも、やたらまともでできた息子さんだと思いましたよ。母方の血が色濃《いろこ》く出たんですねぇ。本当によかった」

そりゃお前の娘もじゃろ、と霄太師は心の中で激しく突《つ》っ込んでみた。絶対認めないだろうが、邵可と璃桜はどっちもどっちでよく似た二人だ。だから一生ものの天敵にもなった。だいたい、あの紅仙《こうせん》に惚《ほ》れるような悪趣味《あくしゅみ》な人間がこの世に二人もいるとは思わなかった。ありえん。

「……道理で瑠花がリオウ君を朝廷に送りこんできたわけだ……。瑠花の手腕は全然衰《おとろ》えてないな。参ったな……リオウ君の血統が公になると、かなり痛い……。今の時期、リオウ君が縹家に戻ってくれてよかったかもしれない」

　霄太師も、邵可に訊ねた。

「わしも訊《き》きたい。なぜ去年、秀麗殿の茶州《さしゅう》行きを止めなかった？　細君が他界するとき、言われなかったか？　なるべくなら、秀麗殿を貴陽から出さないほうがいい――と」

　なぜ知っているのか、と邵可は訊かなかった。ここ数年、霄太師に対して薄々《うすうす》感じていることがある。

「……ええ、言われました。貴陽は神域。封印《ふういん》の力がゆるむことはないから――と」

　妻が他界してのち、邵可は一度も秀麗を貴陽から出さなかった。

　その、本当の理由。

「なら、なぜ、茶州へ行かせた？」

「妻はね、こうも言いました。でも秀麗が望む時は、遠慮《えんりょ》なく送り出していい、と」

『邵可、そなたと過ごしたのはたった十年足らず。じゃが妾《わらわ》は……幸せじゃった。いつか妾は、そなたのいない世界で再び目覚め、幾《いく》千万もの春秋を、永遠の寂《さび》しさを影《かげ》として、歩いてゆくのだろう。長い…長すぎる生の中で、妾は時々、泣くかもしれぬ。じゃがそなたと出会わなければよかったとは思わぬ。愛情も、限りある幸福も、寂しさも、知らねばよかったとは思わぬ。秀麗には生きてほしい。幸福に。生まれてきてよかったと、思ってほしい……。だから邵可』

閉じこめて愛するのではなく、自由な昊《そら》を帚星《ほうきぼし》のように駆《か》け抜《ぬ》ける娘を愛してほしいと、邵可に願った。

『……妾にしてくれたのじゃ。できぬとは言わせぬぞ』

できないと、どうして邵可に言えただろう。安全な場所に監禁《かんきん》し、束縛《そくばく》し、失うのを恐《おそ》れるように愛することが幸せではないと、かつて証明してしまったのは他《ほか》ならぬ邵可自身。

幼い頃から、秀麗がどんなに官吏《かんり》になって誰《だれ》かの助けになりたいと願っていたか、誰より邵可がよく知っている。

この数年、娘はよく泣いたが、同じくらいよく笑った。

大変なこともいっぱいあるけど、……幸せよ、父様。ありがとう。

一つ一つの笑顔を、言葉を、邵可は胸にしまってきた。すべての秘密とともに。

「……妻との最後の約束です。命を賭《か》けた約束です。絶対、守る。自分に嘘《うそ》をついても」

霄太師はほろ苦く微笑《ほほえ》んだ。邵可は本当に、ばかみたいに骨の髄《ずい》まで紅家の男だった。

鋼《はがね》のような強靭《きょうじん》な理性と、溺《おぼ》れるほどの情の深さ。

自分の願いさえ振り捨てて、邵可は娘を愛し、妻との約束を守ってきたのだ。

秀麗の運命は、なぜか彼女を愛する男によっていつも最悪に転がる。それでも邵可は、秀麗の命の使い方を、娘の選ぶ道のりを、黙って見守った。

一度解けた封印は、二度と戻《もど》らない。

「……邵可、秀麗殿が縹家へ行ったのなら、いくらかの時間稼《じかんかせ》ぎにはなる。あそこは貴陽以上の神域じゃ。九彩江《きゅうさいこう》でもかなり体が楽だったはずじゃ。もともと薔君《しょうくん》の肉体は清浄《せいじょう》な空気しか知らぬ縹家の娘ゆえ、〝外〟と相性《あいしょう》が悪い。秀麗殿も、縹家領地とは相性がいいじゃろう。だが、元には戻らん。王も秀麗殿に頼りすぎた。大の男でも、この一年の秀麗殿と同じ仕事量をしたら、倒《たお》れておかしくない。……縹家から帰ってきても、その時が最《さい》期《ご》かもしれん」

薔君が秀麗に施した封印は解けた。秀麗という特異な存在を覆い隠《かく》してきた紗《しゃ》は剝がれ落ちた。『人とは違《ちが》うモノ』を、貴陽はのべつまくなしに排除《はいじょ》する。秀麗も例外ではない。もはや貴陽さえ、彼女にとっては神域とはならなくなった。

「縹家の領地から、ずっと出てこなければ……人としての寿命《じゅみょう》くらいは……」

「それを娘が幸せだと思うのなら、私は受け入れます。死ぬほど癪ですが、瑠花と璃桜に不味《まず》い菓子折《かしお》りをもってって頭を下げたっていい。後宮に押しこめられるなら、縹家にいても大差ない人生ですし。でも、きっと娘は戻ってきますよ」

国と王に身を尽《つ》くして、桜の花びらが舞《ま》い散るように永遠の休息につくだけだとしても秀麗は帰ってくるだろう。

ときどき邵可は、娘と先代黒狼の生き方が重なりあう。

「……縹家なら、延命処置も見つかるかもしれぬ。秀麗殿が望んで、瑠花が許可すればな」

邵可はちっとも喜んだ顔をしなかった。邵可がとっくにその方法に気づいていることを霄太師は悟《さと》った。知らないわけがない。縹家を相手に十年間戦い、縹家に囚われていた〝薔薇姫〟を解き放ち、娶《めと》った男が。

「……瑠花と同じように、どんなことをしても生きたい、と思えば？」

「ああ。瑠花には理由があった。秀麗殿も生きたい理由ならいくらでもあるはずじゃ」

「……間違《まちが》っているとは、思いません。その方法は、正しいとか、間違っているとかの問題ではない。今なら私もそう思える。生きる理由があるなんて、言い訳しなくたっていい。生きたいと願うのも、生きてほしいと願うのも、当たり前のことだ。理由なんか必要ない。だから、娘に任せます」

邵可は、娘が選ぶ道を予感しているように、霄太師には思われた。

「娘は……すべての仕事を終えて消えました。私も、私の仕事をしなくてはならない」

「おぬしは、劉輝様でいいのか？」

なぜそんな問いが口をついたのか、霄太師にもわからない。

邵可も意外そうにした。

「ええ。私は彼を選びました。あなたがどうして立ち止まっているのかはわかりませんが、戩華王なんかより、数千倍もマシじゃないですか」

霄太師は奇妙《きみょう》な顔をして、押し黙《だま》った。それから、呟いた。

「……だから、じゃ」

＊　＊　＊

満月が夜昊にぽっかり浮いていた。いつもより大きく見える気がする。

露台《ろだい》への扉《とびら》を開けると、秋の夜風と一緒《いっしょ》に、虫の音がいっせいに流れこんできた。

悠舜の背後でカタン、と小さな音がした。

「……茶州とは、不思議と虫の色や音色も違って聞こえますね、旦那《だんな》様。夜ごと、肌寒《はだざむ》くなって参りました。夜風も、お体に障《さわ》りますよ。どうぞ椅子《いす》に」

振《ふ》り返れば、妻の凛《りん》が車椅子を引いて立っていた。工部《こうぶ》で新貨幣鋳造《かへいちゅうぞう》に協力したあともなんやかやと協力を求められ、ちょくちょく外朝《がいちょう》に顔を出すようになった。茶州の疫病《えきびょう》の折に凛が切開用の小刀を開発した時から、工部の技官たちに目をつけられていたらしい。今やこうして尚書令室にも自由に出入りできる。もっとも凛がその権利をやたらに行使せぬ賢夫人だったがゆえに近衛も通すのだけれども。

悠舜は素直に車椅子に腰をおろす。凛が車椅子を押して二人で露台へでた。庭のあちらこちらで、虫が鳴いている。

「貴陽の鈴虫《すずむし》は、あなたにはどう聞こえますか？　凛」

「気取って聞こえますね。まあ、茶州府は草ボウボウで、鳴き放題でしたからね……」

「……茶州府の主《あるじ》は人間でなく、虫でしたからねぇ」

城の庭院《にわ》はいつも整然と管理され、虫の音も遠慮がちだ。

「……凜、あなたを妻にしてから、まだたった一年しか過ぎていないのですね……」

皓々《こうこう》と輝《かがや》く満月が、庭の草木や、露台に白い光を投げかけている。

たった一年前。

「……ほとんど、一緒にいてさしあげられませんでしたね……」

溜息《ためいき》のような微《かす》かな声で、悠舜は囁《ささや》いた。

それが過去形だと気づき、凜の背を、冷たいものが流れ落ちた。

尚書令に就任してから、まだ半年あまり。なのに、悠舜はみるまにやつれていった。精神と肉体にのしかかる負担が、茶州の時とは桁《けた》が違うのだと、凜ですらありありと感じとれた。もともと茶州での長い幽閉《ゆうへい》生活で、悠舜の体はひどく弱っていた。悠舜は木を削《けず》るように、その身を――命を削って尚書令の務めを果たしていた。

他に誰も人がいなかったから、悠舜がすべてを引き受けるしかなかった。

紅黎深が激怒《げきど》したと聞いたとき、凜も正直、同じ気持ちだった。王は悠舜を招聘《しょうへい》したとき、彼が人事から立案まで、何から何までうまくやってくれると思っていたのではないだろうか。楸瑛や絳攸に寄っかかっていたように、今度は悠舜に寄りかかった。

ふざけるなと黎深が怒《おこ》るのも無理はない。若い王の、玉座に対する浅慮《せんりょ》や無責任さを、朝廷《ちょうてい》の官吏たちが察さぬわけがない。

だから宰相《さいしょう》位を降りるか、——さもなくば自分を頼《たよ》れと、紅黎深は言いたかったに違いなかった。悠舜が頼むなら、仕事をしてもいい。紅一族を動かし、その権力を以《もっ》て、味方になってやってもいいと。

だが、悠舜は頷《うなず》かなかった。

王の尚書令が、地方の一貴族に頭を下げるわけにはいかない——。茶《さ》家に対して屈さなかったように、悠舜は紅家に対しても、王の権威《けんい》の失墜《しっつい》を認めるようなやり方を選ばなかった。

紅家に頭を下げれば、他の六家もまた、同様の待遇《たいぐう》を求める。いずれ貴族官吏は王を蔑《ないがし》ろにし、国試派官吏には名家にすり寄る王だと見放されるのは火を見るより明らか。

だからこそ、悠舜は黎深ごと切り捨て、紅家が向こうから頭をさげてくる策をとった。

凜は一連の出来事を、そう見ている。正攻法《せいこうほう》であるがゆえに、今まで誰も断行できなかった難事。

……そのため、悠舜の心身には、いっそう負担がかかった。

この頃、悠舜は椅子に座る時間が多くなった。杖《つえ》をついて歩くことさえ、もはや体がついていかないほど消耗《しょうもう》しているのではないかと、思えてならない。

悠舜の透明《とうめい》な眼差《まなざ》しは、いつも世界を遠く見《み》霽《はる》かすようだった。自分自身の行く末さえ、その目にすでに映っているのではないかと、凜は怖《こわ》くなる。

凜は手を伸ばし、悠舜の左手を両手で包んだ。冷えた手に、凜の胸が苦しくなる。

どうか、と悠舜に願う凜の声は、怯えていた。

「……ほんの少しでいいんです。どうか休んでください。自分を労《いたわ》ってください」

「……逆なんですよ、凜」

凜の手の中で、骨張った悠舜の指が動き、逆に凜の手を包みこむ。

悠舜は深く息をついた。ひどく疲れていることにふと気づいたように。

「……今まで、私は、ずっと長い休暇《きゅうか》をとっていました。長い……長い休みを。世界に降る雨をボンヤリ眺《なが》めるように、自分の人生を眺めていました。だからどんなときも微笑《ほほえ》んでいられた。茶州に赴任《ふにん》した十年間は、中でもとりわけ平穏《へいおん》で、呑気《のんき》で、楽しかった」

凜は目を瞠《みは》った。……平穏？

激動の十年間だった。悠舜は腐敗《ふはい》した官吏《かんり》たちの首を片《かた》っ端《ぱし》から切り、茶家との癒着《ゆちゃく》を根こそぎ断《た》ち切り、根底から州政と官民の意識を変えるために寝《ね》る間も惜《お》しんで奔走《ほんそう》した。燕青と二人で、文字通り命を賭《か》けて、粉骨砕身《ふんこつさいしん》していたのを凜はその目で見ている。

それが、平穏で、呑気で、……楽しかった？

聞こえたかのように、悠舜は答える。

「……楽しかったですよ。いいえ、正確に言えば、楽《らく》、でした。あの辺鄙《へんぴ》で、何もかも時《じ》代遅《だいおく》れな場所では、あらゆることが単純にすみました。私は変わらなくてよかった。私の好きな私でいられました。そう、だから、休暇、だったんです。……夢のような休暇でした」

悠舜は独りごちる。

「……いつか休暇は終わる。自分の人生に戻る日がくる。こうなるとわかっていたのに……」

何を？　ほとんど一緒にいられないこと？　激務で心配をかけること？

どちらも、違う気がした。もっと本質的で、根源的な、何か。

『私は変わらなくてよかった』

悠舜は物憂《ものう》げに、からみあう二人の手を見つめ、力を込めた。

「……一つだけならと、つい、あなたを自分の人生にもってきてしまいました。……だとしたら、もしかしたらあなたが、私の最後の良心なのかもしれない。私を繋ぎ止める楔《くさび》でもあり、枷《かせ》でもあり、弱みなのでしょう。こんな仕事をしている私には、本当は、ないほうがいい」

ないほうが、いい……。

悠舜が指をほどく。離れていく指先を、凛はとっさに握りとめた。ここで放してしまったら、もっと大事なものまで離れていく。

凛の口から言葉がこぼれる。

「あったほうがいいです」

「……え？」

「あったほうがいいです。あなたには、重石《おもし》があったほうがいい。でないと、きっと糸の切れた凧《たこ》みたいに、どこか遠くへ飛んで行ってしまうでしょう？」

「…………糸の切れた凧……」

凜は顔をくしゃくしゃにした。それから、微笑んだ。凜の微笑は悠舜の胸をわけもわからず突き通し、悠舜を動揺させた。

「……でも、それができるのは、私ではないのかもしれません。私があなたの重石になれなくて、切り捨てて楽になりたいと思った時は、そう言ってください。私は躊躇《ためら》わずこの手を放しましょう。どこへでも好きなところへ行けばいいです。でも、私は追いかけません。待つこともしません。ばかみたいにどこまでもついていくと思ったら、大間《おおま》違《ちが》いですよ。……私が一緒にいたいと思ったのは、弱みも良心も捨てた、完璧《かんぺき》な優《やさ》しい人なんかじゃないんですから」

悠舜はハッとした。

「凜《り》……」

だしぬけに、露台が——城全体が大きく揺《ゆ》れた。

凜が後ろに倒れこんだ。

「凜！」

足もとが波打ち、凜は室《へや》の中へ転がりこんで書棚にぶつかった。本棚から書物が落ち、花瓶《かびん》が音を立てて割れた。外でも宿直の官吏《かんり》や衛兵の悲鳴が上がる。

凜はとっさに腕で頭を庇《かば》って目をつぶった。何冊か当たった。と、誰かに強引《ごういん》に引きずり寄せられた。その間も地震はつづいた。ほどなく揺れはおさまり、凛は目を開けた。暗い。灯火も消えたようだった。悠舜の体に庇われていたのに気づいた。

「旦那様!!　なんて無茶を――足は！　お怪我は!?」

「……平気です。打ち身と擦《す》り傷が少々くらいです。それより凛、朝廷と城下の被害確認の指示を官吏たちにお願いできますか。私のことは構わず、それを最優先に。大きな地震でした。特に火災に気をつけるよう。夜中だったのが救いですが……揺り返しに気をつけて――」

いくつかの指示に頷くと、凛は転がっていた杖を拾って悠舜に渡した。

「わかりました。ここへもすぐ人を寄こしますので、じっとなさっててくださいね。暗くて危険です。……貴陽で地震なんて珍しいですね……」

凛が出て行った後も、悠舜は立ち上がれなかった。ひどい目眩《めまい》のせいで。両目を押さえる。全身からじっとりと嫌な冷や汗《あせ》が吹《ふ》き出た。

人の声や衛士《えじ》が駆《か》け回る物音が世界の遠くで聞こえる。宰相の安否を確認《かくにん》する必要はないと凛に言づてさせたから、しばらくは誰《だれ》もこの室にはくるまい。それだけが救いだった。

混乱の中、宰相が意識不明になるわけにはいかない。

目眩がおさまると、這《は》いずって壁際《かべぎわ》に行き、放《ほう》り出すように背を寄っかからせた。月の光が、足の踏《ふ》み場《ば》もないほど無残な有様の室を、ぼんやりとした陰影《いんえい》で浮かびあがらせる。

何度か余震がきた。

杖をつかむ指が小刻みに震《ふる》えていた。最近は歩くのさえ億劫《おっくう》で、立ち眩《くら》みもひどくなるばかりだ。このガラクタな体で、よくもまあ、車椅子を蹴って凜のところまで行けたものだ。

あのとき、繋《つな》いだ指先を離そうとしたのは、どちらだったのだろう。

……どちらでも、同じだ。結局は大きな揺れの前で、簡単に離れてしまった。

まるで、この先の運命を暗示するかのように。

悠舜は仰向いた。

尚書令を受けてから——貴陽に戻《もど》ってから、人生はちっとも楽ではなくなった。無理を押した体からは、日ごと生命力が流れ出ていくようだった。失敗作みたいに壊《こわ》れていく音がする。リオウに死相が出ていると言われるまでもなく、こうなることはとうにわかっていた。それでも戻った。悠舜の願《ねが》いが叶《かな》うとしたら、今をおいて他《ほか》にないと思ったから。

楽ではないが、自分の人生に戻った今、悠舜は確かに、……楽しかった。人生を眺めるのではなく、選んだ人生を自分のすべてで生きるのは、このうえない昂揚《こうよう》感があった。黎深や、紅家や——余分なものを削《そ》ぎ落とすごとに、本来の自分に戻っていく。

視界の隅《すみ》を、何かがぴょんと跳んだ。目を向けると、一匹《いっぴき》の飛蝗《バッタ》だった。月明かりの中で、暗褐色《あんかっしょく》に染まっている。暗褐色。悠舜の双眸《そうぼう》が、ひんやりと冷たく染まる。

『……茶州とは、不思議と虫の色や音色も違《ちが》って聞こえますね、旦那《だんな》様』

悠舜の杖が音もなく動く。悠舜は何の感情もなく飛蝗《バッタ》を叩《たた》き潰《つぶ》した。

茶州では毎年のように、凜と一緒《いっしょ》に虫の音を聞いていた。

「凜……私はもう、虫の音を聞いている暇《ひま》はないんです」

命を賭けてでも、見てみたいものがある。それ以外を切り捨ててでも。そこには、そう遠くない先、凜も入るのだろう。

あなたには重石があった方がいいと、凜は言った。泣きそうな顔で。

『……でも、それができるのは、私ではないのかもしれません』

悠舜を引き止めることができる、足枷《あしかせ》。

悠舜はポツリと呟《つぶや》いた。

「……凜。あなたが無理なら、他の誰にも、私を止めることはできないでしょう」

凜の手をためらわず離したそのとき――きっと悠舜は本当の自分に戻る。

汗が目に染《し》みて、悠舜は目を閉じた。

あとどれくらい、凜のために何かをしてやれるだろう。

被害《ひがい》の報告にくる官吏たちの慌《あわ》ただしい沓《くつ》音が迫ってくる。尚書令に戻る時間だった。

目眩を抑《おさ》え、汗をぬぐう。杖を頼りに、壁《かべ》に手をついて震える膝《ひざ》で立ち上がった時には、もはや思考から凜のことはかき消えていた。

杖で叩き潰した黒い飛蝗《バッタ》。地震。悠舜は疲《つか》れたように、大きく息を吐《は》いた。

「……は……また……忙《いそが》しくなりますねぇ……」

足を引きずって杖をつけば、肺が刺《さ》すように痛んだ。……最後は死神こそが悠舜を止めるのかもしれなかった。永遠の重石として。

それもいい。使い物にならない体でもせいぜいこき使うしかない。凜に比べれば、自分の身などたいして大事でもない。ただ、彼女より大事なものがあるというだけの話で。

悠舜は苦笑いした。

王のいちばんの弱さは、そこなのだろう。大事なものを捨てられない。

……誰もが、何かを切り捨てて、上までのぼってきた。その何かを、決して愛していなかったわけではない。大事でなかったわけでもない。それより大事なものとひきかえにして、それぞれ最高大官まで這い上がってきた。彼らが秀麗を攻撃材料に使うのは、女だからではない。秀麗を手放すまいと何度も小手先でかわす王に対する不審《ふしん》だ。突きつけているのは、王たる覚悟。いざというとき、彼女を犠牲《ぎせい》にしてでも、国を治める覚悟があるか――と。

彼女への想いを断ち切ったとき、劉輝は本当の王となれるかもしれないと思った。が。

(……最後の最後まで、妃《きさき》に秀麗殿を選ぶとはね……)

紅家直系の娘を娶《めと》るなら、紅玖琅《くろう》の娘である世羅姫《せらひめ》にするべきだった。朝廷にも女人を入れるべきだと秀麗を官吏にしたのなら、最後までそれを貫くべきだった。世羅でなく秀麗をとったあのとき、好きな娘だったから官吏にしたと言ったも同然だった。あの後、王が浮かぬ顔をしているのも、自分でうすうす気づいているからだろう。晏樹《あんじゅ》の口車に乗せられたのではなく、晏樹の言葉を言い訳にしたこと――楽な方法で秀麗を手元に置こうとしたことを。

静蘭も楸瑛も絳攸も、秀麗が官吏でなくても、後宮で王の傍《そば》にいるならいいと思っている。その安っぽい考えが大官たちに見透《みす》かされているとも知らずに。

悠舜は溜息を一つつくと、足早にやってきた官吏たちをいつもの顔で迎《むか》えた。

＊　＊　＊

――彼女ほど心強く美しい人を、羽羽は知らない。

『〝外〟は戦《いくさ》で荒れておる。術でも知識でもいくらでも必要なものを得て、出て行くがよい。縹家一門は政事《まつりごと》に関わらぬが鉄則じゃが、無関心であってはならぬ。ゆめゆめ忘れるでないぞ。我らは戦わずに民《たみ》を守るのじゃ。〝外〟へ行き、世と人をその目で見て、考え、最後にそなたが正しいと思ったことを為せばよい。縹家一門の誇りを忘れずにあれ』

それが旅立つ者への彼女の餞《はなむけ》。

羽羽が傍で仕えた十年間、彼女が自らの言葉を違《たが》えたことは一度もない。

彼女は一門の優秀な子弟らを荒廃《こうはい》する世に送り出し、力なき民草を守らせた。

幼くして一族に粛清《しゅくせい》を断行し、実父を幽閉《ゆうへい》して実権を握《にぎ》ったこと、桁外れの異能をやすやすと操り、眉一つ動かさず〝暗殺傀儡《あんさつにんぎょう》〟を統率する姿が、彼女を〝流血の女皇〟に仕立て上げた。

一門の誰もが彼女を恐れていたが、同時に心から敬愛していた。

父譲りの絶大なる神力ではなく、誇り高く、道を示してくれる彼女の姿に。

彼女が変わることなどあるはずがないと羽羽は思っていた。

羽羽は彼女の前に跪《ひざまず》き、暇《いとま》を請うた。彼もまた、縹家一門の責務を果たすため。

『黄昏《ゆうぐれ》を再会の時にいたしましょう』

跪いていたから、そのときの彼女の表情を見ることはなかった。

『……この天空の城から出ることの叶わぬ、わたくしの姫様。ですから、わたくしがかわりに参ります。なすべきことを終えたなら、おそばに戻ってまいります。どうかそれまで、待っていてください。遥かな黄昏《ゆうぐれ》に再びお会いできる日まで』

わたくしの姫様。

どうか逝《い》かないで、わたくしを待っていてください――と、羽羽は呟いた。


――羽羽はハッと物思いから我に返った。

水瓶《みずがめ》の、鏡の如き水面に小波が立ち、すぐに足もとがユサユサと揺れはじめる。地震だった。とっさに両手両膝《りょうひざ》をついた。星を読むために仙洞省の最上階にいるのを差しひいても、揺れはかなり大きい。

仙洞省の神具がいっせいに共鳴しはじめる。まるで耳のすぐ傍《そば》で鳴っているかのよう。

羽羽の全身が粟立《あわだ》った。足もとから太古の力の波動が噴きあがってくる。

（これ、は――ただの地震ではない……!?）

九彩江の宝鏡が壊れた時、同じ現象が起こった。それでもここまでではなかった。宝鏡《ほうきょう》山《ざん》以外に安置してある残り十一の補助神器が無事だったからだ。

その時、室に安置してある九つの祠《ほこら》の内、一つが木《こ》っ端《ぱ》微《み》塵《じん》に壊れた。地震のせいではなかった。内側から弾《はじ》け飛んだのだ。中に収めてあった神器が粉々に砕《くだ》け散っていた。

九つの祠は、それぞれ八州及《およ》び縹家に相当する。壊れた祠の位置は――。

碧州《へきしゅう》。

（まさか……碧州の〝羿《げい》の神弓《しんきゅう》〟が、壊れたと――!?）

神器の在所へ至るにも、縹家でも指折りの術者の援護が必要なのに。

羽羽はすぐさま室の中央の、半球状の水瓶に手をつっこみ、清めの水をすくい、辺りにまいた。というよりぶっかけた。まろびながら壊れた碧州の祠の場所へ行き、祠の周りに呪符《じゅふ》を並べる。左手で複雑精緻《せいち》な印を結び、呪を唱えると、体の中心に火のような熱い塊《かたまり》が熾《おこ》る。生命力が術に転換される熱さだった。呪符に右手が吸着し、引きずりこまれるような凄まじい吸引力を感じた。体がのびて腰《こし》からひきちぎれるかと思った瞬間、横から鞠《まり》のように思い切り蹴飛《けと》ばされて吹っ飛んだ。まるで引き絞《しぼ》られた弓矢になったようなこの感覚は。

（離魂《りこん》――）

永遠にも一瞬《いっしゅん》にも思えた飛翔《ひしょう》のあと、すべての音がやんだ。

羽羽の眼前に、別の風景が広がっていた。

真っ先に飛び込んできたのは、断崖絶壁《だんがいぜっぺき》に彫《ほ》られた見上げるような摩崖《まがい》造像。巨大《きょだい》な岩《がん》壁《ぺき》に、双龍《そうりゅう》や鳳凰《ほうおう》、麒麟《きりん》など瑞祥《ずいしょう》の獣《けもの》たちや神仙《しんせん》が浮かび上がるようにくりぬかれている。真夜中だったが、幽体《ゆうたい》の羽羽の目には色鮮《いろあざ》やかな彩色《さいしき》さえ見てとれた。どれも人の手で彫られ、彩色されたものだった。信じられないほどなめらかで美しく、精緻で、まるで生きているかのような迫力《はくりょく》をもつ摩崖彫刻《ちょうこく》。

（碧州神域、幽門石窟《ゆうもんせっくつ》――）

壊れた祠の位置に相当する碧州の指定神域だ。破られた封印の応急処置をするつもりで、逆に引っ張られたらしい。幽門石窟では強い余震が続いているらしく、石くれが次々と岩壁を転がり落ちて不協和音を立てる。

どくん、どくんと、羽羽の体の中心が脈打つ。それには特別な意味があり、起こるはずのないことであった。幽体のまま摩崖像の中へ飛翔すれば、思った通り、幽門石窟の最奥《さいおう》の台座で、祀《まつ》られていた〝羿《げい》の神弓〟が真っ二つに折られていた。

幽門石窟のご神体は、かつて九つの太陽を射落としたという〝羿《げい》の神弓〟と、その際に使われた九本の破魔矢《はまや》だ。九つの太陽にそれぞれ棲《す》んでいたという火烏《かう》を射貫《いぬ》いたことから〝火烏殺しの矢〟と呼ばれる。九本の破魔矢は別の場所に封印《ふういん》されており、この幽門石窟に安置されているのは弓弦《ゆづる》を外した〝羿《げい》の神弓〟のみだ。それが無残にへし折られていた。

（誰、が――）

何のために。

代々の力ある巫女《みこ》や術者の封印を易々《やすやす》と破り、〝羿《げい》の神弓〟を壊せる者は限られる。

飛ばされたのを幸い、幽体のまま封印の修復を試みる。当座凌ぎの処置を終えるや、視界が点滅した。時間切れだ。魂が体に戻ろうとする力に抗《あらが》い、羽羽は台座の〝羿《げい》の神弓〟に指を伸《の》ばした。壊れる前に何が起きたのか――誰が壊したのか。〝視《み》〟ようとしたが、恐《おそ》ろしい力でぐんと魂魄《こんぱく》が引っぱられた。誰かが邪魔《じゃま》をするかのように。たわみきった弓が戻るように、物凄《ものすご》い勢いで魂が天空を翔《か》け戻った。

しばらくは、自分が目を開けていることさえ、気づかなかった。――完全に放心していた。離魂がしょっちゅう使えないのは、肉体にひどく負担がかかるからでもある。

羽羽は真夜中の虚空《こくう》を長く見つめた。中央の天井は星見のために一部あけており、円い吹き抜けに夜昊があった。星が一つ流れた。

……無残に折られた〝羿《げい》の神弓〟。

壊すと何が起きるか、知る者は縹門一族や仙洞省でもごく限られている。開かずの仙洞宮でさえ、本当は開かないのではなく、開けてはいけないのだと、知る者が僅《わず》かなように。各州の神域に関しても、各家が知りすぎないように細心の注意を払《はら》ってきた。

地震《じしん》。星の特異な運行。目的をもって壊された碧州の神器。何より、縹本家と連絡《れんらく》が絶えて久しい。あらゆる連絡手段が完全に遮断《しゃだん》されていた。

何かが起ころうとしていた。……いや、違う。何かが終わろうとしていた。ずっと前から始まっていたものが、終焉《しゅうえん》に向かって転がり始めたような予感が、した。

第二章　○○○された王様

彼はちんたらちんたら、いかにもやる気なさそうに官庁区画を歩いていた。

脇《わき》を若い官吏《かんり》たちがおしゃべりしながら通り過ぎる。

「紅秀麗が失踪《しっそう》したって？」

「ああ、きいたきいた。なんか、帰ってこないんだってよ。しかも男と消えたって」

「えっ駆《か》け落ち!?」

「違《ちが》う違う。相手は十歳くらいのガキだろ。ホラ、うーさま背負《しょ》ってた仙洞令君」

「ああ！　あのすげーキレーな顔してたやつ。雰囲《ふんい》気《き》も独特だったよなー。てか、何で消えたワケ？」

「さー？　元冗官《じょうかん》の奴《やつ》ら、毎日御史台に押しかけてるけど、門前払《もんぜんばら》いだってさ」

またしばらく歩くと、別の会話が小耳に入ってくる。

「勅使《ちょくし》だろ？　それ放って途中《とちゅう》でばっくれたってことかよ？」

眉《まゆ》を顰《ひそ》めるようなしかめっ面《つら》まで思い浮《う》かぶ、嫌悪《けんお》感《かん》のある声だ。

「……やっぱさー、それってさー、アレ？」

「……だろ？　それっきゃないだろ」

うん、うん、としゃべっていた二人がおもむろに頷《うなず》き合う。

「――逃《に》げられたんだ。そんっっっなに王様の嫁《よめ》になるのが嫌《いや》だったんだな……」

盗《ぬす》み聞《ぎ》きをしながら歩いていた彼は、そのときだけガクッとした。

「……花嫁に婚前逃亡《こんぜんとうぼう》されちゃったんだな。王様超《ちょう》かわいそー」

「紅秀麗なら、やりかねねーよな……。『ふざけんじゃないわよ、アタシは大人しく政略結婚する女じゃないわよ！　お払い箱《ばこ》にしようったってそうはいかないワ！』とか。ほとぼりが冷めるまでどこぞで放浪《ほうろう》しながら仕事して、王様があきらめたころに戻《もど》ってくんじゃねーの」

「仕事スキだもんなー……。仕事より男を捨てそうな仕事っぷりだもんな……相手が美形の王様でも、容赦《ようしゃ》なしか。さすが紅秀麗。俺なら金持ちの美少女と結婚できるなら仕事を捨てるぞ！」

「俺もだ！　男より男らしいぜ紅秀麗。王様、歴史に残る赤《あか》っ恥《ぱじ》かいちゃったな……」

（……えーと…………こんなふーに言われてんだー……）

彼は、かりかりと頭をかいた。

呑気《のんき》な足どりのまま、彼は御史台に到着《とうちゃく》した。扉《とびら》をくぐるたびに衛士《えじ》や官吏に見とがめられ、そのつど御史だと証明するのに一苦労。御史大夫の室《へや》までたどりついたときには、「実は俺、御史じゃないのかも？」と自らを疑問に思うに至る。

名前をいうと、すぐに通された。果たしてどんな顔と態度をするべきかちょっと考えた後、よくわからなかったので、やっぱりちんたらちんたらとした足取りで入った。

彼はタヌキの耳飾《みみかざ》りを揺《ゆ》らしつつ、上司より先に遠慮《えんりょ》なくものを言った。

「……あのー、なんで、情報が漏《も》れてんスか？　誰《だれ》がばらしちゃったんです？　長官」

葵皇毅はちょうどそのことを考えていたところだった。誰が。……相変わらず一発でド真ん中を射貫く男だ。

「……まずは、報告をしてもらおうか、榛《しん》蘇芳」

＊　＊　＊

劉輝の執務《しつむ》室は、いまだかつてないほど気まずく重い雰囲気に包まれていた。

静蘭も楸瑛も絳攸も、いったいどう慰《なぐさ》めたらいいものかわからない。お互《たが》いにつつきあい、目で喧嘩《けんか》をし、肘《ひじ》でどつきあい、足を踏《ふ》み合った結果——意を決して楸瑛が動いた。

おそるおそる、劉輝に声をかけた。

「あの、主上《しゅじょう》……？　そんなに落ちこまないでも……」

まるで百年前から椅子《いす》の置物として置いてあった気がするほど、微動《びどう》だにせず石のように座っていた劉輝が、ピクリと反応した。

「……落ちこまないでって、どういう意味だ楸瑛……」

地獄《じごく》の底からわいてくるような声音である。

「ほ、ほら、秀麗殿に逃げられるのなんて、いつものことじゃないですか！　今回はちょっと派手に逃げられましたが、おかげで主上に同情票が集中してますよ！　低支持率が急上昇！　全国版で婚前逃亡された王様、なんだかこのごろ泣きっ面に蜂《はち》で、可哀相で親近感わいたねって」

「あっ、ばか楸瑛！」

絳攸が止めるまもなく、楸瑛は虎の尾っぽを踏んづけた。

勅使の途中で秀麗が行方《ゆくえ》不明になったことが知られれば、勅使の任務放棄《ほうき》と見なされる。秀麗と劉輝に非難が集中することを覚悟《かくご》していたが——。

よもや、こんな風に噂《うわさ》されるとは、予想だにしなかった。誰も。

全国版で婚前逃亡された王様。

秀麗が勅使途中《ちょくしとちゅう》で姿をくらましたのを、王様との結婚から逃げた、と解釈され、話はあっというまに朝廷《ちょうてい》中を席巻《せっけん》した。実に恐ろしい速さだった。

（なぜだ——!!）

紅秀麗が任務放棄するよりも真実味があると思われたらしく、朝廷中に膾炙《カイシャ》したその噂のせいで、以後劉輝は朝議に出れば重臣たちから生温かく同情に満ちた眼差《まなざ》しをそそがれ、後宮に戻れば女官たちの興味津々《きょうみしんしん》な視線に身の置きどころがなく、独身官吏たちからモテない男同盟に入りませんかという封書《ふうしょ》をそっと手《て》渡《わた》される毎日となった。

何より劉輝が立ち直れなかったのは、静蘭たちの誰一人としてその噂を否定してくれなかったことだった。劉輝は見てしまった。その噂を耳にした時、静蘭も楸瑛も絳攸も、「……その可能性があったか」といわんばかりに劉輝から目を逸《そ》らしたのを。

（ひどい、ひどすぎる!!）

劉輝は楸瑛に涙目でくってかかった。

「——落ちこまないでだと!? うるさい楸瑛！ 珠翠《しゅすい》にきっぱりフラれたそなたに言われたくないなっ!!」

「なっ、フラ、ふられてませんよ！ 私はまだ告白もしてないんですからね！」

「告白もしてないうちにフラれたんなら、余より恥《は》ずかしいぞ！ 『責任は取ります！』っていって突《つ》っ返されたくせに！ なにがフラれてない、だ。往生際《おうじょうぎわ》が悪いと思わぬか！」

フラれたのか、と絳攸と静蘭は内心で突っ込んだ。楸瑛も藍州《らんしゅう》への里帰りでイロイロあったらしい。似たもの主従である。

劉輝は机案《つくえ》を叩《たた》いて猛反論《もうはんろん》した。

「逃げ、逃げられたんじゃない！ ……はずだ！ よいか、余が秀麗に後宮入りを頼《たの》んだ夜は、それはもう切々と哀愁漂《あいしゅうただよ》う悲劇の主人公たる二人だったのだぞ！ 観客がいたら袂《たもと》を濡《ぬ》らさずにはいられない。『秀麗……すまない』『いいのよ劉輝』みたいな!! なのにリオウと駆け落ちするなんてありえん！ 十年後ならありえたかもしれんが！」

十年後ならありえたんだ……と誰《だれ》もがいっそうもの悲しい気持ちになった。確かに、リオウが二十歳《はたち》をこえたら、外見も中身もかなりいい男になっていそうだけど。

「なんか、悲劇的な求婚て、どう頑張《がんば》っても不幸な結婚にしかならなそーな響きっスねー」

「なっ、だ、誰だー！」

全員が声の方を振《ふ》り向《む》いた。静蘭が目を丸くした。

「そのタヌキの耳飾りは――タンタン君!?」

「……タヌキで判断かよ……相変わらずだなあんたも」

蘇芳はぼやいた。

「……一応、さっきからいたんですけど。こみいった話してるなら、また出直して――」

踵《きびす》を返そうとするや、静蘭、楸瑛、絳攸の三人から羽交《はが》い締《じ》めにされた。

「――お嬢様《じょうさま》に何があった！　言えこのタンタン！」

「お前一人か!?　燕青はどうした！」

「リオウくんはどこだ。何があったか話したまえ！」

三人がかりで文字通り締《し》め上げられた蘇芳は、本気で死ぬかと思った。

「ちょっ……ちょ、言うから放せっての!!　じゃねーと帰るぞッ!!」

いっせいに腕《うで》が引いた。蘇芳は涙目で咳《せ》きこんだ。

「……久々に帰ってきたら、コレかよ。うう、やっぱ貴陽って俺の鬼門《きもん》なんかも」

目の前に水の入った椀《わん》が差し出された。動揺《どうよう》をあらわすように、水面が揺れていた。

顔をあげると、王様だった。九彩江で見た時と同じ、泣きそうな顔をしてる。

「……そなただけでも、無事でよかった。何があったか、話してくれ」

蘇芳はちょっと笑って、椀を受けとった。

「……あんまり、いい話じゃないんだけど」

どこから話そうか、と、蘇芳はポツンと呟《つぶや》いた。

＊　　＊　　＊

合流予定の関塞《せきしょ》で落ち合った時、蘇芳が見たのは、面やつれし、衰弱《すいじゃく》しきって床《とこ》につく秀麗だった。弱々しげに蘇芳に首を向ける様は、とても夏に別れた秀麗とは思えなかった。高熱で意識が飛んでいるのか、蘇芳を見ても、すぐにはそうとわかる反応もなかった。

蘇芳はリオウを室《へや》に残し、燕青を外へ連れだした。

「……ちょっと」

夕刻になり、虫の音がうるさいくらい鳴いていた。敷地の外れにぽつりと立つ一本の松の木に寄りかかると、蘇芳は燕青を睨《にら》みつけた。

「……エンセー、……あれ、どういうこと？」

燕青は暗い顔でしばらく黙っていた。そんな燕青を見るのは蘇芳も初めてで、秀麗の容態がどんなに悪いか、察するにあまりあった。

「……貴陽を出るまでは普通だった。が、貴陽を離れると、姫さんが体調を崩《くず》してな。気分が悪くて目眩《めまい》がするって。そんときは少し横になってたら、回復したんだが」

「ああ……『貴陽酔《よ》い』ってやつ」

それは特に珍しいことではなかった。貴陽を出る時、一時的に具合が悪くなるのはよくある話で、感覚が鋭かったり、繊細《せんさい》な者ほどなりやすいという。『貴陽に慣れた体』に負担がかかるとかなんとか、蘇芳も聞いたことがある。

「でも藍州行きの時は、お嬢《じょう》さん別に何ともなかったろ？　大体、『貴陽酔い』って、たいてい一日二日寝てれば慣れて、元通りになるって聞いたぜ」

旅籠《はたご》も兼ねている関塞の方に燕青は目を向けた。

「タンタン、ここからはリオウの説明と俺の推測コミで話す」

蘇芳は怪訝《けげん》な顔をした。

「リオウってあのちっこいのだろ？　仙洞令君ていう。何、どういうこと？　あいつがなんか知ってるわけ？」

「……そうらしい。頑として口を割らねーけどな。肝心なことはどうしても話せないの一点張りだ。——どうも、姫さんはずっと心身を酷使しすぎて、そもそも体がひどく弱っていたらしい」

今度は蘇芳が黙った。この半年、紅秀麗がゆっくり休めたことはない。それは、蘇芳がよく知っている。

「姫さんは茶州の時から、そうだった。だからもうかれこれ一年ちょいか……。ついこないだも、姫さんは三日ほど仙洞省で寝こんで、リオウの世話になってた。そん時、少し休ませろってリオウからも言われてたんだ。だから一段落ついたらむりやり休ませるつもりだった」

「けど、今度は経済封鎖《ふうさ》を解くための勅使《つかいっぱ》で、休みナシで出立、になったわけね……」

吏部尚書と吏部侍郎の失脚、紅姓官吏の出仕拒否、経済封鎖と、立て続けにあったことは、蘇芳も知っている。どれも紅家の案件であった以上、おそらく紅秀麗は関わったのだろう。それだけでも尋常じゃない仕事量だ。

「……おい、まさか、貴陽んときからああだったわけじゃねーよな？」

「いや、傍目《はため》には、ちょっと寝込んだあとは元気になったように見えた。本当に貴陽の城門を出るなり、がくっときたんだ。リオウの話じゃ、貴陽っていう『清浄な場所』にいることで、弱った体でも休めばそれなりに姫さんも回復できてたらしい」

「えーと？　じゃあ貴陽を出て、逆に一気に負担がかかった、っつーこと？」

「と、リオウは言ってる。多分、半分は本当だと思う」

燕青もまた銀狼山《ぎんろうざん》で南老師《なんろうし》と長い間暮らしていたせいか、人より感覚は鋭い。妖《あやかし》もよく見るし、貴陽の特殊性も肌《はだ》で感じる。秀麗がシロとクロと呼んでいたものも、燕青にはたまに別な姿に見えた。特に気配が、銀狼山にいた銀次《ぎんじ》郎《ろう》という狼とひどく似ていた。貴陽を出たから秀麗の体調が崩れたというのも、嘘ではないとわかる。だが理由のすべてではないはずだ、とも。

「……当初はリオウの薬を飲んで寝れば、そこそこ回復してた。それが、貴陽を離れるにつれて、坂を転げ落ちるように悪くなってな……。今じゃ、リオウの薬も気休め程度しか効かない。ほとんどメシも食えなくなってる」

「……おい。あんた、そんな状態で、ここまで連れてきたのか？」

「貴陽に戻ればまだ持ち直すから引き返そうって、リオウがいくら説き伏せても頑としてきかなかった。俺には休まず馬車を紅州に向かわせろの一点張り。実際、今くらい容態が悪くなったのは、よりによって貴陽より紅州のが近くなった地点なんだ。このまま紅家に駆《か》けこんで看護を受けたほうが早いくらいだった」

蘇芳は苛立《いらだ》たしげに木に背を押しつけた。秀麗がしたであろう言動はわかりすぎるくらい想像がついた。勅使は王の代理だ。しかも経済封鎖の解決は一刻を争う。

「……でも、でもさ、あれ、どう見たって、もう勅使とかの話じゃないだろ⁉　俺だってわかるよ。下手したらお嬢さん——」

「わかってる。だから馬車を飛ばしてきた。御史裏行《みならい》の俺が勅使になることは不可能だが、タンタンなら可能性がある。御史に昇格したんだろ？」

蘇芳は呆気《あっけ》にとられた。

「ちょっと待て。俺⁉　俺に勅使代行して紅一族説得しろっつーの⁉　俺は別件できてて、んなの無理に決まって——……いや、悪い……そら、やれ、つーんなら、やるけど……保証しねーけど……」

燕青は目を丸くした。前までの蘇芳なら、言い直すにしても、絶対無理と言い切るくらいはしてたと思う。

「……でも、それってさ、燕青の考えで、多分、てか絶対お嬢さんは納得してないよな？」

燕青は頷いた。

「ああ。実際、姫さんが勅使任せられたのは、紅家直系のお姫さんだからだ。他のヤツじゃ、門前払いで終わりかねねーから、姫さんに押しつけられたんだ。姫さんもそれをよくわかってる。特に今邵可さんが実家に帰っててな。今なら、親父さんを通じて紅家当主と会える可能性が高い。だから余計焦《あせ》ってる。冬が到来する前に穀物《こくもつ》を運べなけりゃ、白州《はくしゅう》と黒州《こくしゅう》は死活問題になる。戻れないって言い張る姫さんの言い分もわかる。俺とリオウも迷ってたから、ぐずぐずここまできちまったわけだ」

蘇芳は燕青にボソッと訊いた。

「……それだけ？　お嬢さんが、この仕事終わったら後宮入って、退官するって、きいたんだけど」

蘇芳は鋭いところをついてくる。勘《かん》どころが抜群《ばつぐん》だ。

燕青は正直に答えた。

「そーみてぇだな。……この仕事が終わるまでは絶対貴陽に帰らねーっつー姫さん見てて、貴陽に戻りたくねーのかとも、思った。だから連れ帰れなかったのかもな」

誰かが椅子《いす》をひいて、すぐ横に座る気配がした。

秀麗が瞼《まぶた》をのろのろとあけると、蘇芳だった。リオウと燕青はいない。

蘇芳は頬杖《ほおづえ》をついた。そんな仕草を目にするのも、久しぶりで。

ちょっと、秀麗は笑った。蘇芳の顔を見ると、燕青や静蘭とは別な意味でホッとする。

「……タンタン……帰れとか、代わるとか、言わないでよ……」

蘇芳はつくづく呆れ果てた。呆《あき》れてモノも言えないとはこのことだ。言うけど。

「……死にそうな顔色で、笑いながら言うことかよ……相変わらずだなーあんたも」

「お願い。最後の仕事なの。大事な仕事なの。黒州と白州を思えば、できませんでしたなんて許されない。途中で具合が悪くなったから対処が遅くなりましたなんてふざけてる。任務途中での勅使交代が許されるのは、死んだ時だけなのよ。私が死んだら好きにしていい。でもそれまでは、やらなくちゃいけないことをまっとうさせて。お願い……」

蘇芳はじっと秀麗を見下ろした。熱が上がってきたのか、顔が火照っている。蘇芳は枕《まくら》元《もと》の盥《たらい》で布を絞ると、秀麗の額にあてた。

「……あんたさー、経済封鎖をしたのが実家の紅家だから、余計、責任感じてんだろ」

秀麗は答えなかったけれど、表情を見れば一目瞭然《りょうぜん》だった。

盥の横に書翰《しょかん》の束があった。経済封鎖の影響がどこまであるか、秀麗は関塞《せきしょ》を通るごとに各地の報告書に目を通していると、燕青から聞いた。

『姫さん見てて、貴陽に戻りたくねーのかとも、思った』

やはり燕青が一番紅秀麗のことをよくわかっていると思う。

「なんか『死んでもいいから仕事する』っつーか『仕事して死んだほーがマシ』って感じ」

「……タンタン？」

「仕事に逃げて、他の考えたくないこと、一瞬でもいーから忘れたがってるよーに見える」

秀麗の熱で潤《うる》んだ目がまじろぐ。動揺したように。

「『最後の仕事』ね。勅使が終わって貴陽に戻ったら、退官して後宮入りすんだって？」

それは秀麗にとって牢獄《ろうごく》行きと大差ないと蘇芳は思う。

「仕事に逃げこむってのが、あんたらしーけど。俺は絶対ありえないけど。あんた、『何だかわかんないけど何かすごい間違いしちゃった気がする。でもそれがなんだかわかんない、考えたくない』ってこの世の終わりみたいな顔してるわ。現実逃避《とうひ》でもなきゃ、ここまでしないし、紅家のやったことに責任感じてでもさ。いくらあんたでもね。そっちのが、わかりやすい。あんた基本フツーの女のコだし」

秀麗は朦朧《もうろう》とする意識の向こうで、その言葉をぼんやり聞いた。涙《なみだ》が、目の端に滲《にじ》む。なんだか、ぐさっとくることを言われた気がする。相変わらずタンタンは容赦《ようしゃ》なくて、正直で、鋭い。でも、今回は秀麗のほうがよくわかっていない。現実逃避？

『死んでもいいから仕事する』より『仕事して死んだほーがマシ』。……言われて、気づいた。その通りかも、しれない。

頭も心もぐちゃぐちゃに混乱しながら、秀麗は気絶するように眠った。


燕青が氷袋を手に室へ入ってきた。秀麗が眠っているのを確かめ、額の布が絞ったばかりだと知ると、手をつけずに上に氷袋をのせた。

それを椅子に座って眺めながら、蘇芳は九彩江で会った王を思い起こした。

蘇芳が王に会ったのは、贋作《がんさく》のときと、九彩江のときの二度。蘇芳にも王の秀麗に対する愛情は見てとれたが、秀麗の好意がどんな種類のものかは、よくわからなかった。あれほど王のために働いてるのだから嫌いではないだろうが、恋愛という感じではない。無意識に一線を引いているように見えた。……今なら、その理由がわかる気がした。

「あのさ、女人《にょにん》国試って、お嬢さんの時だけだよな？　それ以降、王様忘れてるっぽいよな」

「忘れてるかは知らねーけど、今んとこは姫さんの代だけなのは確かだな」

ふーん、と蘇芳は呟《つぶや》いた。燕青は飄々《ひょうひょう》としていて、唐突な質問を不審がりもしない。蘇芳の疑念など、燕青はとうに念頭にあったのだろう。

蘇芳の当て推量だが、どうも官吏《かんり》になる前から、王と秀麗は接点があった節がある。

もしも、王が秀麗のためだけに女人国試を実施したとしたなら。

女だから人一倍頑張《がんば》らなくちゃ認められない——ということだけではなく、無意識の底に沈んでいる後ろめたさが、秀麗を異常に仕事へ駆《か》り立てる一因だったとしたら。

（……たとえば、お嬢《じょう》さんが何の気なしにポロッともらした『官吏になりたい』のひと言で、あっさり法まで曲がっちゃったら、どーよ。もう何も言えなくなるじゃんよなー……）

望みを何でも叶《かな》えてくれる。いつでも特別扱《あつか》いしてくれる。

国の法を曲げてまで。

それを目の当《ま》たりにした秀麗は、どう思っただろう。嬉《うれ》しい？　なわけ、ない。

「……そりゃ、お嬢さんバリバリ働いて手柄《てがら》立てて、ちゃんと官吏としてお役に立ちますって証明するしかないわな……。スキとかキライとか、話になんないよ」

女人国試が本当にそうであったのなら、王の寵愛を楯に政事をほしいままにした寵姫や酷吏たちと何ら違いはない。登用されたあと、一度でも秀麗が職務に私情を挟めば御史台が動いたろう。

二人のちぐはぐ感は多分そこだ。

王様の恋が始まっているのに対して、秀麗はまだ始まってもいない。いや、始められない。この先を進んだら、下手をしたらとんだことになる——秀麗はどこかでそう気づいていたのだ。二人の『好意』の立ち位置が絶対的に違う。

だが、強引に駒《こま》を進められてしまった。

床の秀麗が苦しげに寝返りを打つ。蘇芳は呟いた。

「燕青、独り言だと思ってきいといて。俺はさー、お嬢さんがどっか遠いとこに逃げるのって、アリだと思う。官吏辞《や》めて家庭入るのもいーじゃんて俺も散々お嬢さんに言ったけど、それ、苦しくなったら逃げてもいいってことだから。お嬢さんが不幸になんなら、話は別」

燕青は、そうだな、と答えた。素っ気ない感じで。

蘇芳は直感した。秀麗の願いをいつでも叶えてきたという燕青。蘇芳が伝えるまでもなく、その選択肢《せんたくし》は用意してあるのだろう。たとえ微塵《みじん》も燕青の顔にあらわれなくとも、その選択肢を出すのが最後の最後であろうとも。蘇芳は安堵《あんど》した。

……だが、それは、思ってもみない形で叶うことになった。

紅家当主が交代し、片《かた》っ端《ぱし》から経済封鎖《ふうさ》を解いて上陽しているという一報が届いたのは、それから数日後のこと。

馬車の中で伏せっていた秀麗はそれを聞くと、溜息よりもささやかな声で、そう、と答えた。そして身を起こすと、自ら紅州州牧《しゅうぼく》や葵皇毅へ道中の報告書をしたため、他いくつかの書翰《しょかん》を書き残したあと、勅使の任務はこれでだいたい終わったから少し眠るわ、と呟いた。それから二度と目を開けなかった。

＊　＊　＊

あのときのことを、蘇芳は今もまざまざと思い出す。

『――今すぐ縹家に連れて行けば、なんとかなるかもしれない』

秀麗の手首の脈をとっていたリオウが、紙よりも蒼白《そうはく》な顔色でもらした。

『紅秀麗だけなら、今すぐ連れていける。方法はある。回復の手立てがあるとしたら、それしかない。でも――でも、帰ってこられないかもしれない』

リオウはひどく混乱していた。どうしたらいいかわからない、といった風に。

それまでやけに大人びて胡散臭《うさんくさ》いガキだなーと内心警戒していた蘇芳は、その時ストンと心が決まった。

おそらく燕青もそうだったのだろう。蘇芳よりも先に、燕青が口を開いた。

『可能性があるなら、今すぐ姫さん連れてけ』

リオウはたじろいだ。蘇芳もつづけて言った。

『いいから、行きなよ。俺も信用するわ』

『……ど、うして』

『エンセーだけでも連れていきてーって、超葛藤《かっとう》した顔してるから。何か企《たくら》んでんなら、燕青だけは絶対連れて行きたくないじゃん。全部ぶち壊して帰ってくるに決まってるし。最悪だろ。――お嬢さんと燕青の組み合わせなんてさ』

リオウはハッとした顔つきをした。蘇芳は軽い調子で笑ってみせた。

『あのねー。帰ってこれないかも、なんて無用の心配だよ。相手はお嬢さんだぜ？　帰りたくなったら相手が誰でも蹴散《けち》らしてフツーに帰ってくるから、絶対。そこ、君が悩むだけムダだから。生きてりゃいーの、お嬢さんが』

蘇芳も燕青も、九彩江で隻眼《せきがん》の男が、『縹家のおばちゃん』の使いで秀麗を連れにきたことを覚えている。帰ってこられないという意味は、ひょっとすると死とは違う意味合いなのかもしれない。それでもリオウが連れ帰るのを迷っているのを知った時点で、二人とも決めた。そう、秀麗が生きてればそれでいい。

『――お前に預ける』と燕青は言った。

リオウは押し黙った後、頷いた。

……そうしてリオウと秀麗は、『消えた』のだ。文字通り。

秀麗がいなくなったあと、蘇芳は少し、ホッとした。

まるで運命の神様が用意してくれていた逃げ道のようだと思った。

これで秀麗はやっと休める。時間ができる。考える時間も逃げる時間も。

そう、帰りたくなったら帰ってくる。

そうじゃないなら、……それもいい。

蘇芳は『いーんじゃないの』と、もらした。誰に言うともなく。

それらの出来事を、蘇芳は事実のみかいつまんで淡々《たんたん》と話した。

「……で、リオウに縹家に連れて行ってもらった。助かる唯一の方法だっていうから。実際、他の医者の薬は全然役に立たなかったから、リオウの言葉に頼るしかなかった」

蘇芳はつづけた。

「……お嬢《じょう》さん、最後まで王様のこと、心配してた。早く何とかしないと、どんどんあんたの立場が悪くなる、って。ずっとそうやって、無理を重ねてきたんだ。勅使の任務はすんだ。葵長官にも報告してきた。もういいだろ。後宮に入れるくらいだから、別にあいつがいなくちゃ仕事で困る、ってワケでもないんだろ？　……少し、休ませてやってくれよ」

蘇芳は胸から、二通の封書《ふうしょ》を取り出し、一通を劉輝に、もう一通を静蘭に差しだした。どちらもむきだしの料紙をたたんで、直接封蠟《ふうろう》を捺《お》しただけの、簡素なもの。

「……紅秀麗が、最後に書き残した書翰の内の一つだよ。王様と、静蘭宛《あて》だったから」

二人とも、受けとらなかった。

永遠に差しだしていることもできたけれど、蘇芳は机案《つくえ》に置いた。

「俺と、燕青にも、書き置きがあってさ。燕青はお嬢さんの仕事を引き継《つ》いで、紅州へ入った」

『俺だけは、何があっても姫さんを官吏でいさせてやるって、約束したからな』

蘇芳は燕青みたいに、かっこよくは言えないけれど、気持ちは同じだ。

「俺も、仕事があるから、ここに長居はできない。いい加減、あんたらもちゃんと目ぇ開けてないと、大変だぜ。これからどんどん悪くなってくばっかりになるぞ。あんたらの節穴が映さなかったものを見て、かわりに助けてくれた紅秀麗はもういないんだ」

蘇芳は劉輝に向き直った。

「……俺は、しょーじき、紅秀麗が思ってるほど、あんたがいい王様だとは思ってない。今のところね。どこらへんがそーなの？　って思うし」

劉輝の顔が情けなく歪《ゆが》んだ。

蘇芳も、決めたことがある。

「……でもさ、紅秀麗が選んだ王様はあんただった。だから俺の王様も、あんたにしてやるよ。あんたのためじゃなくて、あんたがいい王様になるって最後まで信じてたお嬢さんのために。あいつがいつか戻ってくるまで、できる限りあんたを助けてやるよ。時々長いものに巻かれちゃったりするかもだけど。あとあの女のかわりは期待しないでくれよ。不可能だから」

蘇芳はもう一つの情報を渡した。

「……俺が知ってることを教えるよ。お嬢さんが兵部侍郎暗殺の時から調べてたことがある。各州の地方人事。重要な官位は、『貴族派』のやつらが次々乗っとってる」

絳攸は訊き返した。

「……なんだと!?」

「殺された前兵部侍郎、自分の一族を不正に高官位につけて、御史台に目をつけられたろ。あんとき、お嬢さんは地方の人事を調べてて貴族派の高官が多いことに気づいたんだ。でも、洗っても前兵部侍郎の横車以外の不正はなかった。つまり貴族派は実力でそれぞれ要職についてる。……意味、わかるだろ」

清雅の口癖《くちぐせ》は「不正なんてするやつは三流だ」だった。そのとおりだ。こつこつ実績を積み上げて手に入れた官位、信頼《しんらい》、経験に優るものはない。

前兵部侍郎が暗殺された理由の一端《いったん》は、ここにあったのだろう。おそれたのは、兵部侍郎が勝手にしでかした不正人事を調べられることで、地方の重要官位が貴族派に塗《ぬ》り替《か》わっていると秀麗――王側に気づかれることだったのではないか。それなら「紅秀麗も殺していいといわれた」という前兵部侍郎の言葉の意味もつながる。

あのあと、紅秀麗は九彩江行きのゴタゴタで、人事の件から目がそれた。

不正をしているわけではないから、調べても何もでてこない。必要だったのは、官位を正々堂々のっとるための時間。中央が派手な官位争いをしている隙《すき》に、貴族派は地方の要職に次々任官し、勢力図を静かに書きかえていったのだ。それに勘づいて、地道に調べつづけていたのは秀麗くらいだったろう。

「……郡府人事は、花形の州府より地味だから目につきにくい。でも土地の人の信頼をいちばん得てるから、いざとなったらお飾《かざ》りな州官より権限も強い。国試派は、たいてい出世目当てだからそーゆー地味なとこ、嫌《きら》うし。……でもさ、地方で何かが起こった時、高官にいんのがほとんど貴族派だと、……いざというとき地方に誰も王様の味方がいない、ってことになるよな」

昔、中書省《ちゅうしょしょう》にいて、官吏《かんり》たちの壮絶《そうぜつ》な権力闘争《とうそう》を目の当たりにしてきた蘇芳には、そこらへんのやり方を少しはわかっているつもりだ。

静蘭の背筋を冷たいものが流れ落ちた。……よく似たやり方をしている人を知っていた。

華々《はなばな》しさはないが、静かに着実に打ってきた手が覆《くつがえ》ることはない――。

（旺季殿――）

国試派隆盛《りゅうせい》の陰《かげ》で、冷や飯を食う貴族の子息たちを援助《えんじょ》し、厳しく指導し、葵皇毅、凌《りょう》晏樹、陸清雅といった名だたる能吏《のうり》をその手で送り出した。中央でなく、まず地方の要職を着実にとってくるやりかたは、いかにも彼がやりそうなことだった。小細工なしの超一《ちょういち》流《りゅう》の正攻法《せいこうほう》。何が起きているかわかっても、今さらどうにもできはしない。

最後の貴族。

「ついでにいえば、狼煙《のろし》があがるのはそんなに遠くないと思う。碧州がヤバイ。紅州も。被害《ひがい》は紅州のがでかいかも。あと、多分、紫州《ししゅう》のはじっこも……かな。覚悟《かくご》しといたほーがいい」

蘇芳が何を言っているのか、劉輝はまるでわからなかった。何も……頭に入ってこない。馬鹿みたいに訊いた。

「ど…ういうことだ」

「……俺が夏からこっち、葵長官にどこに行かされて、何を調べてたか、聞いてないのか？　……まあ、吏部の件でゴタゴタしてたみたいだしな……」

何も知らされていない、という言葉が、劉輝に深く突《つ》き刺《さ》さった。

（……余は、何も、知らされていない……？）

　蘇芳は外を指さした。

「通称《つうしょう》『黒い嵐《あらし》』」

　絳攸も、楸瑛も、静蘭も、顔色を変えた。

「嘘《うそ》だろう⁉」

「残念ながら、ほんと」

「でも、まだ報告がきてない！」

「これから、くるよ。間違《まちが》いなく、発生する」

「どうしてわかる⁉　あれは発生の予想ができるようなものじゃないはずだ」

　蘇芳は乱暴に頭をかいた。

「数十年前から、御史台でちゃんと統計をとってたから、ある程度の発生条件はわかるんだとさ。あと、確実なのは色」

「……色？」

「俺も初めて知ったけど、あいつら、発生前に個体の色が変わるんだ。普通《ふつう》、緑じゃん？　でも、黒と黄色の、不気味な色に変化する。俺、今まで別の種類だと思ってたよ。一匹《いっぴき》でも見つけたら、もう手《て》遅《おく》れ。それが大発生の前触《まえぶ》れ。成虫になったら、とりかえしがつかない。……で、長官に言われて碧州に視察しに行ってみたら、……どんぴしゃり。まだ中型だったけど。それが成虫になるまで、平均ひと月ちょい。……もうそろそろ、くる」

何が。

劉輝の心を読んだように、蘇芳は言った。

「……飛蝗《バッタ》だよ。黒い飛蝗の大群。通称『黒い嵐』。一度群れておしよせたら、人間にできることなんか何もない。農作物どころか草木まで残さず食い尽くして、食えるものがなくなったら別の土地に大移動して、また根こそぎ食う。卵産みながら。そこから次々幼虫が大発生して、飛んで、食って……。食うもの減って群れを維持《いじ》できなくなって自滅《じめつ》するまで大地を襲《おそ》いつづける。碧州と接してるのは紫州と紅州。国の穀物庫・紅州はちょうど収穫期《しゅうかくき》まっさかり。……下手《へた》したら大飢饉《ききん》になるぜ」

旱《ひでり》、水害と並ぶ、三大災害の一つ。

一度の発生で一つの王朝が終わるとさえ言われる。

――蝗害《こうがい》。


かさ、と音がして、何かが大きく飛び跳《は》ねた。

飛蝗だった。楸瑛は思わず叫《さけ》んで踏《ふ》み潰《つぶ》してしまった。長靴をどけると、緑色の、ごく普通の飛蝗だった。水を打ったような室内で、最後に蘇芳は告げた。

「……一応、これもいっとくわ。飛蝗の色が変わるのが群れる前兆ってのを、貴陽を発つ前の俺に教えてくれたのは、鄭《てい》尚書令だったぜ」

『……俺が夏からこっち、葵長官にどこに行かされて、何を調べてたか、聞いてないのか？』

蘇芳の言葉が、いっそう重くその場に落ちて、転がった。

＊　　＊　　＊

……蘇芳が去った後、押し殺したような硬《かた》い沈黙《ちんもく》を破ったのは静蘭だった。

「……鄭尚書令を、あまり信用するべきではないかもしれません」

絳攸は、静蘭よりは慎重《しんちょう》な面持《おもも》ちで言った。

「……悠舜様は黎深様と黄《こう》尚書のご友人で、しかもあのお二人をおさえて状元《じょうげん》をとった方だぞ。茶州を十年かけて立て直した人で、実力にも人柄《ひとがら》にも信望がある」

「逆に、それほど有能な官吏を、なぜ霄太師や先王陛下が中央へ戻《もど》さずに十年も茶州へ追いやっていたかを、考えるべきだったのかもしれません」

静蘭の指摘《してき》を、楸瑛も認めた。

「……まあ、確かに、長すぎるよね。公子争いの後、同期だった黎深殿、黄奇人《きじん》殿、管飛《かんひ》翔《しょう》殿、来俊臣《らいしゅんしん》殿は、残らず尚書《しょうしょ》に昇格《しょうかく》してるし、姜文仲《きょうぶんちゅう》殿は八州でも最高位の藍州州《しゅう》牧《ぼく》着任。なのになぜか首席の悠舜殿だけが最下位の茶州、しかも州牧でさえなく州尹《しゅういん》据《す》え置きのまま十年……。同じ状元でも、絳攸と比べたら天と地の差だよ。絳攸が吏部侍郎になった時点で、官位では悠舜殿を追い越《こ》して出世したってことになるし……」

最年少で絳攸が要職・吏部侍郎就任を認められたのは、「状元及第《きゅうだい》」の肩書《かたが》きが大きい。状元の扱《あつか》いは別格だ。どんな異例の出世をしても認められる風潮がある。なのに、史上最難関と言われた年の状元である悠舜の扱いはあまりにもぞんざいすぎる。まるで、わざと茶州から出さないでいたかのように。

話の間も、机案《つくえ》には蘇芳が置いていった書状があった。一通は劉輝、もう一通は静蘭宛《あて》だが、どちらもその件についてはひと言も口にもしなければ、手を伸《の》ばそうともしなかった。静蘭は視界に映っても、意識にのぼらないようにした。幸い、今は他《ほか》に考えるべきことが山ほどあった。考えなくてすむ。人事、蝗害、もしかしたら、まだ隠《かく》されていることがあるかもしれない。

誰かの意図によって。

静蘭は強いて書状のことを考えまいとした。

「……悠舜殿のことを調べてみました。悠舜殿の入朝前の経歴は何も残ってません。国試受験時に提出されたはずの身上書も、不自然に散逸《さんいつ》していました。他にも、彼がそもそも本当に平民出身なのか、疑わしい点が見受けられるように思います」

楸瑛と絳攸の顔つきが険しくなった。悠舜の人柄への信頼と、黎深と奇人の同期ということ、何より今まで中央とほとんど無関係だったことで、吏部にいた絳攸も悠舜の調書を引っ張り出すことはなかった。散逸してることさえ知らなかった。

「……それ、は、ちょっと、おかしいよね、絳攸」

「当たり前だ。状元の身上書だぞ。しかも国試初の平民出身の状元だ。吏部に残ってないわけがない。誰かが故意に抹消《まっしょう》するにしても、機密文書だ。……大官級でないと保管場所には入れない」

　劉輝はぎくりとした。

　以前、凌晏樹に言われたことがあった。

『陛下は鄭悠舜について、何をどのくらいご存じなのです？　仕官する前、彼がどこで、何をしていたか、ご存じではないでしょう。抹消されてますからね』

　――抹消されてますからね。

　あの時すでに凌晏樹は、悠舜の身上書が散逸している事実を知っていたことになる。今から思えば、仕官する前の悠舜さえ知っているような口ぶりだった。

　門下省《もんかしょう》次官である凌晏樹は旺季の腹心だ。

　以前、真夜中に悠舜の執務《しつむ》室から旺季が出てきたことがあった。そのあと、絳攸と黎深が失脚《しっきゃく》した。失脚の原因は悠舜でも旺季でもないけれど。

『あまり彼の意を用いすぎて、あとでとんだことになっても知りませんよ、ということです』

　晏樹に言われたことを伝えようかと、劉輝は僅《わず》かに口を開いたが、数拍《はく》ののち、何も言わないまま口をつぐんだ。

そんな劉輝の様子に気づかず、静蘭は険しい顔で言った。

「……ですが、今すぐ悠舜殿をどうこうはできません。別段落ち度もありませんし、主上《しゅじょう》がたって望んだ尚書令です。それに、……もう人がいない。黎深殿と絳攸殿は失脚、その坊《ぼっ》ちゃん元将軍は今や藍家から勘当《かんどう》されて私の雑用係。旦那《だんな》様も紅家当主にはなられましたが、逆にいえばそのために官吏《かんり》を辞《や》めざるを得《え》なくなった……」

府庫の窓際《まどぎわ》官吏でも、いざとなれば力業《ちからわざ》で抜擢《ばってき》することもできた。だが、今となってはもはや不可能だ。先だっての紅一族の不祥事《ふしょうじ》を思えば論外だ。

「ここで悠舜殿まで遠ざけては――」

朝廷《ちょうてい》において、劉輝を輔《たす》け、楯《たて》になる人間が他に誰もいなくなる。

そう、もう中央において劉輝の側近は、今や悠舜しかいないではないか。

静蘭も、また絳攸と楸瑛もそうと悟り、ぎょっとした。

黄尚書や管尚書は、劉輝側というよりは、悠舜寄りだからそう見えるだけだ。礼部《れいぶ》の魯《ろ》尚書は劉輝に味方をしてくれるかもしれないが、六部《りくぶ》の中では政事的に重要な部署とはいえない。刑部《けいぶ》の来俊臣は今まで中立だったが、秀麗の後宮入りが決まって以来、劉輝への心証を下げた感がある。兵部の孫陵王《そんりょうおう》は旺季の旧友、吏部尚書代理の楊修《ようしゅう》の昇格を進言したのは――悠舜と旺季だった。仙洞省は政事から一定の距離を置く。残る門下省と御史台はいうに及《およ》ばず旺季の牙城。

静蘭たちは戦慄した。どんどん、陣地が潰されていっている。春からこっち、次々と噴《ふん》出《しゅつ》する難題に対処するので精一杯《せいいっぱい》だったが、その裏で、巧妙《こうみょう》に、追いこまれていったことに、いま初めて気づいた。いま初めて気づいたのだ、彼らにして。それくらい――隙《すき》がなく、静かな鬼謀《きぼう》だった。

静蘭は、こういうやり方が絶妙《ぜつみょう》にうまい人を知っていた。

（この、詰《つ》め碁《ご》のように隙のない勝負の仕掛《しか》け方――）

静蘭が何度碁を挑《いど》んでも、ついに一度も勝てなかった。どんなに手を読んでもさらに先を読まれ、とっくに負けていることさえ静蘭に気づかせずに勝負を決めた。だからこそ防戦一方なんてらしくない、打てる手も打ってない――と、静蘭はその人に言ったのだ。だが、逆から見たらどうだ。相手に気づかせずに勝ちを決めるこの鮮《あざ》やかな手は、まさに鄭悠舜の碁だ。

悠舜に疑いをもっても、遠ざけることはできない。彼の尚書令着任は劉輝直々《じきじき》の要請《ようせい》だった。常に劉輝の楯となり、庇《かば》ってきたただ一人の大官だ。それに彼を切ったら、黄奇人や管飛翔も離心するのは火を見るより明らか。今や劉輝の治政は百官の、宰相《さいしょう》鄭悠舜に対する敬意と信頼《しんらい》でやっと繋ぎとめられていた。

それを思えば、秀麗が最後の頼《たの》みの綱《つな》だったことが、今さらながら重く胸に響《ひび》いた。御史は王の官吏。秀麗ならば悠舜の不可解な部分や底意をさぐってくれたろう。虚実入り交じる中から真実を拾いだしてくれたはずだ。何より地位の低い監察《かんさつ》御史でも、単独で宰相を弾劾《だんがい》できる独立権限を持つ。燕青は御史裏行《みならい》であって御史ではない。蘇芳は助けてくれるかもしれないが、秀麗と同じ働きは期待するなと言った通り、最後にどう転ぶかはわからない。蘇芳のいちばん大事なものは劉輝ではないからだ。だが、秀麗なら劉輝を裏切ることは決してない。清雅と伍する御史だと、朝廷に示した矢先でもあった。

……なのに、劉輝たちは自らの手であっさりと彼女を処分してしまったのだ。

誰も、秀麗がいたら、とは言わなかった。言えるわけがない。

言えるわけがない。

『あんたらの節穴が映さなかったものを見て、かわりに助けてくれた紅秀麗はもういないんだ』

静蘭は必死で頭を動かした。

「……まだ悠舜殿が向こう側かどうか、決まったわけではありません。悠舜殿の言動に気をつけていれば、充分《じゅうぶん》最悪の事態は免《まぬか》れるはず――」

そのとき、地震《じしん》が足下《あしもと》に伝わってきた。このところ、小さな地震が多かった。

まるで、巨大《きょだい》な足音が、一歩ずつ迫りくるように。

劉輝は最後まで黙《だま》ったまま、立ち尽くしていた。

第三章　惑いの王

ああ、死ぬんだな、と、思ったことを覚えている。

横になって、目を閉じて、ふっと息をついた時、かろうじて秀麗を動かしていたものが、いちどきに流れ出ていった。

いつからか、蜘蛛《くも》の糸のようにまつわりついて消えなかった鉛《なまり》のような疲労《ひろう》が、さぁっと消えていった。リオウや、燕青や、タンタンの声が、近いのに遠くて。何を言っているのか、聞き返そうにも、もう瞼《まぶた》を上げることさえできなくなっていた。

それは、くたくたになって寝台《しんだい》に倒《たお》れこんだ時の、優しい、心地よい眠《ねむ》り。

もう二度と目を開けなくてもいいんだと思って。

秀麗は、……ひどく、安心したのだ。

（……もういいでしょ？　もういいよね……）

誰《だれ》に、そう言いたかったのか。

誰かが答えてくれた。

好きなだけ眠っていい、と。

（うん……休ませて……）

嬉《うれ》しかった。お礼を言いたかったけれど、言えなかった。

身も、……折れてしまった心も、ひどくたくただった。

＊　　＊　　＊

暗闇《くらやみ》を一条《ひとすじ》の光が切り裂いた。複雑な幾何学模様を描いて床に光芒《こうぼう》が走る。縹家においては〝通路〟の方陣《ほうじん》と呼ばれるもの。方陣が稼働したことに気づき、術者は驚いた。〝通路〟はずっと閉鎖されており、使えないはず。やがて光を放つ円陣の真ん中に、リオウの姿が浮かびあがる。ぴくりとも動かない一人の少女を両腕に抱《かか》えて。

「〝静寂《せいじゃく》の間〟を開けろ！　薬をありったけかき集めろ。この女を死なせたら俺が許さん！」

リオウが叫んだ。

「〝癒《いや》し手〟どころか高位術者は全員出払《ではら》ってるだと⁉　ふざけんな！」

怒り任せに怒鳴《どな》られた巫女《みこ》は、おどおどとうろたえた。リオウは現当主縹璃桜の実子ではあったが、娘《むすめ》でなく『息子《むすこ》』であったこと、『無能』だったことで、今まで幽霊《ゆうれい》のように無視されてきた。リオウも地位や権利を主張したことはなく、いつも物静かだったので、よけいリオウの剣幕に巫女たちは身を縮こめた。

リオウは業を煮やした。秀麗を〝静寂の間〟で休ませたものの、一向に治癒《ちゆ》のできる術者がこず、訊けば体の空いている者が誰もいないときた。リオウも若干《じゃっかん》の医療《いりょう》の知識はあるし、薬草を煎《せん》じるくらいならできるが、高度な医療とはほど遠い。縹家にいる名医や治癒系術者たちがしょっちゅう〝外〟に呼ばれて不在がちなのはリオウも知っている。嘘《うそ》をついているわけでもないことは、狼狽《うろた》えている巫女たちを見ればわかる。だがよりにもよっていま全員出払っているとは――。

床《とこ》に横たわる秀麗には血の気というものがない。唇が紫がかっている。リオウは脈をとり、口許《くちもと》に手をかざした。リオウの顔色がサッと変わった。即座《そくざ》に秀麗の顎《あご》を上向かせ、鼻をつまんで気道を確保する。大きく口から息を吹《ふ》きこむこと十数回――呼吸が戻《もど》らない。左胸の少し下をまさぐり、鼓動を確かめる。

（くそったれ。心音が――）

心臓処置に移ろうとしたときだった。

何か白い小さなものが、タタタッと秀麗の仰向《あおむ》けの胸に駆《か》け上がった。

羽羽を思わせる真っ白な毛、小さなとんがり耳に長い尻尾《しっぽ》、素早《すばや》い動きと賢《かしこ》そうな目。

チュー、と場違《ばちが》いなくらいマヌケな声で鳴きやがったのは、一匹《いっぴき》の小さな白ネズミだった。

（ネズミ――!?　臨終の瀬戸際だってのにふざけてんのかこのネズミ！）

リオウのはなはだ理不尽な怒りなどそっちのけで、白ネズミは秀麗の左胸で止まった。細長い尻尾の先を、ピンとつける。心臓の真上に。と、気道を確保したままのリオウをも、雷《かみなり》の如き衝撃と痺《しび》れが貫いた。

「うわっ⁉」

痛みと痺れがおさまったあと、リオウが目を落とすと、秀麗の頬《ほお》に微《かす》かに赤みがさしていた。心臓をまさぐると、トコ、トコ、と鼓動《こどう》が再開していた。異常なほど、ゆっくりではあったけれど。念のため、唇《くちびる》にも手をかざすと、呼吸も戻っていた。

リオウは安堵《あんど》のあまり、ずるずると寝台に背をつけて座り込んだ。

チューと、またマヌケな鳴き声がした。まるで存在を主張しているようだ。この縹家でたいしたものだ。リオウでさえ今日初めて主張したのに。ネズミに負けた。

リオウは腕を伸《の》ばして、白ネズミをすくいあげた。白ネズミは逃《に》げることもなく、髭《ひげ》をそよそよとそよがせ、リオウの掌《てのひら》でじっとしていた。

――雷での蘇《そ》生《せい》術。

縹家では〝雷治療《かみなりちりょう》〟と呼ぶが、このネズミがしたとしか思えない。縹家でも高位術者のみが操れる蘇生法だ。ついでに〝雷治療〟は二者択一《にしゃたくいつ》の結果しかない。生きるか死ぬかやってみなけりゃわからないという、蘇生術とは名ばかりのとんでもない博打《ばくち》なやり方である。リオウはネズミのヒゲをひっぱって睨《にら》んだ。

「お前、さっき迷わずズドンとやりやがったな！　死亡時刻になってたらどうしてくれる」

ヒゲをひっぱられ、ネズミはキーキー抗議《こうぎ》の声をあげた。リオウはひっぱるのをやめた。

蘇生は時間との勝負だ。治療の遅《おく》れこそ致命的だった。ネズミが迷ってたら、それこそ紅秀麗は死んでいたかもしれない。見たところさっきよりも容態が落ちついている。どうも〝雷治療〟とあわせて治癒の術も混ぜこんでくれたらしい。リオウはネズミの頭を撫《な》でてやった。

「……おかげで助かった……礼を言う」

ネズミに真面目《まじめ》に礼を言うのもばかみたいな気がしたが、ただのネズミではない。

白いネズミ。見た時は速攻でつまみだして捨てようと思ったが――。

リオウは目を細めて真っ白なネズミを見つめた。

（……『誰』だ？）

『無能』なリオウには、術者のように感知することはできない。だが、間違《まちが》いなく中に誰か『入って』いる。それも〝雷〟と〝治癒〟を同時に扱《あつか》えるほどの高位の術者か巫女。

白ネズミは家の守り神だ。時に神仙《しんせん》たちの小さな御使《みつか》いとも呼ばれ、霊的《れいてき》にも位が高い。

遠方にいるのか、それともネズミの姿をかりるしかない状態にいるのか。

前者なら、羽羽ということも考えられた。高位術者でモコモコ姿、小さく可愛《かわい》い見た目も羽羽っぽい。むしろネズミの方がモコモコさが減って物足りない。

（でも、羽羽が仙洞省をほったらかしてこんなところにいるわけがないよな……。それに羽羽って〝雷〟使えるのか？）

妖のいない貴陽では、仙洞官に求められるのは暦の算定や行事の差配、占星術《せんせいじゅつ》、医学の知識なため、リオウも羽羽が術者としてどんな系統の異能を扱えるのか知らない。それに、カンだけれど羽羽ではない気がした。

（……女か……？）

なんとなく、そう思った。

いまこの縹家にいて、『体』が動けない状況《じょうきょう》にある高位の巫女。

……一人、心当たりがあった。

リオウが以前、眠っていた暗示を発動させてしまった後宮の女官。

二十年前、縹家から逃げた一人の〝暗殺傀儡《あんさつにんぎょう》〟がいた。絶対服従のはずの瑠花の洗脳を解き、〝薔薇姫〟と黒狼とともに逃亡《とうぼう》して行方知れずとなった縹家の兇手《きょうしゅ》。もとは『無能』だったはずが、そののち異能も顕現《けんげん》させたという、異例づくしの〝暗殺傀儡〟『珠翠』。

王から、九彩江で珠翠と会ったことは聞いていた。珠翠が本当に縹家に自ら戻ったのなら――伯母上《おばうえ》が許しておくはずがなかった。

あの女官なら、秀麗を助けたのもわかる。

「……珠翠、か？」

白いネズミはつぶらな真っ黒な目でリオウを見上げたまま、たいした反応も見せなかった。尻尾を少し揺《ゆ》らしたくらいだ。しゃべれなくとも、リオウの言葉は理解できているはずなのだが。

そもそもネズミはコクッと頷《うなず》くことができない生き物なのかも。

(まあ、いいか)

リオウがネズミのふよっとした白い腹をつつくと、ネズミは抗議してヒゲをそよがせた。

室には秀麗とリオウと白ネズミ一匹のみ。もの音一つ聞こえず、自分の溜息が耳につくほどしんとしている。久しぶりに帰ってきた天空の宮は、相変わらず永遠の静寂《せいじゃく》に包まれていた。

……あまりにも人気がなさすぎる気もした。

出払っている、といった巫女の言葉がよみがえった。出払っている？　なんのために。

(……あとで考えるか……)

ひどく疲《つか》れていて、考える気力も尽《つ》きていた。馴染みのある虚ろなしじまがゆるゆるとリオウを侵蝕してくる。

ここはまるでがらんどうだ。眠っているのではなく、死んでいるような静けさ。

閉じられた天空の城。何か大事なものが止まって、少しずつ端《はし》から腐《くさ》って、壊死《えし》していってるのではないかと、思える。

巫女や下男も、ちっとも生きてる気がしない。すべてがくすんだ灰色。

自分も、そうだったのだろうか。死んだような顔をしていたのだろうか。

(……〝外〟に長くいすぎたのか？)

それとも、リオウが『生きている』ということの意味を、知ったからか。

リオウが怒って叩《たた》き出したからか、誰《だれ》一人として様子を見にすら戻ってこない。助けに飛んできたのはこの白ネズミ一匹とはどういうことだ。

いままでも、縹家ではリオウの言葉を聞く者なんかいなかった。〝外〟では、リオウが『男』でも、『無能』でも、子供でも、それだけでバカにされたり、無視されたりすることはさしてなかった。少なくとも王も、旺季も、悠舜も、羽羽も、リオウが仙洞令君として感じたこと、考えたことを口にすれば、耳を傾《かたむ》けた。

忘れていた。男であるリオウは縹家に戻れば、無価値な存在だということ。

名前さえ、彼のものではないこと。

紅秀麗と、まるで逆だ。女ゆえにどんなに頑張《がんば》っても、成果を出しても、〝外〟では認められない。挙げ句の果てにあっさり政略結婚《けっこん》の道具にされ、後宮に入れられてお払い箱《ばこ》だ。子供ができないから、一夫一婦制もやめて、十三姫《じゅうさんひめ》を格上げするだろうともきいた。

それが、愛が世界でいちばん大事だといった、王の選択《せんたく》。

……それは〝外〟の世界では『正しい』ことなのだろう。縹家では男に生まれたというだけで地位の低さから抜けだせないように。もし〝外〟の男が縹家の習わしを不公平だと憤《いきどお》るなら、〝外〟の女に対する扱いも、女からすれば間違っているはずだった。

その縹家でも、結婚を理由に仕事を辞めさせられる男はいない。娘を産ませられない男を一文無しで放り出すことはあっても、男は黙って女に尽くして堪《た》え忍《しの》べが家訓でも、瑠花は学問と職業にだけは一切口出ししなかった。

（……そういや……）

そんなのはおかしいと、紅秀麗が口に出して言ったことはなかった気がする。

男とか、女とか、そんなの関係ないと言うかわりに、身を以て証した。

……最後の最後まで、王の官吏《かんり》だった。

リオウはのろのろと立ち上がった。ひどく重いと感じるのは、体なのか、心なのか。天《てん》蓋《がい》つきの寝床では安らいだ顔で秀麗が眠《ねむ》っている。皮肉なものだ。瑠花の居城であるこの清浄《せいじょう》な場所が、最後に彼女の命を繋ぎ止めるなんて。苦しみの消えたその寝顔は、リオウを僅かに救ってくれた。

縹家に連れ帰るしか、道はなかった。

それが秀麗にとって、最悪とさほど変わらない選択だったとしても。

「……少し、休めばいい。あんたは、充分《じゅうぶん》すぎるくらい仕事をした。あとは浪《ろう》燕青と榛蘇芳が引き継《つ》ぐ。だから安心して、ここで、少し眠れ。……疲れたはずだ」

心も体も、くたくたに。

体の両脇にくたりと放《ほう》り出された両手をとり、胸の上で組み合わせる。

遥《はる》かなる虹《にじ》の向こうにある、天空の宮。それは人々を守る最後の砦《とりで》。

ここまでたどりついた者は、あらゆる権力から守られる。

それは瑠花さえも守らねばならぬ、古《いにしえ》の誓約《せいやく》。

『槐《えんじゅ》の守り』と呼ばれる不文の絶対戒律《かいりつ》。

弱き者の擁護者《ようご》。それが縹家が縹家たる証《あかし》だった時代が、かつて確かにあったのだ。

「……ここまでは誰《だれ》も追ってこられない。誰もお前に何かを無理強《むりじ》いすることはない」

いつか目覚めて、ここを出ていくとしても、それは必ず秀麗の意志でなければならない。

王でさえ、それを曲げて連れ出すことは許されない。

「……だから、好きなだけ、眠れ。あんたが起きたくなるまで……」

寝台の支柱に紗《うすぎぬ》の帳《とばり》が紐《ひも》でゆったり結わえられている。リオウはそれをほどいた。

「……おやすみ、紅秀麗」

たっぷりとした絹の波が左右から閉じ、秀麗の姿を覆《おお》い隠《かく》していく。

いつのまにか、白いネズミはどこかへ消えていた。

＊　＊　＊

王様が夕食をすっぽかした。

(……まーた、何かあったわね)

十三姫は王様をさがしにいくことにした。

藍家のお姫様にかしずくため、筆頭女官として後宮入りした当初は女官も侍官も彼女が三歩でも歩けばあっというまに金魚のフンのごとくぞろぞろ行列をつくってくっついてきた。十三姫は即刻やめさせた。やたら豪華《ごうか》で動きにくい女官服もザクザク鋏《はさみ》を入れて裁断し、動きやすく改造したあたりから、女官たちは首を傾《かし》げ始めた。そして新入り女官に手を出そうとした貴族の男を十三姫が素手でボコッて有り金を巻き上げ、木に逆さづりにしたのを境に、彼女が一人でどこかに出かけても、誰も何も言わなくなった。ついでに彼女が『いざというとき喧嘩《けんか》しやすいように』と仕立て直した女官服が若い女官を中心にひそかに流行し始めているなどとは、十三姫は思いもよらない。

王様が雲隠れすると、十三姫は待たずに自分からさがしにいく。そういうときは王様が落ちこんでいる時だと、わかるようになったからかもしれない。今では王様がどこにいるか、大体当たりもつけられるようになった。

古参の女官は一様に不思議がった。王様がふらりと消えるのは昔からよくあることだったらしいが、珠翠でさえ捕まえるのは一苦労だったという。

十三姫もどうしてわかるのか、たまに首を捻《ひね》る。許嫁《いいなずけ》だった迅《じん》も時々姿を消すことがあったけれど、そのときも「なんとなくカンで」居場所がわかった。迅だけに働く勘だった。今までは。……こんな風に王様が気になるのは、心配とは別の理由もあるような気もしないではないのだが、深く考えないようにしている。特に、秀麗が戻《もど》り次第《しだい》彼女を正妃《せいひ》に、そのあと十三姫も昇格《しょうかく》して妾妃《しょうひ》になるだろうとの噂《うわさ》が出回っている今は。

十三姫は池の畔《ほとり》に佇《たたず》む桃仙宮《とうせんきゅう》に行ってみた。池の真ん中へ張り出した露台《ろだい》の先端に、篝《かがり》火《び》が一つ灯《とも》されていた。篝火のそばに座る王様の背を火影が曖昧に照らしている。思えば十三姫は、いつも王様の背中を見ている気がする。

十三姫はすぐには近づかなかった。王様が本当に一人になりたければ、とっくに消えているはず。そうと知っていても、十三姫は必ず猶予《ゆうよ》を置く。それは無言の合図のようなものだった。

迅も、十三姫も、表面的な明るさとは裏腹に、心に寂《さび》しい影をもっていた。そこだけは天真爛漫《らんまん》に愛されて育った楸瑛とは決定的に違うところで、無邪気に誰かの領域に踏みこむ、ということができない。受け入れられるか、いつも不安がある。楸瑛や秀麗のように躊躇《ためら》わず押しかけていけるのは、……存在を否定されたことのない人にしかできないこと。

一呼吸が過ぎ、十三姫は近寄っていった。王様の隣《となり》に腰《こし》を下ろす。近すぎず、遠すぎずの、いつもの場所。十三姫と王様そのままみたいな距離《きょり》に。この距離が縮まることはないのだろう。それでもこの距離は居心地《いごこち》よかった。十三姫にとっても。

せめて王様も、そう思ってくれているといいのだけど。

「初心者のくせに、夜釣《よづ》りに挑戦《ちょうせん》しようなんていー心意気じゃないの。難しいでしょ」

池に釣り竿《ざお》をたらしていた劉輝の、張り詰《つ》めた空気が、ふっととけてゆるんだ。

「うむ。ちっとも釣れん。……何だ、暗いな。水面に星が映ってるぞ」

「もう夜だもの」

王様は辺りを見回し、ポカンとした。

「……いつのまに、こんな時間になってたのだ？」

「充実《じゅうじつ》した日々を送ってる人にしか言えないセリフだわね。かっこいいわよ、王様」

釣り竿をたらしているだけで、魚籠《びく》もエサもない。釣る気でここにいたわけではないのだ。

　王はずっとここに一人でいたのだろう。もしかしたら何時間も。

「……すまぬ、夕餉《ゆうげ》、用意してあっただろう」

「すっぽかしたんじゃないこと、わかってるわよ。秀麗ちゃんのこと考えてたんでしょ」

十三姫は池を眺《なが》めながらポツリと呟《つぶや》いた。

「……秀麗ちゃん、きっと無事に帰ってくるわよ。大丈夫《だいじょうぶ》、大丈夫」

劉輝は黙っている。

やがて王は、十三姫、と小さく名を呼んだ。

「……すまない」

鈴虫《すずむし》の音にさえかき消されそうな、かすれた囁《ささや》きだった。十三姫は微笑《ほほえ》んだ。

その時がきたら、返そうと思っていた言葉を言った。たったひと言。

「いいのよ」

秀麗を妃にするという噂を聞いた時から、半ばわかっていたことだった。

跡継《あとつ》ぎのことを考えれば、どうしたってもう一人の女性が必要になる。秀麗一人では、認められない。王が十三姫を筆頭女官にした時点で、朝廷《ちょうてい》は十三姫が『内定』したと見なした。それに藍楸瑛が将軍職を失職した今となっては、藍家との繋《つな》ぎは十三姫の入内《じゅだい》以外に残されていない。

「いいの」

もう一度、十三姫は呟いた。

どのみち、十三姫はその目的でやってきたのだから、いいのだ。

（……私より、秀麗ちゃんのが、悲しいわ）

悲しすぎる。あまりにも。

秀麗と王様が結ばれても、あんまり幸せになれないかもしれないと、九彩江の時に思った。それはボンヤリとしたものだったけれど、現実になってみるとどうだ。誰《だれ》一人、幸せな顔をしていない。王様でさえ。……もし迅に同じことをされたら、十三姫はたえられない。深く愛しているからこそ、『仕方ない』で片付けられはしない。結婚《けっこん》しない方がマシだ。多分十三姫だったら馬に乗ってトンズラしていただろう。でも――秀麗にそれは許されなかった。

……何もかもうまくいく方法はあったかもしれない。でも、どこかで間違《まちが》えてしまったのだ。そしてもう二度と手の届かないところへ消えてしまった。

『仕方ない』という言葉は好きじゃない。でも、どうしようもないことは絶対あって。いちばんばかばかしいのは、王様が山ほど抱《かか》えている問題の中で、十三姫と秀麗の問題が最下位のさらに下のささやかな小事にすぎないということ。誰《だれ》と結婚したって、所詮《しょせん》そんなことは国事や大官たちのなかではどうでもいい些《さ》末《まつ》事で、ましてや十三姫や秀麗の心をおもんぱかってくれるような奇特《きとく》な人は、……王様くらいだろう。

だから『いいの』だ。

真っ暗になっても気づかないくらい、一人で毎日悩《なや》んで、悩んで、苦しんで。その中でたった一瞬《いっしゅん》でも、十三姫に時間を割《さ》き、思いやってくれた。十三姫にはそれで充分《じゅうぶん》。

（だからきっと秀麗ちゃんも、受け入れたんだわ……）

もういいのだと。

十三姫は、王様が謝る相手を、減らしてあげたかった。

「王様、謝らなくていいの。私は筆頭女官よ。ここはあなたの城。後宮はあなた以外の誰にも従わない。いざというときは最後の一人になっても、私が王様を守ったげるわ」

十三姫は言いながら、情けなくて嗤《わら》いたくなった。言葉に嘘《うそ》はないけれど、何の役にも立たない慰めだった。十三姫は、どうして秀麗が後宮へ入るより官吏《かんり》の道を選んだのか、わかるように思った。

官吏であること。それは確かな力だった。

剣《けん》となり、楯《たて》となって王を守れる強い力。……今の十三姫はあまりにも無力で。

うつむいて、頭をかりかりとかいた。

「……えっとぉ。守れなそうだったら、馬で華麗《かれい》に逃がしてあげるから、それで勘弁《かんべん》して」

「十三姫は、前もそう言ってくれたな。余が王でなくてもいい場所に、逃げてくれると」

十三姫は王様を見た。

池のどこかで、魚が飛び跳《は》ねた。暗黒から飛びだした魚は再び暗黒にのみこまれる。

「余は……考えれば考えるほど、何が正しいのか、どうするのが一番いいのか、めちゃくちゃで、わからなくなる。真っ暗な沼に沈《しず》んでいく気がする」

十三姫はすんなりとした両足を引き寄せて、抱えた。

「ねぇ王様、誰だってそうよ。何が正しくて一番いいのかなんて、わかってない。神様みたいに何もかも見通してるなんて人、いないわ。どんなに頭が良くたってね。あなたの目に、誰かがそう映っているとしたら、その人が死《し》にもの狂《ぐる》いで努力してるからよ。死ぬほど頭を働かせてそうなるよう努力をしてるからよ。その先にあるものを見たいから。それが、自分の夢や、願いを叶《かな》えるってこと。誰もが、そうしてる。想《おも》いの強い人の勝ち。世界はそんな風にできてる。あなたの目に今まで世界が無風に見えていたのなら、それは何も望んでいなかったからよ。自分から動こうとしたことがなかったから、無風に思えただけ。人生なんて向かい風を突《つ》っ切っていくようなものよ。あなたは歩き出したのね。どこかへ行かなければって思ったんだわ」

劉輝は胸をつかれた。……その通りだった。

十三姫と九彩江に行く時まで、劉輝は今のままでいいと思っていた。歩き出したかもしれないが、劉輝は、どこへ行けばいいのか、わからないまま。

『そなたはどんな王を目指した？』

瑠花のあの問いに、いまだ答えられない。

行くべき先がわかっていないから、何をしても自信がない。

ものすごい勢いで移り変わっていく周りの景色に、ついていけなくて。

いま、誰かが『正解』を示してくれたなら、劉輝は喜んで飛びつくだろう。たとえそれが間違いでもいい。そのほうがずっと『楽』だから。先だって凌晏樹が提示した『正解』に——秀麗を妃《きさき》にする案に飛びついたように。

劉輝は胸元《むなもと》から、一通の書翰《しょかん》を取り出した。……ここには、『正解』が記されているかもしれない。劉輝が何をなすべきか。

篝火で、十三姫にも宛名《あてな》が見えた。封蠟《ふうろう》はまだ破られておらず、なのに何度も手に取ったかのようにしわくちゃだった。見覚えがある筆蹟《て》——と思い、はっとした。

「その字——」

劉輝は書翰を篝火にかけた。みるみる火は書翰をなめつくし、溶《と》けるように消えていく。

十三姫は悲鳴を上げ、火に手を伸《の》ばした。

劉輝が止めた。

「いいんだ」

「だってあの字!! 秀麗ちゃんの筆蹟《て》でしょう!? 連絡《れんらく》があったんじゃない! なに——なに燃やしてんのよばかっ。封《ふう》を切ってもいなかったじゃない!」

「——いいんだ!」

劉輝は十三姫を抱きすくめた。自分を止めるために。

秀麗からの最後の書翰。

開けてしまったらきっと、支配される。

自らの気持ちに劉輝は全霊で逆らった。十三姫は劉輝の錨《いかり》になってくれた。

長い、長い時が経《た》って、劉輝は十三姫を放した。

「……落ち着いた。ありがとう十三姫……今から、外朝に、出てくる」

十三姫は理由を訊《き》かなかった。

「……行ってらっしゃい。鼻水たらして泣いて逃げ帰《かえ》ってきてもいーわよ」

劉輝はかすかに微笑《ほほえ》んだ。

篝火の中で、封書は燃え尽きていた。


外朝へ向かった劉輝は、ある扉《とびら》の前で足を止めた。思えば、劉輝がこの扉をくぐったことは、あまりない。室《へや》の主《あるじ》は、いつも自分から劉輝の執務《しつむ》室を訪《おとず》れてくれたから。

衛士《えじ》が劉輝を見て、驚《おどろ》いた。知らせに行こうとするのを押し止《とど》め、自ら、最奥の中扉まで進んだ。

「……悠舜殿、訊きたいことがある。入っても？」

一拍《いっぱく》のち、扉越しに、杖《つえ》の音が聞こえた。

「どうぞ、我が君。扉は開いておりますよ」

＊　＊　＊

楸瑛は旅支度《たびじたく》をしていた。

荷に一本の扇《おうぎ》がある。開くと、白檀《びゃくだん》がほのかに匂《にお》い立つ。何年経っても色褪《いろあ》せない高雅《こうが》な木の香《かお》り。珠翠はこの扇を昔、楸瑛に渡したことさえ忘れているだろう。

『——戻《もど》れません。さようなら』

最後の言葉の何一つとして、楸瑛のものではなかった。

（自業自得《じごうじとく》だな……）

深く踏《ふ》みこまないできたのは楸瑛だ。彼女の出自さえ、調べようともしなかった。

楸瑛は胸に扇をしまった。藍家を追い出されて宿無しとなった楸瑛は、今は後宮の一角、正確には十三姫のすぐ隣の室で寝起きをしていた。何も知らぬ女官たちは『後宮入りした十三姫様が心配で仕方ないのね』と意外に思い、ちょっぴり楸瑛の評判が上がったりしていた。あながち誤解とも言い切れない。十三姫が夜遅く戻ってくると、かなり動揺する。何があったか報告しなさい、と言いに行きたくなる。色恋沙《ざ》汰《た》に寛容《かんよう》な兄を自認していた楸瑛は、我ながら呆《あき》れていた。単に今までは相手が迅で固定していたから、安心して放任できていただけらしい。

ほと、と続きの間に人の気配がした。

「兄様……いる？　入っていい？」

いつもの十三姫と様子が違《ちが》ったので、楸瑛はすぐ扉を開けに行った。

ぽつりと、十三姫が所在なげに立っていた。夜も遅いのに楸瑛が旅装だったからだろう、目を丸くする。

「十三姫……どうした？　お入り。まだでかけないから、大丈夫《だいじょうぶ》」

「うん……」

十三姫はホッとしたように微笑んだ。妹は室にある長椅子《ながいす》の、細い脚《あし》に器用に寄っかかって座りこむ。楸瑛がその椅子に腰《こし》を下ろすと、掌《てのひら》の下に十三姫の頭がちょうどよくおさまる。それは子供の頃《ころ》からの二人の定位置で、そんなとき楸瑛は、妹が人恋《こい》しげに寄ってくる仔猫《こねこ》に見えたものだった。

妹の頭を撫《な》でてやると、小さな頭から緊張《きんちょう》がほぐれていく。

「……どうした？　珍《めずら》しく甘えただな。何かあったかい」

「なんでもないもん。静蘭さんの下《した》っ端《ぱ》で無職同然になっちゃった兄様、私の腕一本で養わなくちゃならないし。筆頭女官て、忙《いそが》しいのよ。ちょっと疲《つか》れちゃっただけ」

「……うっ。不甲斐《ふがい》ないお兄ちゃんですまないね……」

なんの反論もできないところが情けない。ヤドカリのほうが宿をもっているぶん、まだマシかも。

十三姫は楸瑛の指先をつかむと、猫《ねこ》のように頰《ほお》ずりした。

「嘘《うそ》よ。ごめんね。兄様、前より百倍カッコいいと思ってるわ。薄給《はっきゅう》でも降格処分でも、小姑《こじゅうと》みたいな静蘭さんに顎《あご》でこき使われても、頑張《がんば》ってる兄様は前よりずっと好きよ。相変わらず坊《ぼっ》ちゃんだし呑気《のんき》だし顔しか取り柄《え》なくなっちゃったけど。……王様、助けてあげてね」

「十三姫……？」

「……秀麗ちゃんのこと、助けにいくのね？　どこでどうしてるか、わかったのね」

楸瑛はややあって蘇芳から聞いた話を妹に打ち明けた。

聞き終えた十三姫は、男性陣《じん》のように取り乱したりはしなかった。

「そうね。兄様が行くしかないわね。王様は誰も動かせない。静蘭さんもムリ。けど、超下《した》っ端《ぱ》の雑用程度が勝手に捜しに行っちゃったなら、誰も文句言えないわよね。あとで怒られても、ごめんなさーいって謝りゃいーわ。兄様が失うものなんてアイタタな恋心くらいでしょ。家も官位も貯金もなし。御史台も奪いようないわ。珠翠さんにもちゃんとフラれてきたら？」

「ちゃんとってどういう意味だ！　まだフラれてないし、失恋するとも限らないだろ！」

「……懲《こ》りないトコとめげないトコが、楸瑛兄様のいいとこよね」

と、十三姫はしみじみ言った。紅家当主になった邵可と、藍家を勘当《かんどう》された元ボンボンな兄。何だかお話にならないくらい差が開く一方だが、兄は無意味に自信を失ったりしないのだ。根拠なき自信は坊《ぼっ》ちゃんの証《あかし》。そんな兄も、やるときはやる男だ。……多分？

うん、多分。

「……いま動けるのは、兄様しかいないわ。お願い、兄様。一刻も早く縹家へ行って」

楸瑛は真顔になった。

十三姫の采配《さいはい》は、時々迅や楸瑛との模擬《もぎ》戦の勝敗をひっくり返すことがあった。

「十三姫……何が気になってる？」

「……秀麗ちゃんが今、縹家に連れて行かれたのは、『誰《だれ》か』にとって誤算だった、ってことはないかしら……」

珠翠と共に九彩江の社に現れた迅のことが、楸瑛もまた引っかかっていた。兵部侍郎殺しに迅と珠翠が関《かか》わっていたこと――。

なぜ、縹家の人間である珠翠と、迅が共闘《きょうとう》していたのか。

「……春からこっち、いろいろあって、そのたび王様や兄様たちが真っ逆さまに坂を転げ落ちてくばっかだから、そっちに目がいっちゃうけど。……秀麗ちゃんて、その合間合間にかなり集中的に危ない目にあってるわよね。どうしてかしら？　彼女だけよ」

「御史台は危険な部署なんだ。皇毅殿に睨《にら》まれるようなことも秀麗殿はばんばん調べてるみたいだし」

「……これ以上秀麗ちゃんに勝手に調べられたら、困る『誰か』がいるってことよね？」

「……いるだろうね」

「秀麗ちゃんは不都合な真実を暴いてしまうかもしれない……ううん、とっくにつかんでたかもしれないわよね？　秀麗ちゃんがそう気づいてないだけで。兄様たちが気にも留めなかった地方人事の偏りに目をつけていたみたいに」

楸瑛は頷いた。秀麗は並行していくつもの調査をしていた。陸清雅のように、自分から新しい仕事を次々拾ってくることはできなくても、与《あた》えられた仕事の中で気になったことは丁寧《ていねい》に洗い出そうとした。

その中に。

「秀麗ちゃんが『紅家当主の一人娘《ひとりむすめ》』になったら、もう暗殺するわけにはいかない。紅家が許すわけないもの。だから早々に後宮入りを画策して、まんまと表舞台から『始末』した。疾《はや》きこと風の如《ごと》し、だわね。後宮のザルな警備ならいつでも秀麗ちゃんを殺せる。高位妃の変死体なんて珍しくないし」

「ちょっと待て。あのときはそれしか」

「……なかったわけじゃないはずよ。紅家直系のお姫様ならもう一人いる。玖琅《くろう》さんのご息女、世羅《せら》姫《ひめ》がいるじゃない。音に聞こえる天下の才媛《さいえん》で、縁談《えんだん》ひきもきらない超美少女姫。紅家と絶縁《ぜつえん》状態だった長男の娘ひっぱりだすより、普通《ふつう》そっちでしょ。確実に紅家とるなら」

楸瑛は言葉に詰まった。

「……提案したのは……凌晏樹殿だ」

「関係ないわ。みんなどっかで同じこと思ってたのよね。うまいこと秀麗ちゃんを片付けられると思ったから、誰も反対しなかったのよね。もちろん、兄様たちも」

「――十三姫！」

「言い訳は聞きたかないわよ、兄様。秀麗ちゃんが官吏《かんり》なの、どっかで邪魔《じゃま》に思い始めてたでしょう。法を曲げて強引《ごういん》に官吏登用して、王の一存で今まで乱暴な昇降格をしてきたツケが祟《たた》って、とうとう絳攸さんまで失脚《しっきゃく》したもんね。秀麗ちゃんがいると追いこまれる一方。恰好《かっこう》の非難材料が歩いてるようなもんよね。丸くおさめる方法、考えなかったとは言わせないわよ」

虫の音まで絶えたかのような静寂《せいじゃく》。

「……でもそんなのは、秀麗ちゃんのせいじゃないわ。兄様たちの勝手な都合よ。兄様たちのツケを、秀麗ちゃんはただ黙《だま》って払《はら》ってくれたのよ。私だったらぶん殴《なぐ》ってる。――どうして凌晏樹とかいうどっかの他人に言われるまで黙ってたの？　どうしてせめて、自分たちから言い出さなかったの？　頭を下げて、申し訳なかった、辞《や》めてほしいって、言わなかったの？　それが、身を粉《こ》にして働いてきた秀麗ちゃんへの、精一杯《せいいっぱい》の誠意ってもんじゃないの？」

十三姫は辛辣で、正しかった。楸瑛は認めた。

「……そうだね。そのとおりだ。秀麗殿にとっても、君にとっても。……酷《ひど》いことをした」

秀麗が退官を決めたと聞いた時の、舌に滲《にじ》んだ苦い味。

楸瑛たちは、彼女を守るのではなく、散々利用したあげく、……使い捨てたのだ。

自分たちのしくじりを、全部彼女に押しつけて。

十三姫の鋭《するど》い矛先《ほこさき》が、やわらいだ。

「だから兄様は好きよ。静蘭さんみたいに理屈《りくつ》並べて煙《けむ》にまこうとしないもの」

「……それ、王に……」

「言ってないし、言わないわ。だってとっくにあのひと、気づいてる。王様が考えて、考えて、出した答えだから、秀麗ちゃんも受け入れたのよ。間違《まちが》ってるとは言わない。それも一つの道だもの。私が今文句垂れてるのは、その結果はちゃんと知ってて欲しかったから。人をモノみたいに簡単に使い捨ててんじゃねーって、誰かがちゃんと怒《おこ》らないと、ダメだと思ったから。黙ってても文句がないわけじゃないのよ。二度は言わないわ。どうせそのツケは自分たちに返ってくるのよ。それ身に染みたら、秀麗ちゃんに胸張れるだけのこと、胆据《きもす》えてやってみなさいよ。あとでやっぱ秀麗ちゃん必要でしたなんて口が裂《さ》けても言うんじゃねーわよ」

「…………」

「…………なに、その沈黙《ちんもく》」

十三姫は向き直り、おもむろに兄の胸倉《むなぐら》をつかんでしめあげた。

「——言いたいの!?　もう言いたくなってんわけ!?　早すぎっしょ!?　情けないと思わないの!?　どこまでへたれ野郎《やろう》がそろってんの。股《また》の下にちゃんとぶら下がってんの兄様!!」

「ぶらっ……品がないぞ十三姫っ。いやっ！　チラッと思ったのは多分私だけだから！」

「チラッと思ったんか！　こんのボケナス兄様！　あんたらみんな秋ナスならぬボケナスよ！　八百屋の店先でぼやけたそのツラしょんぼり並べて五割引で売られてりゃいいんだわよ！　奥様方に『八割引じゃないと話になんないヮ』って笑われて世間様の冷たい隙間《すきま》風《かぜ》を思い知れ！」

「え、ええー？」

　さっきの十三姫の言葉は、ひとつひとつが楸瑛の胸を刺した。

『黙ってても文句がないわけじゃないのよ』

「まったく！　でも兄様は私が言う前に行こうとしてくれたから、いーけど。秀麗ちゃん追っかける『誰か』が他《ほか》にいるかもしれないし、気をつけてね」

「『誰か』って、なんのために。だって秀麗殿を追っても、もう彼女は監察御史じゃ――」

　楸瑛はハッと口をつぐんだ。

「そうよ。でも帰ってきて、正式に退官して後宮入りするまでは、秀麗ちゃんはまだ立派な御史よ。縹家で何を調べられるか、わかったもんじゃないわよね。せっかくとっとと後宮に放《ほう》りこんで厄介払《やっかいばら》いできそうだったのに。よりによって行き先が縹家。縹家と『誰』が組んでるのか、『何』をしようとしてるか、秀麗ちゃんなら調べて帰ってきちゃう可能性は、充分《じゅうぶん》あるわ」

　――秀麗が縹家に連れて行かれたことが誤算だった者がいるかもしれないと言った十三姫。

楸瑛はそれまで、秀麗の安否しか、考えていなかった。

「『誰か』の狙《ねら》いは、秀麗殿を殺すことか？　縹家の領地なら治外法権だ。……可能だな」

「秀麗ちゃんの体を思えば、死亡を確認《かくにん》するためかもしれないわ。もしくは、ずっと縹家から出ない確約を得る。ただ、もう一つ可能性はあるけど――どうかな」

「……もう一つ？」

「……その『誰か』が、秀麗ちゃんを生かしたいのか、殺したいのか、それが問題よね」

「『生かしたい』？」

「……ごめん、これ以上言いたくない。行って、兄様。行って後悔《こうかい》することはないけど、行かなくて後悔したらそれこそ後の祭りよ。王様の傍《そば》を離《はな》れて不安だと思うけど、絳攸さんと静蘭さんもいるわ。私も、……いざというときはできる限り王様を守るから」

不意に楸瑛の勘が働いた。十三姫が室《へや》に入ってきた時から感じていた『何か』が、目の前に落ちてきた気がした。

（……もしかして十三姫、王のことを……？）

恋心《こいごころ》と言い切れるほど、明確なものではないかもしれない。今はまだ。

劉輝は確かに、十三姫が惹《ひ》かれそうな性質をもっていた。似た者同士なところもある。

何よりも、十三姫がちゃんと本音を口にできる異性はとても少ない。物怖《ものお》じしない態度で隠《かく》しているが、過去ゆえに十三姫は特に男への警戒《けいかい》心が強い。静蘭に対する態度が典型だ。護衛でさえ、男と一緒《いっしょ》にいたがらない。なのに劉輝に対しては最初から迅並みに心を許しているようなのは、楸瑛も気がついていた。おそらく劉輝の優《やさ》しさが本物だと本能的にわかっているからだろう。

底が抜《ぬ》けたような、劉輝の嘘《うそ》のない優しさは、どんなにか居心地《いごこち》がいいと思えたろう。

一緒にいても、この人は絶対に自分を傷つけない人だと、心から安心できる相手。

……それは、心に深い傷を負ってきた十三姫が惹かれるに、充分すぎる。

楸瑛としても、相手が劉輝なら、なんの異存もない。もしかして迅よりも幸せになれたかもしれない。──それが、劉輝と秀麗が出会う前だったなら。

さっき楸瑛は、秀麗にも十三姫にも酷いことをした、と謝った。

その言葉が、残酷《ざんこく》さをもって自分に跳《は》ね返ってきた。

（……十三姫……）

声にならない。本当にとんだことをした。だがもう取り返しがつかない。

きっと十三姫は、片隅《かたすみ》で芽生えた気持ちに、気づかなかったふりをするのだろう。これから先も、ずっと。水をやり、育てることさえしないで。

秀麗か、十三姫か、どちらか一人だけを選んでいたら、どちらにも救いがあったのに。

それでも十三姫は、秀麗を助けに行け、と言う。

「んん？　兄様？　どーしたのよ、黙りこくっちゃって」

「……なんでもないよ」

楸瑛は十三姫を引き寄せ、抱《だ》きしめた。十三姫が驚《おどろ》いたような気配がしたが、黙ってじっとしていた。楸瑛の顎《あご》の下に、形の良い十三姫の頭がおさまる。

十三姫は呟《つぶや》いた。

「……あのね兄様。八百屋の店先でしょんぼり並んでたら、兄様のナスだけはちゃんと買って持ち帰ったげる。……だから、怪我《けが》しないで。無事で、帰ってきてね……」

＊　＊　＊

悠舜は机案《つくえ》の向こうから、いつもの優しい微笑《ほほえ》みで劉輝を迎《むか》えてくれた。

「座ったままお出迎えする非礼をどうぞお許しください、主上」

「構わない。遅《おそ》くに突然《とつぜん》訪ねたのは余だ」

悠舜の顔色がいつもより青白い、と劉輝は思った。窓からさしこむ月光のせいだろうか。

他の室と比べて燭台《しょくだい》の数が少なく、ぼんやり薄暗《うすぐら》いからよく判別できない。

「……ついてない燭台が多いな？　目を悪くするのではないか。近侍《きんじ》の者が火を入れ忘れたのか？」

「夜目がききますので、支障はございませんよ」

うまい受け答えをする、と劉輝は感心した。一見、問いに答えているようで、劉輝の質問に何も答えていない。劉輝はごまかされなかった。

煙《けむり》のにおいが残っている。一つか二つ、悠舜は火を自分で消して、劉輝を迎えたのだ。

「勝手に火をつけるからな」

悠舜はあきらめたようで、止めなかった。明るくなった室内で、改めて悠舜のほうを見やった劉輝はぎょっとした。土気色だった。

「なんだ！　そんな今にも倒《たお》れそうな顔色をして。仕事なんかやめてすぐに家で寝《ね》ろ」

「……ほら。そうおっしゃると思ったから、火を消して薄暗くしたんですよ……」

「当たり前だ！　昼間はそんなじゃなかったはずだ」

「夜はこんなになるんですよ。実は親戚《しんせき》に屍人《キョンシー》のミイトコがおりまして、この特異体質がばれて私が官吏《かんり》を首になったら奥さんを養えなくなると、細心の注意を払《はら》って今日まで生きてきたのです」

「……相当くたびれてるだろう、悠舜……」

悠舜も自分のトンチキな発言に絶望したらしかった。

「……みたいですね。私もいま気づきました。どうやら頭の芯《しん》までくたびれてるようです」

「寝ろー！」

「そうですね。主上《しゅじょう》の御用《ごよう》と私の仕事が終わりましたら、そう致《いた》しましょうか……」

悠舜が訊く。

「私に何かご用事があっていらしたのでしょう？」

日だまりのような微笑みは、折れそうになる劉輝の心をいつも支えてくれた。

「いかがされましたか、我が君」

春の雨に似た声は、宰相会議になれば幾たびも劉輝を守る鋭い刃となった。

風に吹《ふ》かれる旗のように態度を変える官吏たちの中で、劉輝の立場がどんなに悪化しても、悠舜だけは動じなかった。その目に迷いや不安がよぎったためしは一度もなく。

それだけが、何をしても迷いを深める一方の、劉輝のたった一つの救いとなった。

はじめの言葉を違《たが》えることなく、劉輝の剣《けん》となり楯《たて》となってくれた宰相。

『……鄭尚書令を、あまり信用するべきではないかもしれません』

静蘭の言葉が脳裏《のうり》にこだまする。

「悠舜……余は今、どんな顔をしている？」

「さて。私の目をちゃんと見ていただかないと、わかりかねますね」

いつのまにか劉輝はうつむいていた。それは劉輝の子供の頃《ころ》からの癖《くせ》だった。人の目をまっすぐに見るのが、苦手だった。昔、実の母に罵《ののし》られ、ぶたれている間、体を丸めて何も感じないようにやりすごした。

相手の目に、拒絶《きょぜつ》の色を見ることを恐《おそ》れた。それくらいなら、何も映さない方がいいと、やがて自分から目を逸《そ》らすようになったのは、……いつの頃からだったのだろう。

劉輝は顔を上げて、悠舜をまっすぐに見た。

悠舜は音もなく笑《え》みを深くした。悠舜の微笑みは、迷宮《めいきゅう》のよう。深くなればなるほど、相手を迷わせる。それとも、劉輝が迷っているから、そう見えるだけなのだろうか。それさえも、もうよくわからなくなっている。

「……では、お訊《き》きになりたいことを、おうかがいいたしましょう、我が君。どうぞ？」

劉輝は深呼吸して、訊ねた。

「余に！　何か報告していないことは、ないか」

「ありますよ」

「そうか、ないか。でも口で言いにくかったら紙芝居《かみしばい》でも身振《みぶ》り手振りでも……はっ？」

　ありったけの勇気をふるって真正面から特攻《とっこう》したのに、返ってきたのはあまりにもけろりとして拍子抜《ひょうしぬ》けするひと言だった。

「……ある!?」

「ええ、ありますよ。主上が詳細《しょうさい》をお知りになりたいのは、どこらへんの件でしょう」

「どこっ、どっ、どこら、ヘン？」

「……お知りになりたいことがあっていらしたのでは？」

劉輝は混乱した。その通りだ。知りたいことがあって、勇気をふるいおこして決然とやってきたはずだった。でも、何が知りたかったのだっけ？　そういうことが訊きたかったのだっけ？

「どコらヘンだっけ……？」

ぎく、しゃくとした空気が漂った。

ややあって悠舜はおもむろに頷《うなず》いた。

「……どこらへんどころか、どこも、ヘンですね、主上。白湯《さゆ》でもおもちしましょうか。冷や汗《あせ》が出てますよ」

「ヘン……」

反抗《はんこう》期みたいな返事をすると、劉輝は自分で白湯を用意した。二人分。悠舜のもとに茶碗を一つ運び、自分は悠舜の机案の前に椅子《いす》を置いて座った。位置的に、なんだか悠舜に面接でも受けているようである。机案越《ご》しだと心理的な垣根《かきね》があるみたいでもある。劉輝は椅子をもって悠舜の周りをウロついた。

悠舜は白湯をコクッとのみながら、挙動不審《ふしん》な王が落ち着くのを待った。なんだか、巣作り場所をさがす鳥みたいである。

ようやっと劉輝は悠舜のすぐ隣《となり》に椅子を置いた。

「……それで、主上？　どコらヘンをお知りになりたいのでしょう」

劉輝はまず地方官について訊いてみた。

「…………地方の人事で、おかしなことがあると、きいた」

「前兵部侍郎の不正以外、おかしなことはございませんが、この一、二年で、国試出身がかなり少なくなっているのは気になるところですね。国試派が地方に行きたがらないので、必然的に貴族派が地方の高官に多くなっています。ひきかえ、州牧たちは国試出身が多いので、よく対立して州政に苦労してるようですね。彩《さい》七家だけでも厄介《やっかい》だというのに。おかげで姜文仲や劉志美《りゅうしび》を中央に戻したくても戻せておりません。本当は優秀《ゆうしゅう》な若者が経験を積むなら地方官が最適なんですが……」

　劉輝も絳攸に調べてもらった。この一、二年でという悠舜の言葉通り、劉輝が即位《そくい》してから、急に貴族派が地方の要職を占めるようになった。悠舜が尚書令に着任したのは今年の春からなので、人事に手を回すのは不可能だ。地方人事の異動は秋が多く、今年の除目は今手がけている最中だ。

　変化に気づかなかったのは、気づこうとしなかったのは、……劉輝や絳攸のほうだった。

「……秋……の異動は……？」

「……実のところ、春に私が辞令をいただいたとき、秋——つまりまさに今ですが、絳攸殿には藍州州牧、楸瑛殿には紅州州牧を要請《ようせい》しようと考えておりました」

「楸瑛を紅州州牧!?」

「逆は縁故《えんこ》関係から御史台が許しません。楸瑛殿は国試榜眼及第《ぼうげんきゅうだい》で、文官経験も資格もあります。人手が足りないので、使えるものは納戸《なんど》から残らず引っぱり出してこき使うつもりでした。紅藍州牧の経験値は一年で十年分たまるといわれるほど、対峙せねばならない難題が多く、州官も商人も貴族も海千山千ぞろいです。絳攸殿と楸瑛殿にはそこで散々苦労してもらって、数年経《た》ったら戻ってきてもらおうと思っております。そうすれば、藍州の姜文仲と紅州の劉志美も呼び戻して、中央人事の刷新ができます。ついでに黎深はしばらくどっか遠くにパンダと一緒《いっしょ》に左遷《トバ》すつもりでした」

劉輝の目が見開かれた。今の劉輝なら、その差配の意味がよくわかった。

劉輝の傍《そば》から紅藍両家の『側近』をあえて引き離《はな》し、国試派官吏の人心を取り戻す一方、絳攸と楸瑛を紅藍州牧に置き、短期間で経験と実力を積ませ、なおかつ地方の貴族派をおさえる重石《おもし》の役目をさせる。さらに自由に動かせる老練な駒《こま》も増えたところで、一挙に中央人事を刷新すれば、朝廷が変わったと誰《だれ》の目にも明らかになったに違いない。

「ただ私が思っていたより、問題が山積していたのが誤算でしたね。まあ、仕方ありません」

劉輝は赤面した。仕方ないのではない。あきらめざるを得なかったのだ。秋になるまで、誰も保《も》たなかった。

楸瑛も、絳攸も、次々と御史台に追い落とされた。確かに問題が山積していた。贋金《にせがね》や、人事ではない。何よりも自分たちの内に。

劉輝に腹案を告げるまもなく、呆気《あっけ》なく消えてしまった悠舜の考えは、どれほどあるのだろう。

「……もしかして、春の冗官騒動《じょうかんそうどう》の際、悠舜が秀麗を御史台に推薦《すいせん》したか？」

悠舜は苦笑いした。

「……ええ、実は、その通りです。私が葵長官に頼《たの》みました。もちろん、最終的に拾うかどうかは、葵長官次《し》第《だい》でしたが。かなり乱暴なやり方ですが、秀麗殿が御史台で潰《つぶ》されないで生き残る方に賭《か》けてみました。秀麗殿は主上が心の底から信頼《しんらい》できる数少ない貴重な官吏でしたから」

使えるものは納戸から残らず引っぱり出してこき使う——その言葉通りに。

それさえも、劉輝は目先に惑《まど》わされ、自分で潰してしまったのだ。

「今度の地方人事は、大きくは動かせないでしょうね……ただ気がかりは碧州で……」

「……飛蝗《バッタ》のことか？」

「ええ。ああ、どうやら御史台の誰かが報告したようですね」

悠舜はさらりとそう言った。

何を、考えているのか。わからない。どんどんわからなくなる。

悠舜の言葉はどれも正しい。齟齬《そご》もない。なのに、劉輝は余計わからなくなる。

もしも少しでも悠舜が狼狽《うろた》えたなら。後ろめたさを素振《そぶ》りにでも見せたなら。劉輝はむしろ安心できただろう。

「……どうして余に言わなかった？　夏にはわかっていたのだろう？　だから榛蘇芳を派《は》遣《けん》した」

どうして？　そもそもそんなことを言う資格が自分にあるのだろうか。

夏。その夏に、劉輝は責務を投げ出して、悠舜に押しつけて、九彩江に逃《に》げた。

（……もしかして……報告があがっていたのは、余が貴陽にいなかったときか……？）

悠舜が訊ねる。

「……主上《しゅじょう》、蝗害《こうがい》のことは、どれくらいご存じですか？　僭越《せんえつ》ながら、史書でご存じな程度と思ってもよろしいでしょうか。ここ数十年、大蝗害は起こってませんからね」

　その通りだったので、劉輝は頷いた。

「蝗害というのは簡単に言えば飛蝗《バッタ》の大群による災害《さいがい》です。気象条件もありますが、飛蝗の大群を維持《いじ》できる量の食糧《しょくりょう》がないと発生しません。先の大業《たいごう》年間は、毎年のように起こる異常気象、天変地異、農民人口の激減、度《たび》重なる戦《いくさ》での大地の荒廃《こうはい》で、蝗害さえも起こらない、史上最悪の時代でした。親が子を煮《に》て食べる時代でしたから、飛蝗《バッタ》の卵、幼虫、成虫なんぞは見つけ次第片《かた》っ端《ぱし》から食べてしまいます。小さな蝗害は何度か起こっていたようですが、それも人々は恐《おそ》れると言うより、食糧《しょくりょう》扱《あつか》いして狂喜乱舞《きょうきらんぶ》して争って食べてしまったといいます」

　劉輝はぞっとした。

　羽羽や、霄太師や、宋太傅《そうたいふ》――そして父が、生きていたという時代の生々しい暗黒面が急に迫ってきた。

「……実際は、蝗害は小さかろうが、最悪の天災です。もともと飛蝗《バッタ》の生命力は異常に強く、卵でも、幼虫でも、成虫でも、越冬《えっとう》が可能です」

「つまり、卵は卵のまま、成虫は成虫のまま冬を越せて、春に全部目覚める……？」

　大概《たいがい》の虫は、冬になると死ぬ。それを思えば、飛蝗の生命力は気味が悪い。

「ええ。それに、一度産み付けた卵は、孵化に最適な気象条件を待って何年でも土の中で生き続けます。ものすごくしぶといです」

「……いや、待て。だが、飛蝗は、普通《ふつう》、群れないだろう？」

「その通りです。むしろ、他《ほか》の飛蝗が寄ってくれば嫌《いや》がって逃げるくらいに、一匹で行動するのが大好きなのが本来の飛蝗です。『飛蝗《バッタ》一匹漢《おとこ》の旅路』。孤独《こどく》をこの上なく愛する虫です」

「か、かっこいいな！　そういうの、フーテンとかいうのだろ。流れ狼《おおかみ》ならぬ流れバッタだな。みんなと同じに群れるの、カッコワルイと思ってるんだな！」

悠舜はふっと遠い目をした。

「……でも、頭の悪いチンピラ集団と同じで、一度群れて暴れてヒトサマからむしりとって楽に生きられる方法を覚えてしまったら、もう二度と元には戻れない……」

「ダメ！　カッコワルイ！　不良、カッコワルイ！　集団の暴力、ハンタイ！」

劉輝は来年の標語にして飾《かざ》っておきたいようなことを叫《さけ》んだ。

「群れた飛蝗《バッタ》の基本行動原理は、まさにたちの悪いチンピラ軍団『みんなで襲《おそ》って食《く》い逃げすれば怖《こわ》くない』です。良心もへったくれもありゃしません。大群で襲って襲って襲いまくれ。くってくってくいまくれ。後は知ったこっちゃねー、です」

暴走不良軍団以外のなにものでもない。

悠舜は顔をしかめた。

「……たちが悪いんですよ。不思議なことに数刻前まで孤独が好きだった飛蝗《バッタ》も群れに近寄ると仲間に入ってどんどん群れがふくらんでいくんです」

「まっとうに生きてたバッタまで悪の軍団に引きずりこむということか⁉」

「ええ。ちょっと近寄っただけで、あっというまに感化されて外見も性質も変わります」

不良集団に引きずりこまれる優等生みたいだ、と劉輝は思った。

「黒と黄色になる、ときいたが……」

「そうです。普通のバッタの色は緑。つまり、保護色です。葉っぱの色に隠れて外敵から身を守る色です。それが群れると黒と黄色に変色する。『見つかっても構うかよ！　どうせお前らにゃあ何もできねーだろヘヘン』といわんばかりの超攻撃《ちょうこうげき》的な色です。それが見分ける印でもあるんですが」

「わ、悪い！　悪いぞバッタ!!　開き直るなんて最低だぞ!!　見損《みそこ》なった」

それにもまして人間とバッタ軍団の習性に大差ないことが劉輝には衝撃《しょうげき》だった。人語を話せるだけで実はバッタと同じ程度の知能しかないのではあるまいか――。

進歩って、なんだろう。思わず劉輝は哲学《てつがく》的な現実逃避《とうひ》に走りそうになった。

「色の変化の謎《なぞ》はまだ解明されてませんが……何せ、食の好みまで変わるんですからね」

「バッタって……な、なに、食べるんだ？」

「バッタは悪食《あくじき》で有名ですが、おもにイネ科の植物です。だから、収穫期《しゅうかくき》の今が本当にまずい。とはいえそれも、しょせん孤独を愛するバッタの方の話です」

「…………群れ、たら？」

「……群れたバッタはそのときから、イネ科どころか、目につく草木のほとんどを食い荒《あ》らします。葉っぱ一枚残さず木の皮まで剝いで食いつくして、次の場所に飛び去る。後には穴だらけの地面だけ。人間の食べられるものなんて、草一本残しません。……どう報告がされましたか？」

「……人、人間がとれる手段なんて、何もない、と」

悠舜は肯定した。

「そのとおりです。蝗害が発生したら打つ手がない。最悪なのは成虫です。彼らは翅《はね》があり、広範囲《こうはんい》を高速で移動する。群れの移動とともに被害は拡大し続ける。一度発生すると、人口の三割が減るとまで言われる最悪の天災です。しかもみんなで一ヵ所に集中して卵を産む。幼虫は飛べませんが、ゾロゾロ歩いて地面の草を片っ端から食い尽くし、成虫になって翅が生えたら一斉《いっせい》に飛んで、親と同じことをする。……おわかりですか」

劉輝は土気色になった。それこそ、悠舜と同じくらいに。

「……一度……発生したら、何度も、繰《く》り返し起こる……？」

「……ええ。それが蝗害の真の恐怖《きょうふ》です。実際、史書を調べても、一度蝗害が起きると、間を置かずまた発生しています。春に植えた苗《なえ》も、夏のイネも、秋に実った稲穂《いなほ》も食い尽くす。大飢饉《ききん》が何年もつづき、みるみる人口が激減する。田畑を耕しても、次のバッタが生まれ、襲われる……。悪循環《あくじゅんかん》で国が傾《かたむ》くといわれるのが蝗害です」

劉輝は声をふりしぼった。

「……どうして、起こることに気づいた？」

「確信があったわけではありません。念のためにと思ったのです。いちばん発生条件がそろっていたのは、十年前の公子争い直前のころでした。少しずつ国が復興し、バッタの生息地域である緑や食糧も増えました。大量の降雨、もしくは旱魃《かんばつ》でもあれば、間違《まちが》いなく発生していたでしょう」

「降雨、か、旱魃……？」

「旱魃が起こると、河川《かせん》の量が一気に減り、川底だった場所が青々とした草地になって現れます。そういうところをバッタは産卵《さんらん》に好むんです。旱魃で人間が飢えるのと同時期に一斉に孵化されるのも、蝗害の嫌《いや》なところです。ですが十年前は起きそうで、起きなかった」

「起きなかったのは……公子争いで政情と食糧事情が悪化したから？」

悠舜が束の間、沈黙《ちんもく》した。

「……違います。起きさせないように早期の防除令がでていたからです」

悠舜は雪崩を起こしそうなほど積まれた書翰の中から巻物を器用にとりだし、劉輝の前に開いた。日付からすると十年前の布令のようだった。

「要は、群れないようにすればいいんです。もともと一人が好きな虫です。きっかけがないかぎり群れることはない。つまり、卵や、幼虫のときに、サッサと見つけて始末してしまえばいい。春に田んぼや畑に鍬《くわ》を入れる時、夏に水をまく時、秋の稲刈《いねか》り、いつでもいい、見つけて袋《ふくろ》に詰《つ》めてもってきたら国が代金を払《はら》う、とこうして布令が出てました。子供でも稼《かせ》げるので、みんな喜んでつかまえたようですね。大量に処分された記録が残ってます。各地の地道な御史たちの指導で、十年前は発生を防げたんですよ。……決して、公子争いで国情が悪化したから、ではないんです。そんなのは『治政』ではない」

劉輝は恥《は》ずかしくて、顔を上げられなかった。

「そのとおりだ。すまない……情けないことを言った。……？　まて、御史たちの指導といったか……？」

「ええ。歴代蝗害《こうがい》対策を押しつけ……任されてきたのは、御史台と、各地を巡《めぐ》る監察《かんさつ》御史です。だから今回も御史台と蘇芳くんに頼《たの》んだのです」

「……もしや十年前その布令を出したのは」

「当時の御史大夫だった、旺季殿です。地味なことを嫌がらずに黙々《もくもく》となさる方ですから」

どうして、官吏たちが旺季に従うのか。劉輝より、旺季の言葉を信用するのか。

そんなのは、……そんなのは、当たり前のことだったのだ。

「……ただ、その布令も、公子争いを境に徹底《てってい》されなくなりました。何度か御史台が上申《じょうしん》書《しょ》をあげたようですが、……どうも、御璽《ぎょじ》がいただけなくなったようですね」

劉輝ははじかれるように顔を上げた。まさか。

「……余のことか!?」

「……日付はご即位《そくい》初め頃《ごろ》ですから……後宮におこもりになっていた時のようですね」

悠舜の手にあった上申書をひったくった。劉輝が後宮から出ず、差しだされる書翰《しょかん》に適当にハンコを押したり押さなかったりしていたころの日付だった。

記憶《きおく》にさえ、ない。

あのころの劉輝は、朝議にもほとんど出ず、高官たちを避けていた。片っ端から『会いたくない』と断っていたなかに、葵皇毅もいたのかもしれなかった。蝗害の説明と、防除の対策のための上申書を山ほど抱《かか》えて、もしかしたら何度も。

「王になりたくない」と好き勝手に遊び呆《ほう》けていた結果がこれだった。

「一応、葵長官の権限内で最低限の防除はされていたようですが、御璽があるのとないのとでは、布令の効果が段違《だんちが》いですからね……。戸部《こぶ》が出せる対策金が格段に減ったのも痛い……」

知りたい、と言ったのは、劉輝だった。

聞かなければならないことだった。

「陛下がご即位なさり、国が落ち着いてきましたから……。それで、一昨年《おととし》の夏の猛暑《もうしょ》でしょう。可能性はあるかもしれないと懸念《けねん》したんです」

「……一昨年の夏……？」

劉輝はバカみたいに繰り返した。

一昨年の夏は……霄太師が超梅干しをもってきて……暑さでバタバタ倒《たお》れる官吏たちの穴埋《あなう》めのために、秀麗が戸部尚書の侍僮《じどう》として駆《か》り出された……。

（……猛暑……？）

さっき、悠舜は大量の降雨か、旱魃があると、卵を産みやすいと言わなかったか。適した気象条件になるまで、じっと土の中で待てる――とも。

「一昨年の猛暑で、万里大山脈《ばんりだいさんみゃく》を水源とする二大大河の水量が一時的に減りました。旱魃の一歩手前でしたから、大騒《おおさわ》ぎにはなりませんでしたが、あのときバッタが各地で産卵していた可能性はあります。幸い、去年は何ごともなかったようですが、今年の夏は少々旱《ひでり》気味でしたので……エサが少ないと発生率が上がります。危ないのは秋かと、蘇芳くんに視察に行ってもらったのです」

今年の夏。

防除令をだしたくても、劉輝はいなかったのだ。あのときの劉輝は『微行《おしのび》』で藍州へ向かった。全権を悠舜へ委譲《いじょう》するとはいったが、それは旺季ら最高大官たちに内々に伝えたのみで、六部尚書にすら藍州行は知らせなかった。劉輝は朝廷にいることになっていた。なのに御璽のない布令などだせば、不審《ふしん》に思われる。そも御璽がなければ布令も十全に効果を発揮できない。

「防除令が徹底されない年がつづいていた場合、運を天に任せるしかありません。もともと防除してても起こる時は起こりますし、起こらない時は起こらない。だから天災、なんです。今できるのは発生しそうな場所に官吏を派遣《はけん》し、変色飛蝗《バッタ》を見つけたら報告、即応するしかない。主上には蘇芳くんの報告を待って、奏上《そうじょう》するつもりでした」

「……葵皇毅が、榛蘇芳を秀麗と一緒《いっしょ》に紅州へ派遣したのは……？」

「紅州でも変色バッタが発生していないかどうか、調べさせるためでしょう。紅家の経済封鎖の真《ま》っ只中《ただなか》でしたからね。あの時期に蘇芳くんが単独で紅州入りしても、紅家系官吏や商人との接触や意見交換がままならないのは目に見えてます。が、勅使《ちょくし》一行に加わっていれば無視はされない。何せ、紅州は大穀倉地帯。飛蝗の好物が山ほどあるのが今の時期の紅州ですから、何としても入らせたかったのだと思います」

劉輝は頭を抱えた。葵皇毅と悠舜の声が、脳裏《のうり》に蘇《よみがえ》ってくる。

『私と尚書令をこのように直々《じきじき》に呼びつけ、勅命を下す以上、陛下におかれては紅秀麗の案件は、他のいかな国事を差し置いても最優先事項とせよ、ということだと解釈《かいしゃく》してよろしいか』

『ただ、その優先順位が本当に正しいかを、いつでも自問自答してください。すべての官吏を公平に扱《あつか》い、公平に見てください。他にすべきことが山積している、との葵長官の言葉のほうを、どうか気にかけてください』

秀麗のことだけ気にして呼びつけた自分たちを、二人はどんな目で見ていたのだろう。

どんな目で。

「榛蘇芳が……碧州で黒い飛蝗を見つけたと言っていた……」

「私のところへも、報告にきました。蘇芳くんがすでに各州府に知らせて対応に当たらせていると思いますが……手遅れだった場合、碧州と紅州から早馬がくるでしょう。念のため主上《しゅじょう》も当面はいつでも官吏と連絡がとれるようにしてください」

「わ、かった……」

劉輝はのろのろと椅子を立った。

そのとき、悠舜が声をかけた。

「……主上」

「ん……？」

「私に訊《き》きたかったことは、本当は別のことだったのではありませんか？ 今しか、訊けないかもしれませんよ。何かあるのなら、どうぞ」

劉輝は身じろいだ。

——本当に訊きたかったこと……。

人事や、飛蝗のことではなかったのではないかと。

……その、とおりだ。もっと、別のことを、訊きたかったはずだった。

悠舜は相変わらず優《やさ》しく微笑《ほほえ》んでいたが、疲《つか》れの色は隠しようもない。休ませてやりたいと劉輝は思った。情けない王に付き合わせてないで……。

（今しか）

自分は、何を知りたいのだろう。

悠舜が何かを隠《かく》しているのではないかとか、出自がどうとか、入朝前の調書が消えた理由とか。そんなことを悠舜に訊きたいのだろうか。そういったことの答えをもらったら、この底なし沼《ぬま》のような不安や迷いが消えるのだろうか。

――どんどん悪くなっていく気がするのは、ぜんぶ悠舜のせいなのか。

訊きたいことはある。だが、それがどこにあるのか、わからない。

きっとたった一つのことでいいはずだった。たった一つの大事なことを聞ければいい。

(何を?)

劉輝はぽつりと訊いた。

「……そなたは、余の尚書令を引き受けてくれた」

「はい」

「それはいつまで? いつまでそなたは余の尚書令でいてくれる?」

いつまで? 劉輝がとんでもない失敗をするまで? 王にふさわしくないと悠舜が思うまで? 劉輝が悠舜を信用できなくなるまで? どうとでもとれる言葉になった。

劉輝自身も、本当にこれが訊きたかったのかどうか、よくわからなかった。

悠舜は、羽扇《うせん》を手に静かに頭《こうべ》を垂れた。

「……いつまでも。あなたが私を必要としてくださる限り、私はあなたの尚書令です」

やはりどうとでもとれる答えだった。優等生の答えにも、含《ふく》みがあるようにも聞こえる言葉。

劉輝にはそれが、真実なのか嘘《うそ》なのかも、見分けられなかった。

ただ、劉輝の耳には。

──あなた次第《しだい》だと。

言われた気がした。

去り際、劉輝は今日はもう寝て体をよく休めるよう、悠舜に伝えた。

＊　＊　＊

楸瑛は縹家へ向かうことを十三姫以外には言わなかった。『楸瑛が勝手にやったこと』にするなら、事後報告にしなくてはならない。それでなくても王たちは飛蝗やら人事やら悠舜殿のことやらでいっぱいいっぱいだ。

仙洞省は真夜中にもかかわらず、煌々《こうこう》と灯りが灯《とも》っていた。仙洞省は夜に起きる省と聞いたことがある。

仙洞官に楸瑛が用件を告げると、すぐに通してくれた。たいして詮索《せんさく》されもしない。どうもこうやって夜中に仙洞省へお忍びでくる高官は多いらしい。

「あまり、羽羽様を疲れさせないように、お願いいたしますね」

若い仙洞官がそう言った。

このごろ、羽羽様は宰相会議にも体調不良でなかなか顔を見せなくなったと、王も心配していた。

「……お加減が、悪いのですか？」

「はい。お歳を召《め》してらっしゃることもありますが……。リオウ様が任官してからは、大方の書翰《しょかん》仕事を引き受けてくださったので、羽羽様のご負担もずいぶん減ったのですが……また忙《いそが》しくなりまして」

仙洞官の後をついて階《きざはし》をのぼるうちに、楸瑛は妙な気分になった。なんだか、外観以上に、階層がある気がする。えんえんのぼっても、最上階にたどりつかないような、二度とこの塔から出られないような、わけもない不安が募ってくる。

（うわ……十三姫が九彩江で迷うっていうのも、こういう気分だったのかな……？）

体内時計が狂《くる》ったような、奇妙な目眩《めまい》。だしぬけに、目の前に長い通路が延《の》びていた。両脇《りょうわき》にはずらりと似た扉が並んでいる。距離感《きょりかん》まで変になりそうだ。

「羽羽様は奥の突《つ》き当たりにいらせられます。では……」

狐《きつね》につままれたような心地《ここち》で、楸瑛はとりあえず突き当たりまで行ってみた。

おそるおそる扉を開くと、つんと薬草のにおいが鼻をついた。天井が高く、広々とした室だった。あちらこちらに美しい模様の吊り灯籠が灯され、幽艶《ゆうえん》な火影を落としている。棚《たな》に並んだ何千もの薬草、いくつもの天球儀《てんきゅうぎ》、水盤《すいばん》、鏡、何かの計測器具の数々。府庫よりも府庫らしい、三方の壁《かべ》の上から下まで書棚ぎっしり詰めこまれた万巻の書物。

その真ん中に、小さな羽羽様がちょこんと座っていた。

室にはもう一人、見知った顔がいた。額の刺青《いれずみ》、浅黒い肌《はだ》、精悍《せいかん》な顔つき、隻眼《せきがん》。何気なく佇んでいるようで、まるで隙《すき》のない立ち姿。

「――迅⁉」

九彩江で珠翠とともに消えた、迅だった。

迅は飄々《ひょうひょう》と笑った。

「よぉ、楸瑛。久しぶりだな。聞いたぜ、無職になったんだってな」

「無職じゃない！　いや、しょーじき無職のがよかったかもしれないけど……」

静蘭の下《した》っ端《ぱ》になるくらいなら、無職のがマシだったかも。

「じゃない！　なんでお前がこんなとこにいるんだ迅‼」

「お前と同じ用件に決まってるだろ」

「縹家に行くつもりか？　何しに！」

迅は呆《あき》れ果てたような目つきをした。右目には黒い眼帯をしていたが、十三姫が贈《おく》った眼帯とは違《ちが》うことに、楸瑛はすぐに気がついた。

「あのな、敵同士なのに言うわけないだろ？　ほんっと抜《ぬ》け作坊《ぼっ》ちゃんだよなぁ……」

「う、うるさい‼　うーさま、こんな身許《みもと》不明の怪《あや》しい不審《ふしん》者を何で入れたんですか‼」

羽羽はモコモコお髭《ひげ》を撫《な》でながら、首を傾《かし》げて楸瑛と迅を交互《こうご》に見やった。

「はて？　不審人物でござりますか？　藍色《あいいろ》と大変近い『風』を感じましたが……？」

「は？」

「藍と縹《はなだ》の『秘色《ひそく》』の『風』をおもちのお方でござりましょう？　九彩江でも迷わなかったと聞いておりますし」

当の迅はちょっと片目を丸くした。楸瑛はぎくりとした。

迅が何一つ申し分のない総領息子《むすこ》だったにもかかわらず、父親からあれほど疎《うと》まれた理由。誰かから聞いたわけではなくとも、楸瑛もいつからか気づいていた。何よりも迅の容姿そのものが隠しようのない事実としてそこにあった。濃《こ》い色の肌は、司馬家では迅一人だ。目を惹《ひ》く彫《ほ》りの深い容色も、物憂《ものう》げな双眸《そうぼう》も、思慮深《しりょぶか》い性格も。武骨な司馬家では異色だった。

行きずりの女との過《あやま》ちでできた息子を、迅の父は嫌った。

今まで触《ふ》れないできた秘密を、さら〜っと羽羽様は言ってのけた。

迅よりも、楸瑛の方がオタオタうろたえた。

「なっ、私は何も聞いてないぞ迅！　いやそれがなんだ！　龍《りゅう》じいさんみたいな優美さもへったくれもないムキムキで男臭むんむんな武将顔に生まれなくてよかったと私は思ってるぞ！」

迅はガクッとした。

「…………楸瑛、お前、大事なのはしょせん顔かよ」

「バカ、顔は自分で選べないんだぞ！　大体お前の中身になんか、何の問題もないだろ」

楸瑛は天性の坊ちゃんだ。他人の意見などどうでもよく、自分の大事だと思うことしか信じない。だから藍家より王を選べた。父から目の敵のように疎まれた迅のすべても、楸瑛にかかると真実『何の問題もない』のだ。

それは異母妹の十三姫も同じ。だからこそ迅は、このノンキな兄妹《きょうだい》の傍《そば》にいるのが好きだった。

羽羽は迅についてこう言った。

「それに、この方のことはある人から頼《たの》まれましたゆえ……」

楸瑛はハッとした。仙洞省の重鎮《じゅうちん》に頼みごとのできる人物。

——迅の忠誠を勝ち得た『主君』。

ササッと、楸瑛は羽羽様の傍に跪《ひざまず》いた。内緒話《ないしょばなし》をする仕草をする。

「……それは、誰ですか、うーさま。誰にも言いませんから、教えてくださいませんか。藍州特上お宿とゆったり極楽《ごくらく》温泉・足ツボ鍼灸癒《しんきゅういや》しの旅に好きなだけご招待しますよ」

「ダメでございまする。仙洞省には守秘義務がございまするゆえ。賄《まいない》もいけませぬぞ」

うーさまは愛らしい見かけながら、大変口《くち》が堅《かた》いのでも有名だ。

「……おい、楸瑛、俺はお前が無職になったことよか、なんで今までノホホンと将軍職でいられたかのほうが不思議だぜ……」

「失礼なことをいうな」

羽羽が改めて問いかけた。

「……お二方とも、縹家へ向かうために、いらせられたとお見受けいたしまする」

迅と楸瑛は顔を見合わせ、それぞれ頷《うなず》いた。

何のために行くのかとは、羽羽は訊《き》かなかった。とうに察しているようだった。

「……縹家への〝通路〟は現在、向こうから完全に遮断《しゃだん》されておりまする。今のわたくしの力でむりやりこじ開けられるのは、ただ一度。片道だけにござりまする。それでも？」

迅は知っていた様子だが、楸瑛は初耳だ。

「はっ⁉　それは、もしや行きだけってことですか？　帰りはどうすれば？」

「向こうの方にお願いして下さりませ。開けてもらえないと、帰ってこられませんぞ」

「ええ？　誰に？　どうやって？」

「どうやってでも構いません」

羽羽の低い声音《こわね》に、楸瑛は口をつぐんだ。

「どうやってでも構いませぬ」

もう一度、羽羽は繰《く》り返した。ずしりとした重みをもって。

「固く閉《と》ざされた縹家の扉を、向こう側から、残らず開放させて帰ってきてくださりませ。赴《おもむ》くならば、どうぞそのお覚悟《かくご》で。でなければ、〝通路〟は開けませぬ」

迅は幼馴染みを横目にした。

「……おい、お前さぁ、そのつもりできたんじゃないのか？」

「エッ、いや、私は結構、軽……いや、軽くはないんだけど、秀麗殿を助けに行って帰ってくるだけのつもりで——まさかそんな仕事がオマケでついてくるとは夢にも」

先王でさえやりきれなかった縹一族を攻略《こうりゃく》しなければ、帰ってこられない。

閉ざされた縹一族を、引きずり出せ——と。

オマケの方が重すぎるとは、これいかに、という楸瑛の心の声を迅に受信された。

「……お前、頭良さげなのはほんっと顔だけだよな。昔っから行き当たりばったりで、足突っ込んでから慌《あわ》てるバカ殿様《とのさま》だったが……二十六歳になってもそれでいーのか？」

「う、う、うるさ、うるさいな。それでやってこられたんだから、それでいーんだ！」

開き直った。実のところ、その性格がばれているのは身内の十三姫と迅だけだ。

「なら迅、お前は、そのつもりだったわけか？」

「俺は行きだけ何とかしてもらえりゃそれでいいさ。帰りのツテはある」

のらりくらりと言う。……迅が外見とは裏腹に慎重《しんちょう》な軍師型なのは、今も変わっていなかった。そうだとも、違うとも言わない。手の内を一枚も見せない。

『秀麗ちゃん追っかける「誰《だれ》か」が他にいるかもしれないんだから』

……まさに、どんぴしゃり、だ。

羽羽様は一度しか〝通路〟を開けないと言った。迅が先にその一回を使用していたなら、楸瑛が秀麗のもとへ行く機会さえこいつは潰《つぶ》せたということだ。

迅が縹家に向かうなら見過ごすわけにはいかなかった。加えてもう一つ楸瑛には縹家へ行く目的があった。大事な。

「……迅、珠翠殿は、縹家に戻《もど》ったんだな？」

「ああ。あのあと宝鏡山の社の〝通路〟開いて、一人で帰っちまったぜ」

「…………」

縹家側から、〝通路〟が完全に遮断されていると羽羽は言った。何か異変が起こっているのだ。縹家に、秀麗に、リオウに――珠翠に。

「――行きます。行って、絶対戻ってきます。羽羽様、〝通路〟を開いてください」

「……楸瑛殿、あなたが行っても、何もできぬやもしれませぬ。秀麗殿の意志を無視して、力ずくでこちらへ連れ戻すことは不可能とお思いください。それが玉命だとしても」

「羽羽様……？」

「けれどあなたが戻られる時、それは閉ざされた縹家の扉《とびら》の一つが、確かに開いたことの証《あかし》。……我が閉ざされた天空の一族が変わる時、いつも〝外〟の風をもつ人々がやって参りました。すべてが変わらなくても、小石が波紋《はもん》を広げるように、確かに小さな変化を残して去ってゆきました。お二人も、その『変化』の使者なのやもしれませぬ」

ついと、羽羽は両手を差しだした。掌《て》の上の何もない中空《ちゅうくう》に、忽然と一対の剣が現れる。

二口《ふたふり》の剣は楸瑛と迅の前で静かに横たわった。

「……〝干將《かんしょう》〟と〝莫邪《ばくや》〟？　なんでここに」

「主上《しゅじょう》と茈武官が、それぞれ置いてゆかれました。もしもここへ、どこかの無職同然のヒマ人が人捜《さが》しに縹家へ行きたいとノコノコ訪ねてきたら、渡《わた》してほしいと。『とっとと行って、とっとと帰ってこい。頼む』だそうですよ、楸瑛殿」

楸瑛は天を仰《あお》いだ。笑いだしたくなった。

王の傍を離れることへのためらいが、完全に霧消《むしょう》した。

『頼む』

行ってくれ――と。

羽羽は困ったように、双剣を見下ろした。

「実はこの双剣、以前使用された時に残らずカラッポになってしまいまして……今はヘンな気配を察して鳴るくらいだと思いますが……お二人ともお持ちになりまするか」

「お二人って、迅と半分こしろってことですか、うーさま！」

「ええ。両方をお一人で持ち歩くのはおススメしませぬ。……万が一がありますし」

「万が一？」

迅は興味津々《きょうみしんしん》の体《てい》で〝干将〟と〝莫邪〟をじろじろ見た。

「……両方扱えるのは、戳華王を筆頭にほんの数人しかいなかったと聞いてますが」

「ええ。あなたのお祖父《じい》様の司馬龍殿は、数少ないお一人です。それでも『借りた』だけで、『使用した』といえるのはさらに僅《わず》かです。この双剣を満タン状態で、カラッポになるまで全開で使ったのは現〝黒狼〟ただ一人です。凄《すさ》まじい精神力と心の勁《つよ》さの持ち主で、まるで拒絶《きょぜつ》反応もなくやすやすと従えてしまいました。それでもたった一度の使用で心臓が止まったとききます」

迅は〝黒狼〟を思い起こした。いとも簡単に迅の背後をとってみせた。九彩江で顔を見たので、迅は〝黒狼〟が『誰』か知っていた。

迅は幼馴染みに死ぬほど同情した。

（……アレが恋敵《こいがたき》って。こいつつくづく勝ち目ねー相手を選ぶよなぁ……）

「心臓が止まった？　なんですか、それ」

憐《あわ》れまれてるとは露知らぬ楸瑛である。

「確かに、簡単には使えないと聞いたことがありますけど……うーさま、見損なわないでいただきたい。これでも近衛羽林軍元将軍ですよ！」

「……威張れんの？　それ」迅がぼやいた。

「もともとこの双つの剣は、術を使えない只人《ただびと》でも術者のように魔と戦えるよう鍛《きた》えられた破魔《はま》の剣ですので……いわば術を使うのと同じなのです。強大な力を操《あやつ》れるかわりに、所有者の精気をガンガン吸いとります。満タン状態のときは、それこそ抜《ぬ》いただけでみるみる所有者の精気を吸い上げます。なので根性《こんじょう》ナシには扱えません。ついでに精気が底をつくと、今度は勝手に生命力を吸い上げて変換《へんかん》するので、下手《へた》をすれば使ったその日に死んでしまいます」

「うーさま！　それ呪《のろ》いの剣じゃないですか！　これ、破魔じゃなくて呪いの剣ですよ！」

楸瑛はとても正しいことを言った。迅はニヤニヤした。

「根性ナシには使えないってよ、楸瑛。カラッポでよかったなー」

「どーゆー意味だ!!」

怒《おこ》りつつ、楸瑛は絶対どちらの剣にも触《さわ》ろうとしなかった。

「カラッポのときは剣もくたびれて眠《ねむ》ってる状態です。ご飯を必要としませんから、さわっても平気でございまする。陛下も茈武官も元気でしょう？」

　そういえば楸瑛も茶州で燕青が抜くのを目にした。

「また、陰陽《いんよう》で引き合う性質がありますので、お二人別々にもっていると、お互《たが》い迷子になった時にさがせて大変便利でございまするぞ！」

「……猫《ねこ》の鈴《すず》みたいだな。じゃあ、俺こっちもらうか」

「こら迅！　くれてやるんじゃないぞ。あとでちゃんと返せよ!!」

　楸瑛は陽の〝干將〟を、迅は陰の〝莫邪〟を迷わず手に取った。

　羽羽は意外に思った。逆かと思っていた。

「……本当は、わたくしが縹家へ赴くべきなのでしょう。ですが、まだ……参れませぬ。――さあ〝通路〟を開き、お送りいたしましょう。どうぞ、円陣《えんじん》へ」

　羽羽が奥の円陣を示したけれど、どちらも動かなかった。楸瑛が慎重に訊いた。

「……羽羽様、さっきおっしゃいましたね。術を使うのと、破魔の剣を使うのは同じ。精気と生命力を失う――と。一度しか開けないというのは、その意味は」

「……そのとおりだ。かわりに私がやろう」

　楸瑛と迅の顔が強張った。気配がなかった。

「……龍蓮《りゅうれん》!?」

　煙のように――としか思えぬ――忽然と室《へや》にいたのは、九彩江から帰ってこっち、行方知れずだった龍蓮だった。

「どうしてここへ――」

龍蓮が楸瑛に顔を向ける。顔形は弟なのに、見知らぬ少年だった。

「そう。〝龍蓮〟は見守る者。龍蓮は何もしてはならぬ。かわりに行ってくるがよいよ」

「……龍蓮……？」

龍蓮が何かをしたようには見えなかった。横笛さえ吹《ふ》かなかった。佇《たたず》んでいるだけだ。おかしなところはない。だからこそおかしかった。何をしてもどこかに漂《ただよ》う龍蓮独特の奇《き》矯《きょう》さが――すなわち人間らしさが、一切《いっさい》ありはしなかった。

りぃんと鈴の音が鳴った。〝干將〟と〝莫耶〟が、室にあったすべての神器が共鳴した。

楸瑛と迅の頭の中で音が大小に谺《こだま》する。鈴の音の向こうで、楸瑛が最後に見たのは、龍蓮の顔をした『誰《だれ》か』の、まったく無言の眼差しだった。

……指一本動かさず、やすやすと〝通路〟を開いた。若者は方陣さえ、使いもしなかった。

羽羽は恐怖と畏れで身震いした。

「あなた、さまは……」

「情けではないぞ。そちはかつて紅《あか》のを助けた。一度《ひとたび》、その礼を返しにきた。二度はない。どうせ幾ばくもない命だ。こんなところで無為《むい》に使い果たしてもつまらぬだろう」

「……ありがとう、存じまする……」

青年はちょこんと座る小さな羽羽を、ためつすがめつした。ややあって両手を伸ばすと、まるで可愛《かわい》い人形にするように羽羽をひょいともちあげた。

「人間にしては良い毛並みだ。小さいのも気に入った。置物にちょうどいい大きさだ」

毛並み⁉　置物⁉　羽羽がぽかんとしていると、なでなでと撫《な》でられる。

「このままぽっくり死なせるのはいかにも惜しい。そちを氷づけにして、飾ってもよいか」

「よっ、よくありませぬ！　それだって死んでしまいまする！」

「遅かれ早かれだろう。どうだ、そちが我が置物となるのと引き換えに、願いを叶えてやってもよいぞ？　わしは〝夢見る者〟、時を司《つかさど》る者だ。そちも、やりなおしたい過去の一つや二つあるであろう？」

羽羽は胸をつかれた。

〝龍蓮〟は、藍家の託宣者《ミコトモチ》。生きながらにして仙を宿せる稀《まれ》な肉体と精神の持ち主に許された名。〝夢見る者〟藍仙《らんせん》の力の片鱗《へんりん》を使うことを許された者。

微睡《まどろ》みの中で過去も未来も見霽《みはる》かし、自在に操るという大いなる〝時〟の支配者。

藍の君。

その気になれば、過去・現在・未来、三千世界のありとあらゆる人間がいつどこで何をしていたか、今この瞬間《しゅんかん》にもつかみとり、介入することができるという。それが、膨大な情報量にたえうる器の人間でないと、〝彼〟を降ろせない所以《ゆえん》とされる。

彼に願えば、過去を変えられるのだろうか。

やり直したい過去。

ある。そんなのは振り返ればいくらでも。

後悔ばかりしてきた気がする。

それでも羽羽は、こう答えた。

「いいえ」

青年は微笑《ほほえ》んだ。どこか嬉《うれ》しげに。

「フッ……まこと、良い毛並みなのに。惜しい。せいぜい頑張ることだ。もちろん、わしらは助けてなどやらぬ。わしらはいつでも見ておるだけじゃ。自分のケツは自分でとらんとな」

青年は愛おしげな眼差しをした。

「このように小さく小さくなるまで身を削りおって。よい……しばしの休息を許そう」

みるまに羽羽は気だるい睡魔に襲われ、眠りこんでしまった。

腕の中で眠る羽羽を青年はよしよしと撫でた。彼には羽羽の人生の色が見えた。それは深く胸を打つ、涙《なみだ》がこぼれそうな黄昏《ゆうぐれ》の色。なんという色彩《いろ》。

「長い、道のりだったな。楽な人生ではなかったな。だが、やり直したくはないといった、その言葉こそ何より貴《とうと》い。もうここで楽にしてやりたいが、そちはまだそれを望むまい。なぁ紫霄《ししよう》」

青年の隣に紫霄が立ち現れる。

疲れ切ったように眠る羽羽を前に、紫霄は束の間、取り残されていく者の顔をした。

第四章　青い月の女王

『愚《おろ》かな娘《むすめ》じゃ』

と、誰《だれ》かが呟《つぶや》いた。

秀麗はぼんやりと目を開ける。本当に開けたかは定《さだ》かではないけれど。

夜だった。冷たい月光が室を真っ青に染め上げていた。氷のような青色だった。

見知らぬ美しい少女がいた。闇さながらの髪《かみ》、雪さながらの肌《はだ》、血のごとき唇《くちびる》。

夏にもとけぬ残雪のごとき冷淡《れいたん》な眼差しに、秀麗への好意など微塵《みじん》もない。不意に秀麗の目尻《めじり》が熱くなる。涙《なみだ》が流れた。

秀麗は何ごとかを呟いた。頭は霞《かすみ》がかったようで、自分でも何を言ったのかわからない。

何だったにせよ、青い月の女王めいた少女は感銘を受けた様子はない。眉一筋どころか、彼女を構成するあらゆるもののもっとも小さな一つでさえ、動かされはしなかった。

『愚かな娘じゃ。わたくしにそれを願うか』

無情という言葉がぴったりだった。

『面白《おもしろ》い。じゃがの、わたくしには体が必要じゃ。そなたの体がな。――もらうぞ』

素っ気なく告げる。いっそ優雅《ゆうが》な仕草で、少女の桜貝の爪《つめ》がのびる。声とは裏腹にひどく優《やさ》しい仕草だった。青白く透《す》きとおった両の指先を、壊《こわ》れかけた大事なものに触《ふ》れるように秀麗の耳の下にそっとさしこむ。

少女と目が合う。

間近で見れば、本当にお人形のようだった。その美貌《びぼう》は、今まで秀麗が見てきた女性の、どれとも違った。可憐《かれん》でも、妖艶《ようえん》でもない。とても綺麗《きれい》なのに、誰も近寄らない一人きりのお人形。なぜかそんなことを思った。『何か』を鎧《よろい》の如く堅固に纏《まと》って。少女のようで、疲《つか》れ切った老婦人にも見える。綺麗だった。ぴかぴかの黒炭の瞳《ひとみ》の奥に、熾火《おきび》のごとく時折光る『何か』。それが少女を孤独《こどく》ではなく、孤高にしていた。寂《さび》しさよりも強い、何かへの強烈《きょうれつ》な意志。……それは、何？

少女の顔が音もなくおりてきて、ぬばたまの髪《かみ》が秀麗の涙にぬれた頬に落ちかかる。指と同じ、現実よりは儚《はかな》く、けれど無よりは確かな感触《かんしょく》で。

鼻先が触れあうほどになっても、少女は秀麗の目を見つめていた。少女の冷たい顔つきがとろけた。刹那《せつな》、瞳の奥にあった『何か』が別のものに押し流され、どこかに消えていった。いや、最初からそんなものなどなかったのだろうか。

『わたくしはこの強大な力を維持《いじ》せねばならぬ。誰の体と魂《たましい》を使い潰《つぶ》しても』

女王の微笑《びしょう》をたたえ、血の如き唇がうっとりと秀麗の唇に押し当てられる。甘い花の香《かお》りがした。

カラッポになりかけていた秀麗の体に、温かいものが侵入《しんにゅう》してくる。

秀麗の目尻から涙のひとしずくがすべりおちた。

＊　＊　＊

父の璃桜は濡《ぬ》れ縁に椅子を置いて睡《すい》を貪っていた。月が冴え冴えと辺りに光を投げかけている。父は夜のほとんどをこうして外で過ごす。リオウの物心ついた時から。

「父上、リオウです。戻《もど》りました」

父はうたた寝を邪魔され、少し不機嫌《ふきげん》そうに目を覚ました。単なる白髪《しらが》だったりする、銀髪《ぎんぱつ》にひとしずく金をたらしたような不思議な色合いの髪を物憂《ものう》げにかきあげ、瞼《まぶた》を押し上げるのも億劫《おっくう》そうに息子《むすこ》へ顔を向ける。

日がな一日ポクポク寝て過ごす父なので、眠りを妨げてもリオウに罪悪感はちっともない。

寝ぼけ顔なので、リオウは水盥《みずだらい》を運んでやった。父は大人しく盥を引き寄せて顔を洗った。洗ったはいいが、手巾《てぬぐい》の存在を忘却《ぼうきゃく》の彼方《かなた》に流していたらしく、濡れた顔をさてどうしようと思案したあげく、服の裾《すそ》で適当にぬぐおうとしたので、リオウは手巾を渡してやった。父は、リオウがあれこれ世話しないと、雑巾《ぞうきん》でも構わず顔をぬぐう。几帳面《きちょうめん》の遥《はる》か対極にあるどうしようもないぐーたら父だ。息子がいることもたまに忘れている気がする。

何はともあれ、顔を洗って多少は頭がハッキリしたらしい。

「……なんだ、三日程度でずいぶん大きくなったな」と、言った。

「……は？　三日？」

「確かお前を紫州にやってから、三日くらいだろう？」

リオウはガックリと肩《かた》を落とした。

常人のように歳をとらないせいか、父の月日の感覚は途方もなくずれている。セミの七日と人間の七日が違うような感覚なのだろう。今年の冬と三年前の冬が同じ冬だと思いこんでいたこともある（リオウに指摘《してき》されて『そんなのは知っていた』と嘘《うそ》をついた）。寝ている内に月日がドンドコ過ぎる上に、薔薇姫以外あらゆる物事に頓着《とんちゃく》しない性格のせいで、今がどの春でも夏でも秋でも冬でも別に構わないらしい。

（三日しか経《た》ってなかったのかこの人の中では――）

イロイロイロイロあった激動の半年あまりもなかったことになってる――。

「…………もう、茶州の疫《えき》から半年以上経ってます」

「嘘をつけ。お前と茶州に行ったのが秋だったろう。今だって秋だ」

「――あれから雪も降って桜が咲《さ》いて葉っぱが緑になって、また紅《あか》くなったでしょう!?」

「そうだったかな？　そうだったような気もするが、まあ、葉っぱくらい大したことじゃない」

ボケがきているとしか思えない。実際、ボケてもおかしくない歳だがリオウが生まれてからずっとこうなので、生来の性格であろう。リオウは未《いま》だに、なぜあの明晰《めいせき》で真面目《まじめ》な瑠花伯母《おば》が、この人間失格な父に執着《しゅうちゃく》するのかナゾであった。出来の悪い子ほど可愛《かわい》いというらしいが、あばたもえくぼもほどがある。

璃桜は、息子を眺《なが》めやり、何度か頷《うなず》いた。

「半年か。確かに、そのくらいは経っているのかもしれぬな。少し背が伸《の》びた。お前を見ていると、だいたいどれくらい時間が過ぎたのかわかって便利でいいね」

「俺を日時計がわりにしないで下さい……」

璃桜は石膏《せっこう》のような白い手を伸ばした。指先でリオウの顎《あご》を軽くもちあげる。リオウは目を丸くした。父が自ら触れてきたことなど、記憶《きおく》にない。

何にも無関心のはずの父が、初めてリオウに関心を向けていた。

「ち、父上……？」

無限の闇めいた父の目の中に、自分が映っている。リオウはドキリとした。そこにいる自分は生きた瞳をもち、感情と意思の光で生気を放っていた。

「リオウ、お前は、何かしたいことができたのか？」

リオウの整った面差《おもざ》しにサッと影《かげ》が差した。したいこと？　わからない。李絳攸や碧歌《へきか》梨《りん》の一件で、今の縹家は間違っていると思ったけれど、どうすればいいのか見当もつかない。それに、自分は男で、無能の、縹家では何の価値もない人間だ。何もできはしない……。

そう思いながらも、「いいえ」とは、なぜか答えたくなかった。

「……わかりません」

璃桜は面白そうに笑んだ。

「そうか」

「……父上、訊《き》きたいことがあるんです。紅秀麗のことで」

リオウは思いきってこの半年のことを語り、紅秀麗を貴陽から連れ帰ったことをかいつまんで話した。

父はといえば、紅秀麗を連れ帰ってきて喜んでいる風には見えなかった。ぜんぜん。

「……それで？」

「そっ、それでって、ち、父上は他に感想はないのですか」

「感想か……。薔薇姫の娘だが、まだ私の薔薇姫ではないからね。関心はあるが、興味はさしてないな。薔薇姫が現れたら会いに行くけども」

リオウは愕然とした。〝薔薇姫〟が出てこない限り、娘でも眼中外か――!!

秀麗が死んで〝薔薇姫〟が出てくるのを虎視《こし》眈々《たんたん》と待っているというリオウの読みは当たっていたが、このぶんだと父は紅秀麗が死ぬまで百年でも虎視眈々と待つ気でいたようだ。

（…………。…………。…………も、ほんっっと父上は……）

いやここは、前向きに考えよう。前向きに。紅秀麗が生きててもいいということだ。

「……ここ半年の紅秀麗の急激な変化なんですが、必要以上に生命力が流れているように思います。父上にお心当たりは、ありますか」

「誰《だれ》かが、勝手に娘の命を横から使っているのだろう。まさに我田引水だな」

「……じゃあ、あの男、『起きた』んですか？」

「そのようだね。姉上が眠《ねむ》らせていたが、誰かに貸し出したのではないか。確か茶州で、ちょうど手近にいた紅秀麗の命を拝借して、黒仙が生かしてやったのだろう。当の本人は起きてからそれを知ったようだけれどね。死んでから人生のキビシサを知るというのも、なかなかあるまいよ。仙人《せんにん》との取引は逆運が多いんだが。苦労知らずの坊っちゃんだったのだね」

リオウの顔つきが険しくなる。

「『起き』れば、紅秀麗の命を使うことになるって知っててあの男起きたのか――」

リオウは不審《ふしん》を覚えた。……誰かに貸し出したと父は言った。

「貸し出したって、誰に、です？」

「さあ。興味ないな」

「……黒仙と、取引したのって、たいてい口八丁《くちはっちょう》で利用されて不幸になってますよね」

「なんとかできると思ってるのだろう。どのみち、男はもう〝外〟に出てしまったよ」

「……紅秀麗を助ける方法を、ご存じではありませんか」

「知ってるよ」

けろっと璃桜は言ってのけた。

「それにお前もよく知ってるはずだよ、リオウ」

リオウは身じろいだ。

「姉上と同じ方法で、命を繋《つな》げばいい。そうだろう？」

リオウがトボトボと〝静寂の間〟へ戻った。時刻は、真夜中になっていた。

室《へや》に入るや神経がざわついた。

（……な、んだ？）

室内が真っ青に見えるほど、月光がいっぱいに差しこんでいる。

室の様子に変化はないように見えた。四隅《よすみ》に配置した呪符《じゅふ》と神鈴《しんれい》も異常はない。この縹本家で、無能のリオウが瑠花を出し抜《ぬ》けるとは思っていなかったが、何もしないよりはマシだった。

瑠花の力は良しも悪《あ》しくも強大だ。蟻《あり》の侵入に気づかなくても象なら誰でも気づく。瑠花がきたら神鈴が鳴らないわけがない。

秀麗は相変わらず昏々《こんこん》と眠っている……。

（……気の、せいか……？）

リオウが過敏になっているだけかもしれない。秀麗の様子を見ると、涙《なみだ》を流したあとがあった。目覚めたかと期待したものの、額に手を当ててもぴくりとも反応しない。涙は、ただの反射だったらしい。縹家へ連れてきてから何日も過ぎていたが、目覚める気配はない。

「……今日も変わりなし、か……まあ、異常がないぶん、マシか」

日課となった体温、脈拍《みゃくはく》、呼吸を診る。そう、心臓が止まるより、百倍マシだ。

同じ目覚めない眠りでも、李絳攸の場合は暗示が原因だったが、紅秀麗は過労死寸前のようなものだ。回復すれば起きるかもしれないし、起きないかもしれない。待つしかない。

十年くらい寝《ね》てたって、別にリオウは構わない。この女にはそんくらい休む権利がある。誰がなんと言おうと。瑠花がなぜか通信手段を遮断《しゃだん》しているため、仙洞省や朝廷《ちょうてい》に連絡《れんらく》できないことだけが気がかりだったけれど、仕方がない。

（伯母《おば》上《うえ》と同じ方法か……）

白ネズミがちょろりとリオウの前を横切った。あれから白ネズミはたまに現れては心配そうに秀麗の周りをウロウロしている。

一人でしゃべるのもむなしいので、リオウは白ネズミをつまみあげた。

「ていうか、伯母上はどこで何してるんだ？　紅秀麗を連れてきたことに気づいてないわけないし……即座にシメシメと紅秀麗の体を乗っ取るかと思ったんだが」

瑠花の座所である高御《たかみ》座《くら》を知る者はほとんどいない。リオウも、普段《ふだん》どこの宮に瑠花がいるのか知らない。幽体《ゆうたい》以外で本体を見たことも、考えてみればここ数年ない。

天空の宮はずっと閑散《かんさん》としたままだ。高位術者や巫女も一向に戻ってこない。さすがにリオウも奇異に感じはじめてはいたものの、正直考える余裕がない。

リオウが縹家に帰ってこられたのは、瑠花から与えられていた特別な通行許可証があったからだ。一度きりだが、いつでもどこでも〝通路〟を開ける。ただし、リオウと秀麗しか認証されない。だから燕青や蘇芳を連れてこられなかった。

「……珠翠、今だから言うけど、仙洞令君になる際、伯母上から隙《すき》を見て紅秀麗を縹家に送れって言われてたんだ。……やらなかったけど」

できなかったのではなく、やらなかった。〝外〟の世界を知るにつれ、リオウは少しずつ「おかしい」と思うようになっていたから。

「……まあ、ぐずぐずやらないできたから、伯母上はあんたを使ったんだよな……悪い。そりゃ伯母上が紅秀麗のために尽力《じんりょく》してくれるとは思わないけど、そこは説得して……って俺口下手《くちべた》だけど……いやそもそもあの偏屈《へんくつ》で居丈高で女王様な伯母上が俺の話を聞いてくれるワケないか……」

ここでネズミがチューと怒った。リオウは甘んじて叱咤《しった》された。

「……わかってる。努力はできたはずだよな、無駄《むだ》な努力でも。いや無駄じゃダメだけど。自分に言い訳して動かないでいるより、マシだったかもって思う。ここまで抜き差《さ》しならなくなる前に。……多分、うちは、色々なことがそうなんだ、きっと」

最後の言葉に、自分で驚《おどろ》いた。考えてこぼれたものではなかった。〝外〟にでてから今まで、考えつづけていたことが、形になってぽろりと落ちたのだった。

急にネズミが手足をジタバタさせ、チューと走り去っていった。

紅秀麗の目が音もなく開いた。

*　　　*　　　*

四隅の神鈴が砕《くだ》け散った。

リオウの首筋の産毛《うぶげ》が逆立つ。見えない力が押し寄せ、室に渦を巻く。凍えて非情な大波だった。大渦に心がさらわれそうで、リオウは踏ん張って耐えた。まるで本物の冬の海だ。

(伯母上!?　いや、でも――)

きていない。

だが、いる。間違《まち》いなく。でも、どこに。

戦慄《せんりつ》した。横たわる秀麗の目がひらいている。目の焦点《しょうてん》が合っていない。

「まさか、もう、伯母上が中に――いや、でも、いつ入った!?　――おい!」

リオウは秀麗を揺《ゆ》さぶった。

秀麗は押し黙っている。

のろのろと秀麗が寝台《しんだい》から身を起こす。

「え!? おい、待て、ちょ――」

止めようとしたら、ものすごい力で振《ふ》り払《はら》ってきた。

リオウは慌てて秀麗を寝台に押さえこむ。秀麗は抗《あらが》った。手加減もできないほどの強力《ごうりき》だった。リオウのほうが押し負けそうだ。

だしぬけに竹が弾《はじ》けるような破裂《はれつ》音がした。実際に耳に届く音だったのか、頭の中だったのかはわからないが、とにかく、リオウたちの真上で。

リオウは上から降ってきた何かに、ぺしゃんこに押しつぶされた。

「――――っっっ!?」

背骨が折れるかと思った。かろうじて、秀麗を押しつぶさずにすんだものの、どんな妖霊がのっているのか、凄まじい重量でのしかかってくる。

妖がゴチャゴチャとしゃべった。

「……なんて乱暴な送り方をするんだ、龍蓮め！　いや、アレ、龍蓮じゃなくなかったか？　ヘンなモノに取り憑《つ》かれたかな。取り憑かれた方がマトモっぽいって、どうなんだ。で、ちゃんと目的地に着いたのか？　ここどこ？　なんか途中《とちゅう》で、魚釣《さかなつ》りされてるみたいに横から引っ張られたような……。あれ、なんだ、寝台じゃないか。男と一緒《いっしょ》に横たわる趣味《しゅみ》はないぞ。とっととどけ迅！」

「俺はもうとっくにどいてる。お前もしゃべくってないで、早く降りたほうがいいぞ。助けにきたお嬢《じょう》ちゃんを窒息死《ちっそくし》させたくなかったらな」

「はあ？　じゃ、この背……誰《だれ》だ？　はっ、まさか床《とこ》の最中にお邪魔《じゃま》を――」

リオウは、生まれて初めて堪忍袋《かんにんぶくろ》の緒《お》がぶち切れた。

「――いいから、早く、どきやがれ!!」

力一杯《ちからいっぱい》、文節で区切って、怒鳴《どな》りつけた。


「――ったく、あんたらいったいどっから湧《わ》いて出た!!」

楸瑛と迅は一回り以上も年下のリオウにガミガミ怒鳴られた。

さすがの二人も神妙にした。リオウが庇《かば》っていなかったら、秀麗は悪くすれば圧死していたかもしれない。

当の秀麗は、寝台で目を回している。軽武装した大の男二人が降ってきたらそうなる。

リオウは二人をギロリと睨んだ。

「どっから、じゃないな……どうやって、きた？」

完全に遮断されている縹家へ、〝外〟からむりやり入るには、羽羽の力を借りるほかはない。だが、仙洞省からの〝通路〟の出口はここではない。そもそもこの室《へや》のどこにも〝通路〟の方陣《ほうじん》はない。ましてや寝台の中空なんかにあるわけがない。

二人は縹家の〝通路〟を使わずにきた、ということだ。

楸瑛は秀麗を気にしながら答えた。

「どうやってと言われても……羽羽様に頼《たの》もうとしたら、弟の龍蓮が横やりを入れてきて、気づいたらここにほうりだされたんだよ。悪かった」

リオウは驚いた。藍龍蓮。どういう風の吹きまわしか、〝藍龍蓮〟が手助けしたらしい。それなら、方陣を使わずに縹家にこれたのも頷ける。

リオウはやっと冷静になった。

「……いや、むしろ、こっちのが、あんたらのおかげで助かった、のかもしれない」

「え？」

室は元の静寂《せいじゃく》に包まれている。ただ静かになったというだけではない。秀麗の内から漏《も》れいで、神鈴を残らず壊《こわ》したあの力は跡形もなく消え去っていた。

リオウは二人の闖入《ちんにゅう》者が佩びた剣《けん》を見た。

――〝干将〟と〝莫邪〟。

破魔《はま》の双剣。

秀麗が大人しくなったのは、双剣のおかげだった。見事に秀麗の中のモノを祓《はら》った。

「助かった……」

楸瑛は顔つきを険しくした。

「……何か、起こってるのか？　秀麗殿に関することかい？」

「……その前に、きく。それは王の双剣だろ。あんたはいったい、何しにここまできた？あの女が紅州行きでどういう状態になって、どうして俺が縹家に連れ帰ったか、聞いてるはずだ。王の命令で連れ戻《もど》しにきた、とかぬけぬけと言ったら、ぶん殴《なぐ》って座敷牢《ざしきろう》に放《ほう》りこむぜ。心して答えろよ。この縹家はか弱い者、傷ついた者の最後の避難《ひなん》場所だ。誰であろうと、その領域を侵《おか》す者は許さん。連れてきた以上、俺には縹一族としてこいつを守る義務がある」

迅はひどく驚いたように、まじまじとリオウを見つめた。まるで、よく似た他《ほか》の誰かを知っているかのように。

楸瑛は答えた。

「……わかってる。王の命令できたんじゃない。私の独断できた。秀麗殿を連れて帰れとは、ひと言も言われてない」

「じゃあ、なんのためにきた？」

楸瑛が縹家へ行かなければならないと思ったたった一つの理由がある。

楸瑛の偽りない思いであり、王の言葉でもあるはずのそれを、楸瑛は伝えた。

「秀麗殿は、職務を全《まっと》うして、瀕死《ひんし》の状態で倒れたと聞いた。縹家へ行けば助かるかもしれないとも。王は、秀麗殿がそんな状態になったのが自分のためだと、口には出さないけど、ちゃんと気づいてる。今の王は、そんな秀麗殿のために何もできないし、動けない。だからといって秀麗殿を縹家に預けたまま、何もしないでいる理由になんてなりはしない。

秀麗殿は王のためにこよなく身を尽くしてくれた。だから、私がきたんだ。精一杯の、王の心として」

身動きのとれない王のかわりに、王の心を届けにきた。

楸瑛の顔を見せれば、秀麗はそのうしろに王を見る。

「王には何も言われてない。文も言付けもない。私は何かの返事や報告を持ち帰る義務はないし、秀麗殿にも求めなくてすむ。ただ、具合や様子を知りたいとは思ってるし、私で力になれることがあれば、言ってほしい。ただ、秀麗殿が縹家に留《とど》まるのも、出て行くのも、彼女に任せる。私に口を挟む権利はない。ここにいるのは勝手にきた藍楸瑛だから」

すべての言葉を吟味《ぎんみ》したあと、リオウは藍楸瑛の言い分を受け入れた。

「わかった。いいだろう。で、そっちは？　どこの誰で何しにきた？」

迅はニヤニヤとした。

「……ほんと、似てるな。簡潔明瞭《めいりょう》な訊《き》き方とか、そっくりだ」

「はあ？」

「司馬迅――のほうが通りがいいか。捨てた名だが。俺は楸瑛とは別件できた。ある人にあることを頼まれてね。今のところお前の敵じゃない。たまに勝手な行動をするかもしれないが、あとは楸瑛と同じように、役に立ちそうなら使っていいぜ」

リオウは目を点にした。

「……なんか、かなりふざけたことを言ってないか、あんた」

「まあな。だから味方だとか、信頼《しんらい》しろとは言ってないだろ。リオウ、だっけ、約束できるのは、今はお前の敵じゃないってことだけだ。座敷牢行きでも仕方ないが、俺を牢《ろう》に放りこむのは至難だぜ。俺が雲隠れしてお前の知らないところで勝手なことをするよりか、目につくとこにいて、たまに役に立ってたまに余計なことをする方がましだと思わないか？」

「……おい、藍楸瑛、司馬一族なら、あんたの身内だろ。翻訳《ほんやく》してくれ」

楸瑛は目を逸《そ》らした。

「……いや、翻訳するまでもなく文字通りの意味だと思う……」

「あのな、どっかの誰かから何かを頼まれて縹家《うち》にきて、たまに不審な行動をするかもしれないが、俺の敵じゃないから、役に立ちそうなら使えってなんだ。意味がわかんねぇ」

「よくわかってるじゃねぇか」

「あんたなぁ!!」

「ごめんリオウくん……昔からこんな奴《やつ》なんだ」

迅がなんのために縹家にきたのかはいまだ楸瑛もわからないが、リオウのお陰《かげ》でいくつか新しい情報が手に入った。

（……今のところリオウくんの敵じゃない、か）

リオウの役に立ちそうなら使っていい、というのも意外だった。協力できるところは協力してもいいということだ。秀麗に関しても。

いかに怪しくとも、迅の手が多少なりとも借りられるのは大きい。

「リオウくん、迅が口に出した言葉を守る男なのは保証する。敵じゃないと言ってる間はそばに置いてもいいと思うよ。こいつに姿をくらまされて、闇討の不安にそこはかとなく苛まれるのも嫌だし、もっけの幸いと思ってこき使ったら？　ないよりマシっていうだろう」

「はあ？　もっけの幸いって、あんたどんだけノンキなんだ。ないほうがマシって言葉もあるだろうが」

「…………。……あったね」

二人のやりとりに迅が吹《ふ》き出す。

リオウはしばらくして、迅に向き直った。

「わかった。藍楸瑛の言葉をとる。俺じゃあんたの相手にならないってのはわかる。……正直、〝干将〟と〝莫邪〟が近くにあるだけでも助かる」

リオウは秀麗に目をやった。

力になれることがあればと藍楸瑛はいったが、大アリだ。

「……確信はない。けど、もしかしたら伯《お》母《ば》上《うえ》が、紅秀麗の中にいる――かもしれない」

＊　　＊　　＊

瑠花は高御《たかみ》座《くら》で目を覚ました。

そばに一人の若い巫女《みこ》が控えている。今瑠花の世話をするのはもっぱらこの娘《むすめ》だ。異能のある巫女や術者は不在にする中、この娘が残ったのは『無能』ゆえ。

若い巫女は心配の色を浮かべている。

「……邪魔《じゃま》が、入ったわ」

〝干将〟と〝莫邪〟。カラッポとはいえ、在るだけでなまじっかな術者よりよほど強力な作用をもたらす。さすが我が縹家の者が鍛《きた》えた剣だけある。

「まあ、よい……。わたくしも今あの娘がやってくるとは思わなかったゆえの。忌々《いまいま》しいことに、あの娘にかまけておる暇《ひま》はさしてない……他で手が塞《ふさ》がっておる。よそごとに気を抜《ぬ》けば仕舞《しま》いじゃ」

瑠花は老いた溜息《ためいき》をついた。瞬《まばた》き一つでさえ、ひどく億劫《おっくう》。肉体は若い娘のものなのに不思議なことだった。この体も、もうすぐ使用期限が切れる。

「……珠翠は……どうしておる」

若い巫女の目が嫉妬《しっと》に染まった。巫女は珠翠という女が大嫌いであった。自分と同じ『無能』だったのに、縹家を裏切って逃《に》げたあとに異能を顕現《けんげん》させたという『珠翠』。十年以上も行方をくらましたあげく、ノコノコ戻ってきた。なのにいまだ瑠花に従おうとしない。もっとも憎《にく》らしいのは、敬愛する瑠花が珠翠を殺さないでいることだ。度し難《がた》いほど逆らいながら、瑠花様にお目こぼしされている――こうして時たま報告さえさせる事実に、何より妬心《としん》がわく。

「……相変わらず、と聞いております。以前より静かになったようですが、洗脳が完全にかかっているとは、思えない節があります」

「まだ、落ちぬか。……〝時の牢〟だったな。どこの階層にいる？　〝外〟の刻に換算《かんさん》していかほど経《た》つ？」

〝時の牢〟は、体感時間を狂《くる》わせる術がかかっている牢だ。滅多《めった》に使われない。

「たびたび脱獄を図《はか》るので、今は最下層に落ちております。階層ごとに緩急の違う刻の正確な合算が難しく、おおまかになりますが……あわせてもうすぐ一千刻になるかと」

「……一千。標準換算すれば、丸一年近く抗《あらが》い続けているということか」

瑠花は繰《く》り返した。

「そうか、もうすぐ一千か」

感情はこもっていなかったが、あえて感情を殺したようにもとれた。巫女は悔《くや》しさがこみあげる。瑠花に一片《いっぺん》の敬意も払《はら》わぬ娘に、何の価値があるというの。

念願であった薔薇姫の娘をリオウ様が連れてきたというのに、ろくにかまけている暇もないといった。その呟《つぶや》きが紛《まぎ》れもない事実であったから、余計瑠花が珠翠に時間を割くのが腹立たしかった。

「瑠花様、先ほど侵入《しんにゅう》者があったようでございますが、いかがいたしましょうか」

「よい、捨て置け。かかずらってる暇はない」

「ですが、万一〝黒狼〟の時のように――」

「双剣《そうけん》は今は空じゃ。当時のように、双剣で術や結界を端《はし》から破るという芸当はできぬ。縹家の者を片《かた》っ端《ぱし》から殺しはじめるのでない限り、捨て置く。それに、うち一人は顔見知りでの……」

巫女は、ようやく愁眉《しゅうび》を開《ひら》いた。瑠花の知己なら、敵ではない。

瑠花は『闖入《ちんにゅう》者』に思考を割いた。

（……司馬迅……九彩江では少々手を借りたが……。さて、こたびは何用できたものか）

司馬迅の『主君』とは利害が一致《いっち》して手を組むことはある。が、味方ではない。瑠花には瑠花の目的があり、向こうには向こうの目的があろう。互《たが》いにそれを重々承知している。相容《あいい》れない時がくることも。

いま、縹家にきたのなら用件は限られる。紅秀麗に関することか、それともこの縹瑠花に関することか。さて、どちらであろう。どちらにせよ、いま瑠花は出向けない。くるなら勝手にくればいい。

こめかみが刺すように痛む。複数の術を並行して操るのも、頭脳を全開に使うのも、久しぶりだった。いっそ懐《なつ》かしいほどだ。それくらい、瑠花と対せる者は少なかった。特に戩華が死んでからは。

ふう、と瑠花は溜息をついた。そう、戩華は死んだ。あともう少しだ。

「他《ほか》に、わたくしに、報告は？」

「……ございません」

本当はないこともなかったが、巫女はそう答えていた。いま瑠花は神経を集中するべき要事があり、縹本家の術者もそれに駆りだされている。〝目〟を使う余力のない瑠花のかわりに〝外〟の情報を伝えることが彼女の役目であり、彼女が伝えなければ、瑠花が知ることはない。

これでいいはずよ、と巫女は己に言い聞かせた。そう、必要なことだけ伝えればいいはずだ。

ここずっと、瑠花の負担は増すばかりで、これ以上余計なことを報告して、わずらわせたくはなかった。薔薇姫の娘にさえ、空いた時間に魂《たましい》の一部を飛ばすくらいしかできないのだ。それほど疲弊《ひへい》しきっている。そんな瑠花を見るのはつらかった。

縹家の仕事ではないことまで、今、瑠花に伝える必要があるとは思えない。

巫女は礼儀《れいぎ》正《ただ》しく頭《こうべ》をたれながら、そっと瑠花を盗《ぬす》み見《み》る。今の瑠花の外見は、離魂した時にとる生来の姿とは違う平凡《へいぼん》な容姿だ。それでも目を惹かれずにいられない輝きを放っている。傍《そば》に侍るだけでたとえようもなく幸福になる。

彼女がこれほど近くで瑠花に仕えるようになったのは、ごく最近のことだ。高位の術者や巫女が出払っているせいで、彼女のような『無能』でもおそばに上がり、用事を申しつけられるようになった。それは彼女の心に小さな喜びをもたらした。喫緊の事態とは承知しているが、もう少しくらい長引いても構わないと思うほど。

「わかった。下がってよい」

巫女は我に返った。慌《あわ》てて丁寧《ていねい》にお辞儀《じぎ》をして、出ていった。

瑠花は椅子の腕で気だるげに頬杖《ほおづえ》をつき、若い巫女の背を目で追った。

(久しぶりじゃの……)

ああいう瞳で自分を見つめてくる娘は。

畏怖《いふ》と憧憬《どうけい》。恋《こ》い慕《した》うような眼差《まなざ》し。向けられる絶対的な敬慕《けいぼ》と渇仰《かつごう》。

忘れていた。昔、あんな風に一途な思いを懸けられていた頃があった。

……いつから、忘れてしまったのだろう……。

『わたくしの姫様《ひめさま》』

黄昏《たそがれ》色の、懐かしい声がした。

もうずっと、あの声を思い出すことなどなかったのに。

こめかみが、つきん、と痛む。頭を振《ふ》った。痛みではなく、羽羽の呼び声を払うために。

「ふ……わたくしを裏切った者など、必要ないわ……」

誰《だれ》もが、縹家を捨て、瑠花の元を去っていった。狂った家。歪《いびつ》な一族。羽羽も、後継《こうけい》として育てた英姫《えいき》も、珠翠も、……弟も、別なものを選んだ。

残ったのは、瑠花だけ。

それでも、この一族でしか生きていけない者がいる。瑠花はそれらを守らなければならなかった。

そう、それこそが——。

頭痛がひどくなる。それこそが……なんだったか。

(この体も……もう、保《も》たぬな)

……紅秀麗。

弟の璃桜より、ずっと注意深くあの娘を観察してきた。九彩江で〝黒狼〟に告げたことは嘘《うそ》ではない。娘の体を欲《ほっ》していたのは確かだが、紅秀麗を助けてもいい気になったのも、また事実だ。どちらを選ぶかは、連れ帰ったときの瑠花の気分次第《しだい》であり、結局〝黒狼〟の懸念《けねん》通り体をもらっていたかもしれなくとも。

確かにあの娘は、瑠花の心を多少なりとも揺《ゆ》り動かすだけの者になっていたのだ。身を擲《なげう》つようにして大事なもののために生きる様も、己《おの》が命を削《けず》ることも、弱さをさらせないところも、どんなに頑張《がんば》っても、いつも最後は一人きりなところも。

あまりに、似すぎていて。

「……愚《おろ》かな娘じゃ」

瑠花がそう言うと、娘は落涙した。

縹家へやってきた娘は、打ちひしがれ、惨めだった。

あの娘のもっとも誇《ほこ》り高く、貴い部分を——今まで誰に否定されても必死に守り抜いてきたものを、ついにあの娘は戦いもせずに譲《ゆず》り渡《わた》したのだ。愚かな王のために。

手放したのは娘の誇り。彼女を彼女たらしめていたもの。瑠花の目をついに留めさせるほど、彼女が懸命《けんめい》に積み上げてきたすべてであり、紅秀麗を輝かしくみせていた光の源。

それこそ王の愛した娘《むすめ》であったろうに、愚かにも王はその光を消してしまったのだ。『何』を永遠に失ったのかを思い知る前に、紅秀麗の命が尽《つ》きるというのは、むしろ幸せなことなのかもしれなかった。王にとっても、あの娘にとっても。

瑠花を前に紅秀麗は泣いた。苦しみ抜いた果てに縹家へ逃げてくる者たちと何ら変わらずに。

　そうして、瑠花に一つのことを願った。

『………い』

瑠花は娘の言葉を反芻する。

リオウがどんなに探しても、娘の命を繋ぐ方法は、一つしかない。

瑠花があの娘の体をもらうつもりでいるのは、変わりない。少し体に入っただけでも、すぐわかった。あの体がいちばん『適任』だ。

（じゃが、選択《せんたく》の機会を与《あた》えてやっても、よいか……）

瑠花自身がかつて選んだその選択。

……あの娘が選ぶかどうか、瑠花も見てみたかったのかもしれなかった。

「……本当に、今このとき、縹家へくるとはの。単なる奇縁か、はたまた機縁のほうか」

瑠花はくつくつ笑った。

強引《ごういん》に紅秀麗を叩《たた》き起こしてやった。そろそろ目覚める頃合《ころあ》いだ。

「さて、紅秀麗。お手並み拝見とゆこう。そなたはどこまで気づいてくれるかの。それとも何も気づかぬままか。どちらにせよ、ここへきたからには、せいぜいわたくしの役に立ってもらおう」

第五章　それは微睡みの夢に似て

『……確信はない。けど、もしかしたら伯母《おば》上《うえ》が、紅秀麗の中にいる——かもしれない』

秀麗はむくむくと寝《ね》ぼけ眼《まなこ》で身を起こした。ぼーっと室《へや》を見回し、旅先の寝床にしては上等すぎる布団を手で叩《たた》いた。二、三度首を振る。頬《ほお》も叩いて、夢でないと確認する。ここはどこ、今はいつ、どうしてこんなところにいるのか、なぜそこに楸瑛、迅、リオウという意味不明な謎《なぞ》の面子《めんつ》がいるのか——。

「……あの、州境で疲《つか》れて一休みしようと眠《ねむ》っただけの私に、いったい何が起こったんでしょーか……」

＊　＊　＊

本来の『秀麗』とわかり、リオウはひとまずホッとした。瑠花が体を乗っ取ったのなら

『秀麗』はいなくなる。今は紅秀麗の中には何もいないようだった。

「お前、体の具合は？」

「へ？　具合？　……あ！　すごいすごい」

リオウに訊かれて、秀麗は気がついた。体が軽い。蜘蛛《くも》の糸のようにまとわりついていた嫌《いや》な疲労感《ひろうかん》も抜けていた。寝過ぎたのか、筋肉痛ではあったけれど、それくらいだ。紅州行きの前に戻ったみたいだった。

紅州行き。

「……リオウくん、私、勅使《ちょくし》の仕事って、ちゃんと終わらせた？」

リオウの眉がムッと寄った。

「ああ。あんたは全部終わらせてから死にかけたよ。律儀《りちぎ》にな。後の仕事は蘇芳と燕青が引《ひ》き継《つ》いでるから、しばらく仕事のことは忘れて養生したらどうだ」

死にかけた。大袈裟に言っているわけではなさそうだった。馬車での苦痛が蘇《よみがえ》ってくる。あのときは自分の事切れる音さえ聞こえるようだった。

『うちの一族なら……なんとかしてやれるかもしれない』

前に、リオウくんがそう言ってくれたことがあった。この覿面《てきめん》の回復ぶり――。

「もしかしてここ、リオウくんのおうち？　倒れたあと連れてきてくれたとか……」

リオウはおかしな顔をした。……自分のおうち。ではある……。

「……ああ、俺んち。縹家だよ」

俺んち。なんだろう、この激しすぎる違和感。

秀麗はリオウにお礼を言った。

「でもどうして藍将軍が？　そして、特にそこのアナタ。アナタは一体ナニモノですか」

胡乱《うろん》な目で迅を見る。毎度変な場所で遭遇《そうぐう》する人だ。

「久しぶりだな、お嬢《じょう》ちゃん。ふーむ。自分はナニモノなのかって？　実に哲学《てつがく》的な質問だな。百年後くらいにわかったら答えるよ」

「……答える気、皆無《かいむ》ってことですね……で、藍将軍は、ナゼにここに？」

もう将軍ではないけれど、やっぱりその言い方が秀麗にはしっくりきた。

楸瑛は近寄り、のぞきこむように秀麗に身をかがめた。

秀麗は布団《ふとん》の端《はし》を握《にぎ》りしめていた。楸瑛はそこに混乱や、不安や緊張を感じとった。何を言われるのか――と。

　そうしようと思ったわけではないが、十三姫へ見せる笑顔と同じになったかもしれない。

「王の代わりに、君の顔を見にきたんだよ。倒れたと聞いたから」

「……え？　それ、だけ、ですか？」

「それだけだよ。重大な任務には、変わりないけどね」

やがて、秀麗は安堵の色を浮《う》かべ、布団から指を離した。

「そうですか……」

楸瑛の胸が痛んだ。今まで自分たちは彼女を次から次へ急き立てるばかりで、休めと言うこともなかったのだ。

秀麗はあらたまってリオウに問うた。

「……でね、リオウくん、私の体、本当のところ、どうなの？」

いつかは聞かなくてはならないことを。

「あんたの体は持ち直してる。でも、この縹家にいる間だけだ」

リオウは薬湯を煎《せん》じて、秀麗に渡《わた》した。秀麗が薬湯をすする。リオウは言葉を選んで慎《しん》重《ちょう》に事実を伝えた。嘘《うそ》はつきたくなかった。

「……あんたの体はひどく弱ってる。貴陽の時から、ずっとそうだったんだ。今、回復したように感じるのは、ここの清浄《せいじょう》な空気があんたに合ってるからだ。縹家にいる間は問題ない。ここの空気が、あんたの弱った体の負担をぐっと減らす。杖《つえ》みたいなもんだ。あれば体は楽だし、長く歩ける。仙洞省より良い薬もある」

「静養ってことかしら。いつまで？」

「……正直にいう。死にたくなかったら、ずっと、だ」

「……死にたくなかったら、って」

「隠《かく》しごとなしで言う。ちゃんと言っておかないと、なんかあったらあんた、飛び出していきそうだから。——ここから出たら、多分、あんたはそう遠くないうちに死ぬ」

リオウは真実を告げた。

縹家には名医も治癒《ちゆ》系の術者もいる。だが、秀麗は。

秀麗は、……天命なのだ。

本当は、とうの昔に尽きていたはずの命数。容赦《ようしゃ》なく流れでていく命の時を、〝薔薇姫〟がひどくゆっくりにした。砂時計の砂が落ちる速度を、極端に遅くした。

秀麗は、杜《と》影月《えいげつ》と違《ちが》って体もまだ生きている。命は流れるもの。流れを完全に止めることは『死』を意味する。影月が村で唯一《ゆいいつ》流行病《はやりやまい》にかからなかったのは、とっくに死んでいるからだ。『陽月《ようげつ》』が調節してやらねば、成長もしない。

……薔薇姫は娘の時を止めるのではなく、ゆるやかにした。『死』ではなく『生』を。ゆっくりではあっても、確かに死へと歩いていく、普通の人間と同じ、限りある命の方を娘に与えた。

それがなぜなのか、リオウにはわからない。

天から与えられた命数を増やすすべはない。縹家にも。

それができるなら、優秀な術者たちが短命に終わるのを、そのままにしておくはずがない。……そう、命を不自然に延ばすことは、できないのだ。瑠花ですらも。

ただ、何一つできないわけではない。

「あんたはこの一年、心身を異常に酷使《こくし》し続けてきたし、ずっとよく眠れてもいなかったはずだ。徹夜は当たり前、あんなんじゃ大の男でも過労死する。もともとひどい過労状態に追い打ちがかかって、ああなったんだ」

楸瑛が目を伏《ふ》せた。

「杖ついて歩けるようになっても、一度なくした足が二度と生えないのと同じで、縹家っていう杖がなくなったら、たちまちあんたは歩けなくなる。ムリすれば悪化する。縹家を出るなり、紅州行きと同じ状態に逆戻りするってことはなくても、遅かれ早かれまたああなる。『そう遠くないうち』が、どんだけかは、俺もわからない。言えるのは、ここを出たら急速に容態が悪化する。ものすごく、悪く」

秀麗は不思議な気分になった。自分のことなのに、ひとごとのように聞こえる。……自分の体がおかしいことに、薄々《うすうす》気づいていたからだろうか。……多分、そのとおり。

何かが少しずつ流れ出ていくような感覚は、遠い昔、うっすら覚えがあった。

幼い頃に……。

「帰りたいと思うかもしれないし、帰るなとも俺は言えない。あんたには家族がいるし、大事な人間もいる。会いたいのは当たり前だ。でも今度だけは、行動を起こす前に自分の体を考えてほしい。今はあんたが帰りたくても帰れない状況だけど、そうじゃなかったとしても、自分がどうなるかを、ちゃんと考えてから、選択《せんたく》してくれ」

言いながら、リオウは自覚した。正直に話したのは、彼女自身に自分を守る努力をしてほしかったからだ。自分自身のことを一番に考えてほしかった。自分を粗末に扱うのをやめてほしかった。その様子を見るのが、リオウはずっと忍びなかった。

「……帰りたくても帰れないって、どういうこと？」

「この天空の宮は、もともと往来の手段が限られてる。それが今は全部遮断《しゃだん》されてる。どうしてかはわからないんだけど……。帰ろうにも帰る手立てがないんだ。通信手段も止まってる。〝外〟の状況を知りたくても知る術《すべ》もない。それでなくてもここは〝外〟と時間の感覚が少し違うし――」

　秀麗は黙っている。疲れたのかもしれない、とリオウは説明をやめた。

「藍楸瑛がここにきたからには、あんたの父親にも状況の報告はいってるはずだ。貴陽との連絡《れんらく》手段が回復したら、あんたにも伝える。あんたはしばらくここで体を休めていればいい。……なんもなくて、退屈《たいくつ》だと思うけど」

　リオウは、伯母《おば》の瑠花のことを言おうか、迷った。

「言えよ。言った方がいい」

　見透かすように、迅が言った。

「体のことはちゃんと伝えたのに、どうして瑠花の魂胆は言えない？」

「………」

「縹家にいるなら、遅《おそ》かれ早《はや》かれだ。お前からちゃんと言ってやれ。お嬢ちゃんには知る必要があるだろ。俺も楸瑛も、九彩江で瑠花と会ってる。他のやつが聞いてるよりマシだろ。当のお嬢ちゃんが知らないのは、どう考えてもヘンだぜ」

　秀麗は戸惑った。

「リオウくん？　体のことの他にも、何かあるの？」

　リオウは観念した。

「わかった、言うよ。紅秀麗、この縹家にあんたを連れてきたけど、最悪とたいしてかわらないかもしれない。——伯母が、あんたのその体を欲しがってる。正確には、あんたの体を乗っ取って自分のものにしたがってる」

　秀麗は目を点にした。

「はい？　私の体？　のっとる？」

「邪仙教《じゃせんきょう》の漣《れん》——杜影月の堂主が、死んだはずなのに動いてしゃべってたのはあんたも見たはずだ。あんな風に、あんたの体を伯母が使いたがってる」

　あんな風、と言われても秀麗にはよくのみこめない。確かに影月の堂主様のことは、あとで大騒《おおさわ》ぎになった。屍人《キョンシー》がでたーで片付けられたが……。

「なんで私の体？　何かいいことあるの？」

　リオウは押し黙《だま》った。縹家と〝薔薇姫〟の話や、伯母の弟への偏愛《へんあい》はたやすく説明できるものではなかった。正直なところ、今ここにおいて、本当に瑠花がそれだけのために秀麗の体を欲しがっていたのだろうかと、リオウは急に疑念がわいた。どこから降って湧《わ》いたのかわからない疑いだったけども。

　リオウは自分でも整理するように、ポツポツと話し始めた。

「伯母の瑠花は、稀代《きたい》の大巫女《みこ》として、もう八十年くらい縹家に君臨してる」

　その異能は先代当主『奇跡《きせき》の子』を凌《しの》ぐと言われた。

　瑠花は実の父『奇跡の子』を幽閉《ゆうへい》し、冷酷《れいこく》に一族に血の大鉈《おおなた》をふるった。文字通り。世にさえ、流血の女皇と呼ばれるまでに。

「本来、強大な術者ほど短命だ。……力を使うのは、術者にとって命を削《けず》ることと同じ。仙洞省の羽羽のほうが、稀少《きしょう》な例外なんだ。もともとうちの一族は先祖の血や、清浄な大地のおかげで、〝外〟の人間より頑丈《がんじょう》で長命な傾向《けいこう》がある。術の使いすぎに気をつけてれば、術を使っても〝外〟と同じ六十年くらいは生きられる。使いすぎると、寿命《じゅみょう》が縮む。その中で伯母は途方もない異能を行使しつづけながら、もう八十年以上生きてる。異常だ。でも、奇跡じゃない。ある方法を使って、命を繋《つな》いできた」

　楸瑛は怪談《かいだん》を聞いている気になった。

「……なんか、嫌な予感がするけど。ある方法って？」

「あんたの思ってる通りだよ。一族の娘《むすめ》の体をのっとってきたんだ」

　リオウが答える。

「術を使っても、減るのはのっとった娘の生命力だ。使い切れば、また別の巫女が用意される」

「……死体とかじゃなくて、生きた……女のコってことだよね」

「ああ。命を変換《へんかん》して使うのが術だから、死体じゃ話にならない。ずっと、そうやって、一族の娘を使い潰《つぶ》して、延命と強大な術を維持《いじ》しつづけてきたんだ」

「でもな、のっとられる若い巫女のほうは、抵抗《ていこう》しないのか？　洗脳でもされてるのか」

迅の疑問に、リオウは頭を横に振《ふ》った。

「縹家には、生まれつき、しゃべったり、意思表示が不自由な子供が生まれることがある。成長はするが、ある時点で眠《ねむ》ったまま目覚めなくなるって聞いた。生きて、呼吸をしているだけで。そういう子供が、……一時期縹家にすごく多く生まれたらしい」

　まっさらなまま成長することで、『白い子供』と呼んだという。

　先代『奇跡の子』の時代は、多くの異能術者が生まれたが、同じくらい『白い子供』も生まれたらしい。詳《くわ》しいことは不明なままだが、……狂《くる》った『奇跡の子』が何らかの異常な真似《まね》をしでかした結果であろうことは、想像に難《かた》くない。

　今は滅多に生まれない。リオウも『白い子供』を見たことはない。だが、宮のどこかにはまだいるらしいと噂を耳にしたことはある。

「……意識がないから、抵抗もしない。乗り移りやすいんだと思う。どれだけの巫女が使い潰されたかはわからない。そうやって、伯母はずっと生き続けてきた」

「それで、今度は秀麗殿ってわけか？　なんでそこで、秀麗殿が出てくる」

「それにお嬢ちゃんの生命力は弱ってるんだろう。あんまりいいたかないが、瑠花がのっとっても、たいして保《も》たないんじゃないのか？」

「〝外〟ならな。縹家にいるぶんには、普通《ふつう》……よりは少ないかもだが、それでも数十年は生きられるはずだ。伯母上は天空の宮から出ないから問題ない」

数十年。楸瑛は詰《つ》まった。大きい。……戻ってくれなんて、言えるわけがない。

リオウはもう一つ思い至った。〝薔薇姫〟の力を操れるなら、術に至っては無尽蔵《むじんぞう》に使《つか》えるのかもしれない。そう、秀麗の命を変換しなくても。だとすれば、伯母上の狙いは、ここらあたりにもあるのかもしれなかった。

「瑠花さんは……どうしてるの？　その、元の体のほう。幽霊《ゆうれい》なの？」

「いや。魂《たましい》と肉体は連結してる。体が死んだら、魂も死ぬ」

邪仙教の漣がそうだった。元の体の方の首を落とされたとき、漣は死んだのだ。

「もってうまれた体が死んだら、魂も死ぬ。伯母上も同じだ。だから伯母上の『本体』はまだちゃんと生きてて、宮のどこかで厳重に守られてるはずだ」

「ふぅん」

楸瑛は迅の声に、妙《みょう》なものを感じ取った。

（……まさか、迅がここへきた目的って……）

秀麗がぽつりと呟《つぶや》いた。

「どうしてかしら？」

「え？　いや、どうして、あんたかってのは……」

「ううん、そうじゃなくて。どうしてあのひとは――」

あのひと。

リオウは息を呑む。伯母と会ったことはないはずだ。

（や、っぱり、俺が知らないときに、きてたのか？）

秀麗は言葉を切り、しばらく思案を巡《めぐ》らせていた。

「……つまり、私の体があれば、瑠花さんは、生きられるって、ことよね」

リオウと楸瑛が気色ばんだ。

「――おい!!　ふざけんなよあんた」

「秀麗殿、さすがの私でも、怒《おこ》るよ」

楸瑛は怒り心頭に発した。

「落ち着けよ。お嬢ちゃんは事実を確認《かくにん》してるだけだろ。だいたい楸瑛、お前、お嬢ちゃんが決めることには何も口を挟《はさ》まないって、言わなかったか？」

「それとこれとは別だ！　私個人の意見だからいいんだ！　妹と同じ歳だぞ。相手が十三姫ならぶん殴って怒ってる。それでなくたって秀麗殿は死にかけてんのに、なんだって八十過ぎのばあちゃ…ご婦人に体をくれてやって死なにゃあならんのだ。どこもかしこもおかしいだろ」

十三姫、という名に、迅は不意を突かれて、たじろいだ。

「……まあ、そ、うだけ、ど。じゃ、なくて、俺が言いたかったのは」

秀麗に水を向ける。

「聞きたいことがあって、それを出したんじゃないのか？　お嬢ちゃん」

「………はい」

「俺が聞く。お嬢ちゃんは聞いてろ。——リオウ、それって、逆のことも可能なのか？」

リオウが顔を強張らせる。

「逆っていうのとは、少し違《ちが》うか。つまり瑠花は、自分の命を必要以上にすり減らして縹家の仕事をした結果、早死にしそうになったから若い巫女をのっとって、命を繋いだ。だよな？」

楸瑛もハッとした。

「……今の、秀麗殿と、似た状況《じょうきょう》ってことか。じゃあ秀麗殿も、もしかして」

「瑠花と同じことをすれば、お嬢ちゃんも〝外〟で生きられるってことか？　お嬢ちゃんの今の体、『本体』を縹家に置いておけばいい。で、他《ほか》の体を借りる」

「…………」

「瑠花しかその延命法はやってなさそうだ。それをやるには——瑠花に頼《たの》むしかない、とか？」

「…………」

「お前がそれを言えなかったのは、できないからじゃなく、お嬢ちゃんの命を繋ぐにはその方法しかない、からか？」

「…………」

リオウは顔を背けた。

リオウがいくら書物をひっくり返して調べても、それしかなかった。

あの瑠花の選んだものと、同じ方法しか。

「ああ、そうだ。そのとおりだよ」

*　　*　　*

　それから数日間、秀麗はほとんど寝台《しんだい》の上で過ごした。始終あった緊張から解放されたせいか、当初は体にちっとも力が入らず、薬を飲んではウトウトと眠《ねむ》った。たっぷり眠り、栄養のある食事や薬をとり、養生する。他は何もしない。藍将軍たちのおしゃべりを聞き、風の音や木のざわめきにひたるくらい。

冗官《じょうかん》におとされて謹慎《きんしん》処分にされた時は、ゆっくり休むどころか、焦《あせ》りばかりを募《つの》らせていた。

（……官吏《かんり》でなくなるから、気が抜《ぬ》けたのかしら……）

　考えごとをすることもない。それも……心地《ここち》よかった。

　迅の視線を感じた。迅は椅子《いす》に座って長い脚《あし》を組んで、秀麗を見つめている。正確には、秀麗を通して、別のお姫様《ひめさま》を。

「……似てますか？　十三姫と」

「気になるなら、悪いな。本物には会えないからな」

　秀麗のそばには必ず〝干将〟か〝莫邪〟をもって楸瑛と迅のどちらかがいる。今は迅だ。

迅が縹家へきた理由も、考えないといけないのだろうが、全然頭が働かない。もう秀麗は官吏ではない。考えたって仕方がない。そんな気分だった。

「こねーな、縹家のおばちゃん」

縹家のおばちゃん。九彩江でも迅はそう言った。瑠花のことだったのだ。

なんだろう、今、何かひっかかった。

もとの隅っこへ押しやった。

「……エエ、こないですねー」

迅はケラケラ笑った。

「回復には遠そうだな、お嬢《じょう》ちゃん。どれだけ無理してたんだよ」

「だいぶ、元気になりましたよ」

「見えないところが傷ついてるんだよ、まだ。目が開いてるだけで、考えるのが億劫《おっくう》なときはたいていそうだ」

迅の言葉が胸にしみた。気づいていることがある。

(……私、一度も『帰りたい』って言ってない)

『帰るに帰れない』というリオウの言葉を聞いた時、秀麗は安堵《あんど》した。

退官は自分で決めたことだ。なのにどうしてだろう、確かに秀麗は、タンタンの言う通り『何だかわかんないけど何かすごい間《ま》違《ちが》いしちゃった気がする。でもそれがなんだかわかんない、考えたくない』と感じていたのだった。貴陽に帰らずにすむ場所にきて、ホッとした。後ろ向きな、安堵を。

「別に帰らなくて、いいんじゃねーの」

紙ほどの重さもない軽さで迅が言う。

「……お見通しですか」

「お嬢ちゃんはほんと、芯《しん》は〝外〟の女そのものだよな。仕事ん時とは真逆」

「は？　どういう意味ですか」

「男のためにひたすら尽《つ》くして耐《た》え忍《しの》んで何でも我慢《がまん》する。『仕方ない』が合い言葉。だから男はあんたにずるずる甘える。んなことしてたら、男に殺されるのは当たり前だろ」

「……殺される、って」

「『自分』をな。それが、自分を殺す、ってことだ」

秀麗は胸を突《つ》かれた。

「縹家はヘンなおばちゃん、オッサンがいるのをのぞけば、お嬢ちゃんの性《しょう》に合ってるとは思うぜ。本来の縹家の役目は、〝外〟の各社寺を拠点《きょてん》として、災害や戦《いくさ》になれば一斉《いっせい》に民《たみ》の救援《きゅうえん》に回って、寄るべない人々を受け入れて、守り、時に官権と戦うことだからな。お上《かみ》の掌《てのひら》からこぼれた奴《やつ》らをギリギリで救う、最後の砦《とりで》なんだ。だから〝外〟の縹家系各社・道寺は治外法権が許されてる。独立権に近い。妖怪《ようかい》退治やら変なお祈《いの》りやら葬式《そうしき》だけに呼ばれるんじゃなく、それが縹家の『生業』なんだ」

秀麗が初めて聞く話だった。

葦《あし》のように踏《ふ》まれて見捨てられる弱い人々を、大きな力で守ること。

だから、官吏になりたいと思っていた。官吏でなければそれができないと思っていた。

「……知りませんでした。それが縹家だったんですか」

「そう。特に大業年間の時の瑠花のおばちゃんは、凄《すご》かったらしいぜ。男女問わず、一門すべてに学問を奨励《しょうれい》し、知識と術を磨《みが》かせ、次々と〝外〟へ送り出して民草を救済したって話。特に瑠花は男も女も関係なく仕事第一にこき使うって聞いた。医術、天文、災害、農政学その他諸々《もろもろ》、情報の蓄積《ちくせき》と即応力は国のどこよりも高度で実践《じっせん》的なもんがあるはずだ。それも何十年も前の話で、今の瑠花はそこまで熱心じゃないみたいだけどな……。ここじゃ女ってだけで、与《あた》えられる権限と期待と責任がでかい。お嬢ちゃんが瑠花を説き伏せて認められれば、かなりの自由裁量を与えてくれる可能性はある。お嬢ちゃんが何を選ぶにせよ、お嬢ちゃんの好きに生きればいいさ」

「――――」

「あと、ここじゃ結婚《けっこん》を決めるのも、男を選ぶ権利があるのも女の方。『死ぬ思いで子供を産むんだから、アタシが産みたいと思う相手じゃなきゃふざけんなって感じ』らしい。結婚が決まってても、縹家に逃げこめたら、その権利が発生する。『選ぶ権利』がな。まとまってた縁談《えんだん》も破談にできる。多分、相手が王でもな」

「――え、っとぉ……ちょ、ちょっと、待って……」

秀麗はこんぐらかった。『仕方ない』と思っていた――そう、迅が突いたように心の奥底で思っていたのだ。

秀麗が官吏であることが妨げになるのなら、退官を受け入れようと思った。

自分が折れてしまったことも、どこかで気づいていた。納得《なっとく》したのではなく、折れたこと。

劉輝の、疲れ果てた顔を見たら、もういいと思ってしまったこと。

あのとき出した答えは、決して間違ってはいないと、今でも思う。けれど……。

（……もし私がこのまま朝廷《ちょうてい》に戻《もど》って後宮入りしたら……？）

リオウの言う通りなら秀麗の体は〝外〟で弱っていく。後宮で籠《かご》の鳥となり、死ぬのを待つだけになるのだろう。……自分が死ねば、女人国試も、はじめからなかったように黙殺されるに違いなかった。茶州のシュウランを思い出し、鼻の奥がツンとした。色々なことが秀麗と一緒《いっしょ》に片付くのだ。

（……ひ、他人事《ひとごと》のように考えないと、やってられないわ——……）

——何を選ぶにせよ、お嬢ちゃんの好きに生きればいい。

秀麗はやっと傷ついていた心を認め、包帯を巻いた。

薬草と本を抱《かか》えて回廊を歩きながら、リオウはしかめっ面《つら》をした。リオウのもちきれなかったぶんの薬壺やら乳鉢やら（重たいものは全部）は楸瑛がもたされている。

「静かすぎる……」

「縹家のおばちゃんがかい？」

楸瑛は当初迅と秀麗を二人きりにするのにためらいがあったが、迅は「今のところは、いいぜ」と言った。言ったことは守る男だ。今のところは、とはいえ。

「それもある。伯母上《おばうえ》なら、紅秀麗がきた直後に、堂々と姿を現して、高笑いで問答無用に乗り移るくらいはする。こんな、中途半端《ちゅうとはんぱ》なことはしないと思うんだが」

「だとしたら？」

「……中途半端なことしかできない状況《じょうきょう》に伯母上がいる……？」

「そうかもね。だいたい、全連絡《れんらく》手段を完全に遮断《しゃだん》してるってことからして、縹家に何か異変があるってことだろう。なんか、ヤケに静かだけど、いつもこんななのかい？」

楸瑛は珠翠のことも心配だった。リオウに珠翠のことを訊いたものの、リオウも居場所がわからないという。楸瑛は合間を見て宮を一つ一つ捜《さが》してはいるが、勝手がわからない上に、古代の造りで、迷路のように果てしなく別の宮につづいている。当てずっぽうのままではとてもではないが珠翠を見つけられそうにない。それとなく誰かから聞き出そうにも、ほとんど人影がない。

「中位以上の術者と巫女《みこ》は全員出払《ではら》ってるせいで、閑散としてるんだ。残っているのは『無能』ばっかりで、訊いても誰も事情を知らない。だから、紅秀麗の世話もしてくれるんだ。普通《ふつう》の『避難民《ひなんみん》』だと思ってるんだろうな……」

「君の親父《おやじ》さんは？」

親父さん……。今度リオウは父に言ってみようかと思った。

『さあ。興味ない』だった」

「………。秀麗殿のことだけど、瑠花殿に秀麗殿の体をあきらめさせることは、可能なのか？」

リオウは虚をつかれた。

「伯母上に……紅秀麗の体をあきらめさせる……？」

あの伯母上の意志を、他人が変えることができるなど、考えた例《ため》しもなかった。リオウにできることは、紅秀麗の体を欲する伯母を小手先で阻止《そし》することだけだと思っていた。

瑠花が、紅秀麗の体をあきらめる方法。

……ある。

それは、落雷《らくらい》のごとくリオウを貫いた。

あきらめさせる、というのとは違うかもしれないが。方法は、ある。

——瑠花を、殺せばいい。

そうすれば、秀麗の身の安全は保障される。けれど——伯母を、殺す？

そんなことを思いついた自分への嫌悪《けんお》や後ろめたさとともに、じわじわと、その考えはリオウの脳髄《のうずい》に染《し》みこんでいく。秀麗のためだけではなく、もっと別のためにも。

この家は、おかしい。長い年月をかけて幾《いく》層にも降りつもった澱《よど》みが、一族を歪《ゆが》め、いびつな世界に閉じこめた。誰も逆らわないまま、甘い腐臭《ふしゅう》を放って壊死《えし》していくように思われてならない。父の璃桜も変だが、何もしないぶんだけ害はないともいえる。でも、瑠花は――。

瑠花は。

「リオウくん」リオウは自分の卑《いや》しい考えを見抜《みぬ》かれたように思い、びくりとした。楸瑛が、リオウの頭に手を置いた。

「そんな変な顔をするような解決法は、やめたほうがいいと思うよ。忘れなさい」

「…………」

リオウは返事をしなかった。

そうかもしれない。……でも。

リオウは今の自分の顔を楸瑛に見られたくなくて、振《ふ》り向けなかった。

＊　＊　＊

また数日が何ごともなく過ぎ――秀麗はある晩、目を覚ました。その夜も、青い月の光がいっぱいに室《へや》を満たしていた。さぁん、と寄せる波音さえ聞こえそうな、神秘的な色。九彩江の湖の中にいるよう。秀麗の頬《ほお》には、冷たい涙《なみだ》の痕《あと》が残っていた。

秀麗は鼻をすすり、袖《そで》で涙の残りをぬぐった。寝《ね》ている間に泣いているのにも、もう慣れた。今まで黙殺してきた様々な感情を、いま、ゆっくりととかして洗い流しているようだった。何も考えずにぼーっと過ごす時間は、秀麗のすり切れて小さく小さくなってしまった部分の痛みを癒《いや》してくれた。今までなかった、深い休息の時間。迅の言う通り、体よりも遥かに深いところが傷だらけだったらしかった。

……その迅が〝静寂の間〟を出ていくのに気がついた。足音をこそりとも立てずに優美に動く大きな獣《けもの》みたいな迅が、真夜中に出ていくのを見つけられたのは奇跡的。

秀麗はむくりと起き上がった。裸足《はだし》のまま、跡をつけていった。考えがあったわけではない。何となく、追った方がいい、程度だった。

廊下にでる。

身も隠さずぺたりぺたりとついていく。どうせ気づかれているだろうし、途中《とちゅう》でまかれてもしょうがない、とも思っていた。どうしてか迅が気になった。もしかして、毎晩ずっとこうしてどこかに出かけてたのだろうか。

（……ん？　あら、珍《めずら》しい。〝莫邪〟をもってない……）

途中で迅がくるりと振り返った。やれやれといった風に。

「……ついてくるなら、隣《となり》にこい。気になる」

「ついてって、いいんですか」

「ああ。どうせマズイ時にはすぐにまけるからな」

「じゃあ、まかれたときは、何かまずいことをしに行ったって、思います」

迅は眼帯のない方の目で、秀麗を見下ろした。

「少しは、元気になってきたじゃないか。じゃ、夜の散歩と洒落《しゃれ》こむか」

（九彩江の時みたい……）

　あのときも、迅とこうして宝鏡山の社まで歩いた。

　縹家にきてからも体がしんどかったことや、出歩こうとするとリオウや楸瑛がいい顔をしないこともあり、こうして『遠出』をするのは初めてだ。

　迅と秀麗以外、人の気配はなかった。回廊《かいろう》には一定間隔《かんかく》で火が灯《とも》され、幽艶《ゆうえん》に宮を浮《う》かび上がらせている。廊下や渡殿は無限に続いているかのようだ。歩いても歩いても誰とも出会わず、何だか別の世界に迷いこんだ気がした。外廊下に出た時、月光が遠くにそそりたつ山影を曖昧に照らしていた。あまりに峻険なので秀麗はその黒い影が山容だと気づかなかったほど。

「山……？」

「ああ。朝見ると壮観《そうかん》だぜ。リオウの話じゃ、一年中綿帽子《わたぼうし》をかぶってるってよ。藍州の臥竜山脈《がりゅうさんみゃく》とは比べものにならん標高だ。今の時期、見渡《みわた》す限《かぎ》りの大雪山地帯になってる」

「雪山!? だって、そんなに寒くないじゃないですか。貴陽の秋と同じくらいで」

「この縹家の領地内だけは、人が住めるように調節してあるらしい。大巫女ってのは凄《すご》いね。試《ため》しに人里の外まで出てみたが、人が住める場所じゃない。極限の環境すぎて野営もできねぇわ。俺でも三日で死ぬ。変な術で外界と隔絶《かくぜつ》してるわけじゃなく、もとから人の往来不能な場所にあったワケだ」

秀麗は疑念がわいた。藍州臥竜山脈は国でも屈指《くっし》の標高だ。なのに、それとも比較《ひかく》にならないくらいの大山脈地帯……？　人の往来が不可能な、外界と隔絶された場所？

「……ここ、は……国のどこにある……の？」

「少し考えればわかる。俺としちゃ、お嬢《じょう》ちゃんがいまだに『瑠花に会いに行く！』って息巻いて飛んでいかない方がよっぽど不思議だね」

秀麗はぐっと言葉に詰《つ》まった。

りりる、りるりると、夜の草むらで不思議な虫の音が聞こえる。

「瑠花に会ったら、なんか言わねーとならないからな。縹家にいるかいないか、体をどうするか。でも会って何を言ったらいいか、サッパリわからんほど、迷ってるってわけだ」

迅の言葉は、いちいちその通りだった。

考えなければと思いつつ、気がつけば逃げている。思えばこんな風にいつも、自分のことを後回しにしてきたように思う。

「考えたくない、か？　理屈《りくつ》で答えを出したくないんだろ」

「え？」

「頭で論理的に弾《はじ》き出した『最良』に従いたくないんだ。『最良』かもしれなくても、自分にとって『正しい』かどうかは、わからないからな。案外、間違《まちが》えやすい」

秀麗はハッとした。自分の心に従っているかと、問われたようで。

「まあ、頭が動かなくても、心は、ちゃんとわかってるもんさ」

青い月の光の下を歩きながら、秀麗は自分の両手をかざした。自分の体。

頭でなく、心で決めるべきことがあるのなら。そうしてもいいと言うのなら。

「……一つは、答えが出てるんです。『最良』じゃないかもしれないけど」

迅は目を細めて、ふぅん、と相づちを打った。まるでどんな答えを出したか、とっくにわかっているかのように。

「でも、その他《ほか》は……まだ、ぐちゃぐちゃで。わかってないから、瑠花さんに会いに行けないんです」

秀麗は近くからジジ、と、昆虫《こんちゅう》の羽音めいた耳障りな音がするのに気がついた。庭先からではない。迅のほうから聞こえてくる。ジジジ……。

迅が、急に立ち止まった。闇《やみ》が濃《こ》くなった。

りるる、という虫の音が、いっせいに絶えた。

『――それは良かった』

迅の口から、迅の声ではない、しゃがれ声がした。

「……へ？」

キィ、とネズミの声がした。足元で白いネズミが鳴いていた。必死に。

秀麗の目の前で、迅が迅ではない姿に変貌《へんぼう》していく。いつのまにか影《かげ》のような人間に周りをとり囲まれていた。黒ずくめの、刃《やいば》をもった――。

秀麗は立ち竦んだ。

「はい？　はいぃー!?」

黒装束の刃が秀麗の喉元《のどもと》に一閃《いっせん》する。それを弾き飛ばしたのは、楸瑛だった。リオウが秀麗の背に回りこむ。リオウの手にも細身の剣《けん》が握《にぎ》られている。

「お前ら――誰の命令で動いてる!?」

黒装束たちはリオウに応答せず、剣を交えることもせず、現れたとき同様無音で闇に退いていった。

秀麗の足元にいた白いネズミもまた、どこかへ消え失《う》せていた。

＊　＊　＊

「は!?　私が一人でフラフラ室を出ていった!?」

〝静寂《せいじゃく》の間〟に戻《もど》った秀麗はそう聞かされて仰天《ぎょうてん》した。

「そんなばかな！　私は迅さんが出ていくのを見たから、後を追っかけて――ていうか、ついさっきまで迅さんと一緒《いっしょ》に歩いてたんですが！」

楸瑛とリオウは顔を見合わせた。

「いや、迅はいなかったよ。秀麗殿一人だったよね？」

「ああ。あんたが幽霊《ゆうれい》みたいな顔で出ていくから、様子が変だと、後ろから距離《きょり》を空けてつけさせてもらった。あんたは最初から最後までずっと一人だった」

「か、か、怪談《かいだん》みたいなこと言うのヤメテー！　じゃああの迅さんは何⁉　ユーレイ⁉」

秀麗は身震いした。そういえば道中、あれ？　と引っかかったことがある。

「……あの『迅』さん……〝莫邪〟の剣を持ってなかったわ……。ちょっと気になったのよね」

リオウは考えこんだ。〝莫邪〟は一切《いっさい》の術を受けつけない破魔《はま》の剣だ。

「……じゃあ、術で迅の姿を見てたんだと思う。あんたが寝ぼけて見た夢なら〝莫邪〟がなくても『変』だとは思わないはずだ。術者が〝莫邪〟を再現するのは難しいんだ。下手《へた》に再現すると存在感が薄っぺらくなって余計変に思われる、らしい」

「秀麗殿は、あの場に誘《さそ》い出された、ということか？」

楸瑛の〝干将〟が鳴るまで、二人は〝静寂の間〟の次の間に控えていたが、何も異常に気づかなかった。破魔の剣が鳴ったということは、何か干渉《かんしょう》してきたということだ。

「……だと思う。俺も藍楸瑛も、〝干将〟がなかったら、術で眠《ねむ》らされるなりなんなりされてたかもしれない。迅の姿じゃなくてもよかったはずだ。あんたが今いちばん気になっている者の姿に見えるような術だったんだろう。確実に追いかけるように」

秀麗は疑り深く重ねて訊いた。

「あれは幻とか目くらましだったってこと？　あの、でもかなりはっきり話もしたんだけど……。ここは周りが雪山だとか――」

また、リオウと楸瑛が顔を見合わせた。

「うちの実家のある藍州・臥竜山脈より標高が高い、とか？」

「一年中、綿帽子をかぶってるとか？」

「な、なんで⁉」

「あんたが寝《ね》てる時に、俺と藍楸瑛と司馬迅で話してた。頭に残ってたんだろう」

「いやいやでも！　し、私的なお悩《なや》み相談とかも、したんですが！」

「返ってきた答えは、多分、あんたの心にあった言葉だったんじゃないのか」

思い返すと、あの迅は、秀麗が何かを言う前に答えてくれていたような。

「……ちょ、ちょっと、待って。だって、さっき、私、すごい、殺されかけた、ような⁉」

「ああ。……〝暗殺傀儡《にんぎょう》〟だな」

「……瑠花殿は秀麗殿を狙《ねら》ってるんだよ。自覚、なかったの……？」

秀麗はくわっと物申した。

「だって、体を乗っとるのあげないの、実際瑠花さんがこないと話が進まないし、今のところ、ご飯の美味《おい》しい至《いた》れり尽《つ》くせり静かで読書三昧《ざんまい》ステキな保養場所でしかなかったし」

「……うん、まあね」

楸瑛は努めて穏《おだ》やかな声を出した。今まで気抜《きぬ》けのボンクラ状態だった秀麗が、命の危険を肌《はだ》で感じたせいか、一気呵成に覚醒していた。

「そりゃ、仕事して死んだ方がマシとは思いましたが、縹家で別の道もあるのか〜ってわかった今、意味わかんないでオメオメと雪山で殺されたいとは全然思いません！　育ててくれた父様に顔向けできないわ！」

秀麗は異議を唱え、宣言した。

「ちょっと、考えさせていただきます！」

楸瑛とリオウは頷いた。神妙に。

「さっきの人たち……思いだしたわ。清雅と一緒に襲《おそ》われたことがあったんだけど、そのときの兇手と雰囲気《ふんいき》が似てる。ただ、貴陽ではもっと……操《あやつ》られてる感じが強かったけど……」

「貴陽で〝暗殺傀儡〟に襲われた？　……そんなことまでさせてたのか」

リオウは唇《くちびる》を嚙《か》んだ。

「……本当に操られていたのかもしれない。〝暗殺傀儡〟の優先順位は伯母《おば》上《うえ》と父上の命令だ。滅多《めった》にないが、他に貸し出す時は、その人間の命令を聞くように強制的に暗示をかけると聞いたことがある」

「瑠花さんは、生きてる私の体が欲しいのよね？」

「ああ。死体じゃ意味がない。さっきのは、絶対変だ。本気であんたを殺しにかかってた。

伯母上の命令じゃありえない。……なんだ？　何が起こってる？」

リオウが縹家に戻ってから、変だと思うことはいくつもあった。だがそれも、紅秀麗に関する動きなんだろうと頭から思いこんでいた。

ここにおいてリオウは不穏な空気をはっきり感じた。何か尋常でないことが起こっている。縹家で。

「他にも、いま、縹家で変なこと、あるのよね？」

楸瑛が代わりにひきとった。

「あらゆる連絡《れんらく》手段を内部から閉鎖《へいさ》してる。術者、巫女《みこ》がどういうわけかほとんど出払《ではら》っていていないこと……だね。いちばんはやっぱり……」

「ええ。瑠花さんの音沙汰《おとさた》がないこと――ですよね。……リオウくん、私がこの時期、ここへくることは、瑠花さんは知っていたの？」

リオウは急いで首を横に振《ふ》った。

「いや、知らない。あんたが死にかけてたから、最後の手段と思って連れてきたんだ。あんたと俺がきたことは、〝通路〟をあけた時点で、伯母も気づいたと思うけど」

「……つまり、瑠花さん以外で、この縹家に私を殺したい誰《だれ》かがいる――と」

楸瑛はハッとした。十三姫の言葉がまざまざと脳裏《のうり》に蘇《よみがえ》る。

『……秀麗ちゃんが今、縹家に連れて行かれたのは、「誰か」にとって誤算だった、ってことはないかしら』

……迅は、あれから消えたままだ。楸瑛は秀麗に注意深く訊《き》いた。

「……秀麗殿、リオウくんはいちばん気になってる者の姿で誘い出した、といったのだから、秀麗殿は、迅の何かが、気になっていた、ということだね？」

秀麗は口ごもった。

「ええ……ただそれもはっきりとしなくて……何となく引っかかっただけなので……。藍将軍と一緒に縹家へきたっていう迅さんは、本物、なんですよね？」

「ああ、間違《まちが》いなく、本物だ。……今は、どーしてか、いないけどね」

「きた理由、わかんないんですよね？」

「言い訳はカッコ悪いが、正直、あいつから何かを聞き出そうとするのは、至難《しなん》の業でね……。何回かさぐってはみたが、サッパリ釣《つ》れなかった。誰かに何かを頼《たの》まれてやってきた、っていうふざけた情報以外、皆無《かいむ》」

秀麗は無心で繰《く》り返《かえ》した。

「……迅さん……が、誰かから、何かを、頼まれて、きた……」

「秀麗殿？」

秀麗は迅の動きをさらった。

今までも迅とはたびたび要所要所で、変な遭遇《そうぐう》をしてきた。最初は牢屋《ろうや》、兵部侍郎暗殺、迅が額に刺青のある『牢の中の幽霊』を奪還しにきたときは珠翠を連れていた……。

――珠翠。

秀麗は今すぐ自分の頭をかち割りたくなった。迅に珠翠のことを訊かずにいたとは、本当にここに来てからの自分は目ン玉開いてるだけの節穴だった。ボケボケすっとぼけていたことがこのときばかりは恨めしい。

「珠翠は？　もしかしなくても、きっと、縹家の人——だったのよね？」

リオウは認めた。

「……そうだ。いつもあんたと王を助けようとした。珠翠は信じていい。今、この縹家のどこかに捕《つか》まってる——とは思うんだが、居所が定かじゃない。俺も藍楸瑛もあちこち捜《さが》してはいるが、まだ見つけられていない。只人《ただびと》じゃ捜せないところに幽閉《ゆうへい》されてるのかもしれない。生きてるのは確かだ」

珠翠が捕まっている。秀麗は下唇《したくちびる》を噛《か》みしめた。やることが一つ増えた。珠翠が幽閉された原因は、秀麗や王に味方したせいに違いなかった。

「……藍将軍、訊きたいことがあります」

「なんだい」

「九彩江宝鏡山で、私が意識不明でいた間、藍将軍も宝鏡山の社にきていて、一部始終を知っているんですよね？」

楸瑛は面食らった。

「いたよ。申し訳ないが、君の傍《そば》じゃなくて、王の傍にいたんだけど」

「ええ。それが当然です。そうでなければ怒ります。じゃあ、そのときのこと、詳しく、正確に、聞かせてください」
官吏《かんり》の顔で。

第六章　宰相会議

葵皇毅は取り次ぎなしで、尚書令室に入った。

一歩踏《ふ》み入れ、足を止めた。すぐさま人払いを命じ、扉《とびら》を閉めて衛士《えじ》に見えないようにする。

悠舜は力尽《ちからつ》きたように机案《つくえ》に突《つ》っ伏《ぷ》していた。皇毅は急ぎ足でそばに行った。

椅子から悠舜を抱《だ》き下ろし、自分の上衣《うわぎ》を脱いで床に敷き、横たわらせる。

「……このばかが。三拍《ぱく》待って起きなかったら侍医《じい》を呼ぶぞ」

低く囁《ささや》くと、悠舜が重たげに瞼《まぶた》をおしあげた。

「……やめてください、皇毅。ただの貧血です。少し休んでただけです」

皇毅は手早く白湯を用意した。慣れた仕草で悠舜の胸元《むなもと》から薬包をとりだし、白湯の椀に入れる。悠舜を抱き起こすと、薬湯の椀を口もとに寄せた。ひどくゆっくり悠舜が嚥下《えんか》する。まるで、もう水を飲むことさえ億劫なように。

全部飲み干すと、真っ青だった顔に赤みがほんのり差してきた。皇毅はホッとした。

「……お前に倒《たお》れられては困る。自重しろ」

「……はい、はい。わかってますよ……私だって倒れたくて倒れたわけじゃありません」

「奥方を呼ぶか？」

「……ああ、会ったら元気になるかもしれませんねぇ。でも、だめです」

「心配をかけるからか？」

「悲しませるからです。悲しい顔は見たくない……」

しばらく沈黙《ちんもく》がおりた。

外の庭院《にわ》で秋の虫が鳴いている。

「先だって、王がきたらしいな。あれは何しにきたんだ」

「んー……いろいろ。悩《なや》み深きお年頃《としごろ》ですから。まあ、そろそろかと思ってましたが」

「あからさまに、疑われているだろうが。茈静蘭もあれこれさぐりはじめて、目障《めざわ》りこの上ない。情けないことだな。倒れるまで仕事をしても、身内がお前を信用しないとは」

「仕方ないでしょう。全然悩まなかった以前より、よっぽどマシですよ。それに、その疑いは正しいですよ。違《ちが》いますか？」

皇毅の腕《うで》で悠舜は力なくぐったりしている。

死人のような顔つきだった。

「……お前、もう辞《や》めたらどうだ？」

「……はあ？　あなたまで、黎深と同じことを言わないでください……。私の他《ほか》に誰がいるんです。いっときますが、あなたじゃムリですよ。裏切れないでしょう。あなたはそういう役には不向きです。大人しく旺季様に仕えてりゃいいんですよ。晏樹は論外ですし」

「あいつは自分の好きな嘘《うそ》しかつかんからな……」

「だから私が戻ってきたんですよ。そうでしょう？」

そうだな、と皇毅は呟《つぶや》いた。

「……だが正直、お前が戻ってくるとは、思わなかった」

微《かす》かに、悠舜が笑った。

「ええ、私も。……でも、最初で最後の機会に、賭《か》けてみようかと……思ったんですよ」

「ここまでしてか？　奥方の悲しい顔は見たくないといったろうが」

「……あなただって、最愛の人より、大事なものがあって、なくしながら、それでも歩いてきたでしょう？　リオウくんを見た時……驚《おどろ》きました。飛燕姫《ひえんひめ》によく似ている……」

「…………」

「あなたも、旺季様も、大事な人を手放して、ようやくここまできた。ここまできたなら、……叶《かな》うかもしれないと思った」

目を閉じれば、真っ白な梨《なし》の花がはらはらと眼裏《まなうら》で散っていく。

旺季と会った時、古里は攻め滅ぼされ、梨の木は焼かれていたのに、どうしてか悠舜は梨の花と一緒に旺季を思いだす。

もうなくなってしまった、遥《はる》かなる故郷。

「……旺季様を初めて見た時……驚くよりか呆気《あっけ》にとられましたよ。話には聞いていましたが、全然信じてませんでしたし。まさか本当にこんな人がいるとは……黎深や戩華王と会ったあとでしたから、なおさらよく見えたのかもしれませんけど」

「あんなのと比べるな」

「……生きてみようかと、思いましたよ」

死んでも構わないと思っていたけれど。生きてみようか、もう少しだけ。

あの人の傍《そば》で生きているだけなら、きっと誰《だれ》にも迷惑《めいわく》はかけまいと。

「仕官……するつもりは、なかったんですけどね。あーあ……」

「……旺季様が言っていた。お前がいちばん恐《おそ》れているのは、お前自身だと」

悠舜は片目だけを器用に開けた。そしてまた閉じる。溜息をついた。

どうして、あの人にはばれてしまうのだろう。

「……そのとおりです。だからうちの一族は山に隠《かく》れてたんですよ。山を下りると、たいていろくなことをしないから。ただ、一度だけなら、いいかと、思って」

一度だけなら、自分のすべてを捧げて、本気で生きてみてもいい。

いつ死んでもおかしくなさそうな生き方ばかりしてる、あの人を生かすことができるなら。

「いま、私がやらないと、なんかあの人、そろそろ死んじゃいそうじゃないですか……」

皇毅は睨《にら》んだ。

「不吉《ふきつ》なことというな。ていうかな、今の貴様の方がよっぽど死にそうだぞ。せっかくお前が尚書令になって、旺季様も喜んでいたというのに」

「大丈夫《だいじょうぶ》。結構しぶといと思います。死にませんよ。まだね……」

悠舜は呟く。

「疑われてもなんでも、私のやることに変わりありません。自滅《じめつ》するならそれまでです。……ので、このまま手加減なしで結構です」

「はあ？　お前の足を毎度引っ張りまくるバカぞろいのお陰《かげ》で、こっちは楽勝つづきだ」

「……ええ、実は私も、ここまでおばかさんがそろってるとは、ちょっと誤算ていうか…………もう少し、楽ができるかと思ってたんですけど……いえ、いいです、おばかさん、慣れてます。見てて楽しいです、エエ。これっくらい数目の置き碁《ご》だと思ってあなたにくれてやりますよ」

「真っ青な顔で何ぶつぶついってる。自己暗示かけても現実は変わらんぞ。いっとくが、俺はバカは大嫌《だいきら》いだ。誰《だれ》が手加減なんかするか。俺は愚王を仰ぐつもりはない」

悠舜はクスッと笑った。三人の中でいちばん旺季の資質を受け継《つ》いだのが皇毅だった。

「……で、皇毅。碧州から、連絡《れんらく》はきましたか？」

「まだだ。遅《おそ》すぎる……。何か他にあったのかもしれん」

「……まさか地震《じしん》で道が崩落《ほうらく》してんじゃないでしょうね？　このところ、微弱《びじゃく》な地震が各地で頻発《ひんぱつ》してるのが気がかりなんですよね……」

「各地の御史から矢継ぎ早に異変の兆候を示す報告がきてる。碧州の幽門石窟《ゆうもんせっくつ》に何か異常もあったらしい。ついでにいえば仙洞省の様子も変だ」

　悠舜の気が遠のきかけた。皇毅は卒倒させてくれなかった。

「……向こうの事情じゃないでしょうね……。あーもう聞かなかったことにして知らんぷりするってのはどうですか？」

「泣き言いうな」

「はいはい。言ってみただけです。言ってみただけ。馬車馬のように働けばいいんでしょう」

「ヤケのやんぱちになるな。仙洞省と縹家はどうする。御史台から監察を向かわせるか？」

「いりません。放っておいていいです」

「おい」

「今の御史台のどこに割《さ》ける人手があるんです。誰かヒマな人が勝手に行けばいーんですよ。あなたに御史から報告がいっているなら、とっくに羽羽様は異変に気づいているはずです。縹家門下の社はいち早く異常気象や災害の発生を感知して仙洞省へ送るのが仕事ですからね。茶州の疫病《えきびょう》のときだって、州府の私たちより先に把握していたほどの情報収集能力です。何も言ってこないなら、何とかしてくださってるのでしょう。大体、こっちの管轄《かんかつ》は政事で、神事じゃありません。向こうのことは向こうで何とかしてくれないと困ります」

「何とかするつもりがあると思うか？」

「さあ？　縹家のおばちゃんに訊《き》いてください。まあ、なかったら、縹家は完全に終わりですけどね。実際、神事系で異変があったとしても、私たちにできることは何もない。こっちの仕事は被《ひ》害《がい》に対処することで、おかしな地震を事前に止めるなんてムリですよ、ムリ。こちとら何の変哲《へんてつ》もない平々凡々な人間なんですから、飛蝗《バッタ》で手《て》一杯《いっぱい》です。……何ですか、その顔」

「……いや、お前なら、いざとなったら仙術《せんじゅつ》とか使えるのかと思っていた。〝鳳麟〟だろう。飛蝗の色が変わるのも、お前が教えてくれてはじめてわかったことだしな」

　皇毅は真顔だった。本気で火急の時は悠舜が雲を起こして風と雨を呼ぶと信じていた顔である。

「……〝龍蓮〟とは違うんですよ。ふつーの人間です、私は。単にうちの山に先祖が暇潰《ひまつぶ》しに代々残した統計やら研究結果が膨大《ぼうだい》にあったから、人より変な知識があるだけです。仙術使えるなら、体調不良で死にかけてませんよ……。とにかく、政事の力が必要な時は、羽羽様がそう言ってくださるはずです。こっちはこっちでやることやった方がいい。ただ……」

「ただ？　なんだ」

　衛士《えじ》が次の間を足早に駆《か》けてくる。

　時刻は真夜中。

――急使。

悠舜と皇毅は目を見交《みか》わした。皇毅が悠舜を抱《かか》え上げ、椅子《いす》に座らせる。

「……きたか」

「ですね……」

悠舜は深呼吸をする。

さっきまで病的に蒼白な顔だったのが、みるみる「いつもの顔」に戻《もど》る。皇毅がいっそ感心するほどの変わりようだった。それだけに他人が悠舜の異常を察知するのは難しい。

飛びこんできた衛士が見たのは、落ち着き払って穏《おだ》やかな顔をした悠舜と、泰然自若とした皇毅だった。

「申し上げます！　ただいま碧州府、紫州府より、急使が到着《とうちゃく》いたしました！　封蠟《ふうろう》印は非常事態を示す真紅《しんく》！　大至急、尚書令及《およ》び御史大夫にお目通り願いたいとのことにございます!!　また紅州州境の関塞《せきしょ》から狼煙《のろし》を確認《かくにん》。早馬が出た模様にございます！」

悠舜は頷《うなず》いた。

「急使に水を一杯《いっぱい》飲ませたあと、ここへ。先に私と御史大夫で報告を聞きます。このような時間ですが陛下及び四省六部各長官に招集をかけてください。――政事堂《せいじどう》にてただちに緊急《きんきゅう》朝議を開きます」

＊　＊　＊

宝鏡山の社で起きた出来事の一部始終を聞き終えると、秀麗は何事か思案する面持ちになった。

楸瑛は当惑した。

「秀麗殿、まさかこれだけで、縹家に何か起こってるか、わかったわけじゃないよね？」

「え？　いえ、そこまでは。ただ……どうして瑠花さんがこの縹家で私を放っておいたのかは、多分、わかりました」

「えっ⁉」

急に秀麗はさぐるような目になった。

「……ところで藍将軍、物凄《ものすご》く今さらなんですが、お帰りにならなくて、いいんですか？」

「そりゃまた今さらだね……。君が帰れって言ったら、帰るよ。それまでいる」

王のことは（とてつもなく）気にはなっているものの、縹瑠花が秀麗の体を付け狙ってると知ったからには、それを放置して帰ることはできかねた。それに、迅の動向も気がかりだった。

「それに、今は帰りたくても帰れない状況《じょうきょう》だっていうし」

秀麗の眼差しに、楸瑛はたじろいだ。

「……でも藍将軍、帰り方がわからないまま、おいでになったわけじゃないですよね？」

「いや、一応、聞いてる。こっちの人に、開けてもらえって羽羽様が言ってたね」

「……こっちの人？　だって、リオウくんだって、帰るに帰れないって言ったんですよ。こっちの人に開けてもらえって、羽羽様が送ってきたって、いうことは」

秀麗が考えこむ。楸瑛は焦った。

のらくら見せてはいたが、会話には細心の注意を払《はら》っていたつもりだ。決して不用意に言ったつもりはなかったし、思い返しても問題はないはずの会話だ。

（『いやぁ、帰り方がわかんないけど、きちゃったよ』っていえばよかったのか⁉）

んなワケない。そっちのほうが遥《はる》かに不審《ふしん》である。秀麗も今の劉輝の状況で、楸瑛が離《り》脱《だつ》するのがどんなに痛いかわかっている。楸瑛とて、迅の『帰るツテはある』と『縹家の人間に開けてもらえれば帰れる』、最低でもその二つの帰還《きかん》方法はあるとわかったから、きたのだ。ないと言われたら緊急手段をとる心づもりだった。龍蓮に訊《き》く、という。

会話の運びに失敗したつもりはない。

リオウは訝しげに聞いている。

「……藍将軍、もしかして、向こうで、何かありました？　大きなこと」

楸瑛は観念した。『こっちの人に開けてもらえって羽羽様が言った』だけで、本丸を抜かれた。『どうして？』と返したら何かあったと白状したも同然だ。『いや、何も』――秀麗殿は何か勘づいたから、こんなことを言っているわけで。

……蝗害《こうがい》が起こるかもしれない、ということは、言うつもりはなかった。秀麗の心身ともに弱り果てた姿をこの目で見てからはなおさら。秀麗に頼りっぱなしで、あげく官吏をやめざるをえないところまで追いこんだのは、楸瑛たちだ。今さら、蝗害だのなんだのとわめけるわけがない。もし、秀麗が自分の命を顧《かえり》みずに出ていく（それはわかりきったことに思われた）としても、楸瑛たちは何も報いられない。

『あとでやっぱ秀麗ちゃん必要でしたなんて口が裂けても言うんじゃねーわよ』

十三姫の言葉通り、そんな資格はもうない。だから注意深く、何も仄《ほの》めかさないようにしてきた。

「……どこが、引っかかったの？　あれで。後学のために、教えてほしいね」

秀麗は意外に思った。てっきり『どうして？』か『何もないよ』ととぼけられるかと思っていたので。

「『こっちの人』のリオウくんも帰るに帰れないのに、羽羽様は『こっちの人に開けてもらえ』って仰《おっしゃ》ったんでしょう。そもそも頼《たの》めば開けてくれるって、それ『帰るに帰れない』って言わないですよね。つまり、リオウくんでも頼むのが難しい人に頼まないと、帰れない。……縹家の御曹司のリオウくんでも、頼むのが難しい人って、限られますよね」

「…………」

「内側から閉じているんだから、こっちの人に開けてもらえっていうのは、わかります。当たり前ですよね。でもそれって、つまり閉じた人に開けてもらえ、ってことなんじゃないかと」

「……」

「往来の道を閉じたのは十中八九瑠花さん……。瑠花さんか、もしくは彼女と同じくらい力のある人に開けてもらわないと、帰れないってことだと思ったんです」

「……そうだとしても、どうして『向こうで何かありました？』になるんだい？」

「リオウくんがこっちにいるってことは、いま羽羽様が仙洞省の長官代理ですよね」

楸瑛は顔つきを変えた。

答えたのはリオウだった。

「……ああ確かに、今、俺の代わりに羽羽が仙洞省の令君代理をしてるはずだ」

「藍将軍、羽羽様、お暇《ひま》だったんでしょうか」

「……いや、時間を作るのも、難しいくらい、お体も仕事も大変な様子にみえたよ」

リオウはうつむいた。前々から、羽羽は無理を重ねていた。早く帰って羽羽を助けてやりたいのに、帰れないのがもどかしかった。

「その中で、お時間を割いて、会ってくださったわけですよね。藍将軍は、……えーと、今、ちょっと、だいぶ、官位が下がってしまってますよね」

「うん。雑用同然の超下《ちょうした》っ端《ぱ》で、王の辞令もない。……そんな何の命令も受けてない下っ端を、多忙《たぼう》の令君代理の羽羽様がわざわざ会ってくださったのが、ヘンだと？」

楸瑛も秀麗も、注意深い顔つきになった。釣り上げている獲物《えもの》を、逃《にが》さないように。

「……『開けてもらえ』って、羽羽様はおっしゃったんですか？」

「いや。正確にはこうだ。『固く閉《と》ざされた縹家の扉《とびら》を、向こう側から、残らず開放させて帰ってきてくださりませ』どうやってでも構わないから――と」

　言いながら、楸瑛は厳しい表情になった。

「そうか。確かに、聞きようによっては、仙洞省長官代理からの頼みごととれる。いや、どうやってでも構わない、というのは、ほとんど命令に近い」

仙洞省は政事と距離《きょり》を置く必要から、文武の官に直截《ちょくせつ》的な命令はできない決まりがある。

楸瑛が知っているのは、飛蝗《バッタ》くらいだ。もしあのときすでに羽羽が蝗害の兆候を知っていたとしても、羽羽が何をいいたかったのか判じかねた。不思議な術でなんとかできるのだとしても、縹本家には今、中位以上の術者や巫女《みこ》は全員出《で》払《はら》っていないという……。

（……どういうことだ？）

　かた、と、音がした。

　リオウが真っ青な顔をしていた。音は、リオウが床に細身の剣をとりおとしたせいだった。

「……おい、羽羽が、何て言ったって？」

　楸瑛は余計なことはいわなかった。

「『どうやってでも構いませぬ。固く閉ざされた縹家の扉を、向こう側から、残らず開放させて帰ってきてくださりませ』って、言われた」

呻《うめ》くように、リオウが低く確認した。

「……扉を残らず開放させて、って、言ったんだな？」

「ああ。そう聞いた」

「俺たちが消えた後、なんか、起こったんじゃないか。災害系の、何か」

秀麗はサッと楸瑛を振り仰いだ。

「……私がここへくる時は、まだだった。だが、起こる予兆があるとは、きいた」

「なんだ」

楸瑛は息を吸った。もう、仕方ない。

「蝗害《こうがい》」

リオウは叫んだ。

「――早く言え馬鹿野郎《ばかやろう》!!」

どこかで、キィ、とネズミの鳴き声がした。

＊　　＊　　＊

「……今度は飛蝗《バッタ》かよ」

工部尚書・管飛翔が眉《まゆ》を顰《ひそ》める。ちらりと隣《となり》を見ると、副官の欧陽玉《おうようぎょく》は無表情だった。

無表情。渦巻《うずま》く感情をかろうじて制しているからだと、長い付き合いの飛翔は知っている。無理もない。碧州は碧門欧陽家である欧陽玉の故郷だ。

管飛翔の実家のある白州及《およ》び黒州は厳寒の北方に位置するため、飛蝗も中原や南部ほど発生しにくく、蝗害を直接被《こうむ》ることはあまりない。だが無関係ではない。

北方二州は食糧《しょくりょう》の自給率が低く、紅州・紫州からの余剰穀物の供給で賄っている。だが蝗害が発生すると、それが完全に止まる。飛蝗はありとあらゆる農作物を食い尽《つ》くし、深刻な飢饉《ききん》に追いこむ。蝗害で大飢饉が起きるたび、北方二州も飢餓に苛まれてきた。

「被害場所は以下の通りです。発生源は主に碧州の天山江《てんざんこう》沿い、そこから徐々《じょじょ》に紅州と紫州に侵入《しんにゅう》していると思われますね。碧州の農作物は壊滅《かいめつ》的だと思っていいでしょう」

被害の状況をまとめた資料を見ながら、刑部尚書・来俊臣がもらした。

「……発生場所と被害に、ばらつきがあるように思えるね。特に紫州への侵入が少ない。思ったより、まだ大群になってないようだ。被害が少ないのは、そのせいか……」

「被害が最小限に抑えられている地域は、旺季様が過去に赴任《ふにん》やら巡察《じゅんさつ》やらしていたところが多いですね」と凌晏樹が言う。

吏部侍郎・楊修が、眼鏡《めがね》の奥の目を細めた。

「……確かに、そのようですね。旺季殿、もしや各地に任官及び巡察するおりおり、対策を講じていらしたのでしょうか？」

「それが仕事だ」

旺季が淡々《たんたん》と言った。

劉輝はうつむかないでいるのが精一杯《せいいっぱい》だった。重臣たちの、今までにもまして冷ややかな視線が胸にこたえた。

「蝗害……漢字は虫に皇。昔の偉大《いだい》なる大帝《たいてい》は、蝗害発生のさい、飛蝗を自ら食べてお祈《いの》りして蝗害を治めたっていいますね。古《いにしえ》より蝗害をおさえる力がある者が本当の王である、と言われたことからつけられた漢字とか。陛下も頑張《がんば》りませんと」

旺季はじろりと副官を睨む。

「凌晏樹、馬鹿《ばか》なことをいうな。飛蝗を食べて祈ったって、おさまるか」

「まあ、そうですね。そもそも英君の治世なら蝗害は起こらないと言いますから」

重臣たちが顔を見合わせ、ひそひそと囁《ささや》きあった。

「……そういえば、易経《えききょう》にもそう載《の》ってるな……。王の乱れにより世の気が乱れ、蝗害が発生すると。確かに、先王陛下の御代《みよ》では起こってないぞ……」

「ご即位《そくい》から四年ほどしか経っておらぬのに……思えば茶州で疫病《えきびょう》も起こっている。疫病も王器と関係するはずじゃなかったか……」

「先の兵部侍郎はいきなり変死したし……」

「最近では紅家の虎の尾を踏んで、官吏《かんり》は離心するわ、経済封鎖《ふうさ》だわ、あげく数十年起こっていない蝗害発生……」

「近頃《ちかごろ》頻発《ひんぱつ》する地震《じしん》も妙《みょう》だし……これはどうも……」

しん、と沈黙《ちんもく》が朝議を覆った。

劉輝の額から冷たい汗《あせ》が噴《ふ》き出る。重い沈黙に押し潰《つぶ》されて、陸に上がった魚のように、うまく息ができない。

「――蝗害に関する対応を話し合う場です。焦眉の急にくだらない差し出口を叩いている方は、お引き取り願います」

悠舜が強い口調でぴしゃりと言った。

鞭を打つような言い方は尚書令になって初めてのことだった。

旺季が口をひらいた。

「……その通りですな。蝗害対策は歴代、御史台が担当していますが――」

悠舜は旺季の言葉を、遮《さえぎ》った。

「まずは主上《しゅじょう》のお考えを、先に」

劉輝はのろのろと顔を上げた。

戸部の景《けい》侍郎はひやりとした。傍目《はため》にもわかるほど、真っ青だ。蝗害対策に関する戸部の予算が公子争いで削《けず》られたまま復活しなかった原因が王にあることは、明文化されておらずとも、資料を読めばわかる。今の王は四面楚歌《しめんそか》のなか、混乱しきっていた。この上、そんな決断を突《つ》きつけて下手《へた》なことを言ったら――いや、むしろ何も言えなかったらどうするのか。景侍郎はハラハラした。助け船を出すべきか――。

当の劉輝はなんとかものを考えようとした。

(余の……かん、がえ？)

何を、言われたんだかも、劉輝はうまく飲みこめない。

昔、母にぶたれていた時は、丸まって、ひたすら黙《だま》って耐えていれば、いつかは終わった。待っていれば、兄が助けにきてくれた。

今は、誰もいない。

(悠舜は……何か、この件に関して、こうするべきだと、言ったのだっけ……？)

聞いてない。どうしたらいいのか、悠舜は劉輝に何も教えてくれていないのに。

何を、言えと。

悠舜は羽扇《うせん》を手に、促《うなが》した。

「我が君の、もっともよいと思われるお考えを」

「……余の……もっともいいとおもうこと……？」

蝗害をおさえる力がある者が本当の王である。劉輝も書物で読んだことがある。

(余が)

行って、おさめなくては。

でも——それが、もっとも良い方法、なのか。

劉輝にとっては、それが最善の選択かもしれない。

果たして碧州や紅州の民草《たみくさ》にとって、それが本当に最善なのか。

やがて、劉輝はのろのろと、ある人物を見た。

「旺季殿」

旺季は、呼ばれたのが意外そうに、片眉を上《あ》げた。

「——蝗害の対処、そなたに全権を一任したい。どうか」

皇毅と晏樹は、それぞれ驚《おどろ》きを露《あら》わにした。

孫陵王も意表をつかれた。

蝗害をおさえる力がある者が本当の王である、とわざとらしく晏樹に言われたにもかかわらず、その力を旺季に発揮させる場を与《あた》えるとは。

旺季は、小揺《こゆ》るぎもせず受けて立った。

「——よろしい。ご命令とあらば、ただちに致しましょう。ですが一つだけ。兵馬の権を借り受けたい。それが条件です。いかがか」

——兵馬の権。

朝議の間がざわついた。

宰相《さいしょう》位に比す門下省長官の旺季が、兵馬の権を借り受けたいというのならば、すなわち全軍を動かせる総帥権を渡《わた》せ、ということだった。

管飛翔が異を唱えた。

「……ちょっと待て。一軍ならともかく、兵馬の権を寄こせっていうからには全軍の指揮権ってことだろ。兵部尚書・孫陵王も顎《あご》で使えるってことじゃねーか。いくらなんでも大権過ぎる」

「門下省侍中《じちゅう》である私には、それを求める権限がある。今の要《かなめ》は機動力だ。差配するのにいちいち貴陽へ伺《うかが》いを立ててはいられん。そのための兵馬の権だ。飛蝗《バッタ》は返信の間、律儀《りちぎ》に待ってはくれぬからな」

黄尚書が返した。

「……中央の軍を、戦《いくさ》以外で地方に動かすのは、あまり例がないかと。しかも飛蝗退治に出すとは……軍が必要なら、各州・各郡の軍を借り受けるのが普通《ふつう》だと思いますが」

「飛蝗《バッタ》退治に軍を出してはいけないという法律が、あったかね？　来尚書」

「ありませんね。私もそのくらいして構わないと思うね。蝗害《こうがい》は最悪の天災だ。一日で邑《むら》二つ三つ食い尽くす。即応部隊が到着《とうちゃく》しても、飛蝗どもはとっくに飛んでっていない、なんてザラだ。対応の遅れは致命的だ。もちろん、軍を引っ張ってくなら、たっぷり糧秣《りょうまつ》をもっていっていただきたいが。ただでさえ足りないはずの被災《ひさい》地域の食糧を、中央軍が横から飛蝗の代わりに食いつぶす……という馬鹿な事態だけは避けていただければ、私は何も文句はないな」

旺季と孫陵王は気を悪くしたりはしなかった。戩華王が即位するまで、そういうことが日常茶飯事《さはんじ》だったからだ。

「わかっている。兵馬の権を借り受けるのは、最速で糧秣を各地の被災地域に届けるためでもある。幸い紅家の経済封鎖のおりに、常平倉《じょうへいそう》に食糧や石炭などを蓄《たくわ》えさせたぶんが使われないままかなり残っている。それを使わせてもらう。——陛下、尚書令、いかがですかな」

兵馬の権を旺季に。

まるで、どちらが王か、わからない。

劉輝の視界が点滅《てんめつ》する。……ぼんやり頷いた。

「……わかった。旺季殿に……兵馬の権を、あずけよう」

悠舜が微笑んだ。

第七章　白い棺の葬列

楸瑛は葛藤していた。葛藤しながらリオウを追って廊下を走っていた。

ついに、もう無理だと思った。

訊きたくて、訊きたくて、訊きたくて仕方がないのを必死で我《が》慢《まん》していたけれど。

もう、限界。

「〜〜〜ごめんリオウくん!!　そんな場合じゃないって怒られようが、いい。訊く。訊くぞ。あとでいくらでも怒鳴っていいから――珠翠殿が生きてるっていうのは本当か!?」

行方《ゆくえ》を晦《くら》ましたままの迅のことも気になりはしたものの、迅の安否は心配する方が馬《ば》鹿《か》を見る。珠翠は生死も定かでなかったのだ。

リオウが駆けながら答えた。

「ああ、無事のはずだ。珠翠なら、たまに俺たちの近くをウロチョロしてたし」

楸瑛は耳を疑った。たまにウロチョロしていた？　リオウの頭がおかしくなったのかと思った。楸瑛はハッとし、真っ青になった。

「……まさか、まさか、もう手《て》遅《おく》れで、幽霊《ゆうれい》になったとか!?　どこ浮《ふ》遊《ゆう》してたんだ！　リオウくんに見えて私に見えないなんて！　どういうことだ！　愛が足りないなんて言わせないぞ」

　全速力で駆けながら懊悩する元将軍。

「違う。白いネズミがウロウロしてたろ。言ってなかったけど、あれが珠翠だったんだよ」

「はあ⁉　白いネズミって……確かに、一匹ウロウロしていたけど……」

　楸瑛は断言した。

「アレは珠翠殿じゃないな」

「……なんで、言い切ってんだよ。あんたフツーの人だろうが」

「カン。きつい感じの高貴な美女だよ、あのネズミ」

「ネズミ博士《はかせ》かあんたはー！　ただのカンでそこまでいうか」

「いやいや、ネズミじゃなくて女性に詳《くわ》しいんだよ。私の目はごまかせない」

　それこそ男はネズミ以下のこの縹家で、ここまで勇気のある男をリオウは初めて見た。今の誇らしげな顔を、瑠花とすべての縹家の男に見せてやりたかったとリオウは思った。

「じゃ、リオウくんはどうして珠翠殿だって、確信したんだ」

「それは――」

　ネズミが雷術《らいじゅつ》を使って秀麗を蘇生《そせい》させるのをこの目で見たし、どうも、秀麗が眩惑された司馬迅の幻を破ったのも、あのネズミの仕業《しわざ》くさい。

（……でも、珠翠だって確証があるかといわれれば……）

リオウの胸を不吉なものが覆い尽くしていく。

（……おい、もし、あのネズミが、珠翠でないなら？　誰《だれ》だっていうんだ）

高位の術者や巫女《みこ》が不在の今、他に雷《かみなり》での蘇生術をやすやすと駆使《くし》できる者。

——いる。

確かに、あの人なら、秀麗に死なれては困るだろう。正しくは秀麗の『体』に。

（まさか、あのネズミ——）

秀麗は〝静寂《せいじゃく》の間〟に一人で残っている。あの人が秀麗に手出しをしなかった理由の一つに、〝静寂の間〟があるのではないかと思ったから。〝静寂の間〟にいる者は縹家の守護を受けるという古い掟がある。リオウがあの室《へや》を選んだのもそこにある。気休め程度かもしれなくても、瑠花に縹家の誇りが残っているのなら——と。それにちょうど白ネズミがきていたので、いざというとき珠翠なら守ってくれるだろうと踏んだ。

……あのとき、秀麗はやけに素直《すなお》に「わかったわ。行ってきて」と引き下がった。そうして、白いネズミと一緒《いっしょ》に、室に留《とど》まったのだ。

秀麗は落ちつき払っていた。

『わかったわ。行ってきて』

待ってる、ではなかった。行ってきて。

『……つまり、私の体があれば、瑠花さんは、生きられるって、ことよね』

リオウは泣きたい気持ちになった。

頼《たの》むから、やめてくれ。そんなことのために、あんたを縹家に連れてきたんじゃない。

頼むから。

「……リオウくん？　どうしたんだ」

「——なんでもない」と答えて、リオウは走る速度をあげた。


リオウは戻《もど》らなかった。

『固く閉《と》ざされた縹家の扉を、向こう側から、残らず開放させて帰ってきてくださりませ』

縹家の役目を果たす方を、選んだ。

＊　＊　＊

秀麗は寝台《しんだい》に腰《こし》を下ろしていた。きちんと膝《ひざ》をそろえ、両手を重ねて。

白いネズミがトコリトコリと、やけにゆっくり近寄り、秀麗の正面で止まった。

秀麗はその白く優美なネズミを見つめた。

どうしてだろう。秀麗には最初から、この白いネズミが、一人の女性に見えた。

少女のような、老いた貴婦人のような、熾火《おきび》の残る黒炭の双眸《そうぼう》をした美しい人に。

白いネズミは、家の守り人。神の小さな御《み》使《つか》い。

ならば彼女こそ、この縹家を守りつづけてきた人。

ネズミの髭《ひげ》がそよいだ。黒々としたつぶらな瞳《ひとみ》は、底知れぬ闇《やみ》をたたえている。
どこからか、さぁんと、波のような音がした。
と、大きく梢《こずえ》を揺《ゆ》らす巨大《きょだい》な一本の槐《えんじゅ》の木を、秀麗は目撃した。
驚《おどろ》いて瞬《また》くうちに、葉擦れの音も槐の木の影《かげ》もさぁんと消えた。
かわりに秀麗の眼前に、目も眩《くら》むほど美しい一人の少女の姿が立ち現れる。
「ふ……よい度胸じゃの、娘《むすめ》。ただ一人でこのわたくしと相対する方を選ぶか」
秀麗はその少女を、覚えていた。
闇色の髪《かみ》、青白い肌《はだ》、血のような唇《くちびる》。体は今夜も半分透き通っていた。
蕭々《しょうしょう》と降りそそぐ真っ青な月の光の中で、秀麗の枕元《まくらもと》に現れた少女。
――縹瑠花。
瑠花はほっそりと優美な指先をすぅと秀麗に伸《の》ばした。
秀麗は逃《に》げなかった。
秀麗の手首に、現実より儚《はかな》く、無よりは確かな感触《かんしょく》で、瑠花の指先がからみつく。
雷《いかずち》のような一撃が秀麗を貫いた。目の前が半回転し、ぐんにゃりと視界がたわんだ。
景色が赤や青や黒のめちゃくちゃな色に点滅する。
激しい耳鳴りの中で、少女たちの、さざめくような笑い声が、反響した。

＊　＊　＊

……秀麗は、十数人ほどの少女たちに囲まれていた。

にこ、にこ、と、少女たちはみんなあどけなく笑っている。

秀麗は戸惑った。

それぞれ十代から二十代の年頃にもかかわらず、まるで幼子のような無防備さ。にこ、にこ。

彼女たちに囲まれている秀麗は――輪の中の誰より小さい、ほんの十歳ほどの子供だった。

少女たちの一人が、待ちきれないといった仕草で、つん、と秀麗の袖《そで》を引っ張る。

――ヒメサマ、わたくしたちのヒメサマ……。

声に出しているようで、娘の唇がまったく動いていないのに秀麗は気づく。

――きょうも、たくさんお話、してくださいな。

――綺麗な二胡《にこ》を、ひいてくださいな。

――夕暮れのお歌、どうぞきかせてくださいな。

――戻ってきてくれて、とっても嬉《うれ》しいのです。わたくしたちの姫様《ひめさま》……。

目眩がするほど優《やさ》しい微風《そよかぜ》の声。

少女たちの木陰に、さやさやと、梢が葉鳴りを届ける。

少女の一人が、不思議そうに、秀麗の頰《ほお》に指を触《ふ》れた。

——どうして、泣いているのですか。悲しいことが、あったのですか。

涙《なみだ》が、流れる。幾《いく》筋も、幾筋も秀麗の頰を流れ、手を濡《ぬ》らしていく。

誰かが、答える。まだ老いていない、鈴《すず》の声。頑是なくしゃくりあげながら。

『いいや、……悲しいことは、終わったのじゃ。……終わったのじゃ。父様《ととさま》を恐《おそ》れ、こびへつらうだけのものども、金と欲に目が眩《くら》んで誇りを捨てた愚《おろ》かな親族も、術者も、巫女も、今日、わたくしが、残らず、殺してしもうた。だから、もう、平気じゃ。そなたたちが、父様に、呼ばれることは、もう、ない……。父様はの、閉じこめてしもうた。父様は頭がおかしくなってしもうての、〝薔薇姫〟の塔《とう》に、放《ほう》りこんで、閉じこめてしもうた。かたく封印《ふういん》をしたから、もう二度と誰も父様に会えない。わたくしも入れぬ。もう二度と、お会いせんですむ。これ以上、ヘンになる父様を見ないですむ。憎《にく》まずにすむ。だから、もう、悲しいことは、ない。悲しいことは、みんなみんな、終わったのじゃ……』

少女たちは心配そうにしていたけれども、おしまいのひと言に、にこぉと笑った。よかったね、というふうに。少女たちは姫様が全身、ぐっしょりとおびただしい血に染まっていても、気に留めることはない。

声はひそりと最後に呟《つぶや》く。

『「主《あるじ》」は父様じゃ。人間の男がこぬ限り、あそこはもうあのままじゃ。誰かが父様を殺して、「主」になりかわらぬ限り。じゃが、そんなの、いるはずがないもの。わたくしの封印を破って、あの場所を見つけられる者がいるはずがない。父様を殺せる者が他にいるはずないのだもの』

――父殺しの宿星《しゅくせい》をもって生まれた、自分の他には、誰も、いないはず。

景色が、変わる。

急に、目線が高くなった。

『――英姫が〝外〟へ逃げたじゃと⁉　バカ娘め！　地の果てまでも追いかけて連れ戻せ‼』

怒《いか》りの声の主は前より年を重ね、三十代ほどに思えた。

急に視界が暗くなり、膝をついた。胸をかきむしる。秀麗まで激しい胸の痛みに貫かれて苦しくなったほど。

周りから悲鳴が上がる。

『……力を使い、すぎたか……。く、あの、バカ娘め……。そろそろ、こうなると、わかっていたから、わたくしの後継《こうけい》として大事に育てていたというに……。待って、待って、ようやく生まれてくれた、大巫女たりうる神力をもつ唯一《ゆいいつ》の巫女を……。よりによって、あの凶相《きょうそう》の公子を主に選んだ三下貴族の男をフラフラ追っかけていくとは、どこまで阿呆《あほう》じゃ』

命が、早瀬《はやせ》の如く流れ出ていく。それは、秀麗にも覚えがあった。

ずっと、鞭打って酷使《こくし》し続けてきた体はもうボロボロだった。

絶大なる神力を駆使する流血の女皇。流れていく命の速さも、半端《はんぱ》ではなく。

『せ、めて、英姫が……戻って、くるまでは、生きねば——誰が……を守る』

誰もいない。

やるべきことがある。するべき仕事がある。自分の命や体になぞ、構っている暇《ひま》はない。

この掌《てのひら》で守るべき、多くのか弱きもののために在るのが、縹家の誇《ほこ》り。瑠花の誇り。

それを手放したら、瑠花は瑠花でなくなってしまう。

わたくしの姫様、と、羽羽の懐《なつ》かしい声がする。

——黄昏《ゆうぐれ》を再会の時にいたしましょう。

それまでどうか逝《い》かないで、待っていてくださいと、願った羽羽の言葉を裏切ることになったとしても。あの狂《くる》った父親と、瑠花の違《ちが》いは、誇り《それ》しか、ないのだから。

失うくらいなら、死んだ方がマシじゃ。

秀麗は言葉を見失う。

涙が流れるのがわかった。秀麗ではなかった。声の主の頬を、熱い涙がしたたって、袖を濡らしていく。悔《くや》しいのか、怒《おこ》っているのか、情けないのか、悲しいのか、どれでもあるようで、そのすべてがごちゃまぜになった涙だった。胸が痛くてたまらなかった。それは声の主のものなのか、見守る秀麗のものなのか。

『まだ……すべきことが、山ほど残っておるのに……』

そのとき、木の葉が落ちるよりなおさやかな足取りで、誰《だれ》かが傍《そば》にひざまずく。

にこ、にこ、と、変わることなく無邪気に微笑《ほほえ》む、大人になった少女たち。

――大姫さま……あのね、あのね、使ってくださいな。

――わたくしたちのカラダ、どうぞ使って、くださいな。

――だから、泣かないでくださいな。

――たくさんたくさんお話ししてくれたから。たくさんお歌を歌ってくれたから。

――お返しさせて、くださいな。いつもわたくしたちを守ってくれた、大好きな姫さま。

――他《ほか》の姉妹とおんなじに、少しずつ少しずつ真っ白になって、いつかコトンと眠って死んでしまう私たち。姫様が入ってくださいな。そうしたら、私たち、嬉しいのです。

――そうしたら、姫様と一緒《いっしょ》に、長生きできますね。寂《さび》しくないですね。ね……？

だから。

＊　＊　＊

――巨大な手で体ごと宙に放り投げられたようだった。

痛みも衝撃もなかった。目の前がチカチカと点滅《てんめつ》している気がする。

（いまの、は――何……）

一瞬《いっしゅん》のようにも、百年のようにも思えるほどの時間。

秀麗はやっと自分が横たわっていることに気がつき、のろのろと身を起こした。

そこは、さっきまでの〝静寂の間〟ではなかった。

真っ青な月の光が辺り一面に降りそそいでいた。沓《くつ》の下はやわらかな土。草木の放つ濃密な香《かお》りが胸を満たす。風が通るたび黒くわだかまる木々が波濤のようにざわめいた。

秀麗の周りには、無数の燭台《しょくだい》の火が連なっている。

その灯りに照らされ、白く細長い箱が並んでいた。

何十もの、棺《ひつぎ》が。

「――――！」

瑠花が灯火《ともしび》の列の中に現れる。棺の間をそぞろ歩くと、透けて華奢《きゃしゃ》な足を、止める。

「さて、娘――紅秀麗よ」

深淵《しんえん》の闇《やみ》のごとき双眸《そうぼう》を、秀麗へ投げかける。

「そろそろいずこよりか聞き知ったはずじゃの。そなたが選べる道は少ない。じゃが、皆《かい》無《む》ではない。わたくしを待っておったのなら、一つを選んだと見ゆる」

瑠花のまとう貫禄に秀麗はのまれかける。漆黒の目にひたと見据えられるだけで、膝《ひざ》をつきそうになる。

流血の女皇。

どこで……耳にしたのかは覚えていないが、ぴったりだった。

秀麗は気持ちを奮いたたせた。さっき垣間《かいま》見《み》た不可思議な光景には言及しないところをみると、どうも偶然の作用で秀麗だけが見たものだったらしい。

瑠花は、白い棺の列に目を戻した。

「……わたくしからもひとつ、ある保証をしてやろうかの。本当は、その道をそなたに開いてやるつもりは毛頭なかったのじゃが」

瑠花は指で棺を示し、こんと蓋《ふた》を叩《たた》く仕草をした。それは、何かの拍子《ひょうし》に、起きてくれないかと願っているようでもあった。

「試《ため》しに、どれか開けてみるがよい。恐れぬでも、どれもカラじゃ。わたくしの前の、この一つの棺をのぞいてな」

わざわざ開けるいわれはなかったが、カラという言葉も気になって、秀麗は近くの棺を、おそるおそる、ほんの少しだけ、開けてみた。

甘い、花の香りがした。蓋の隙間から中をのぞくと、……確かに、カラだった。真っ白な花が敷《し》き詰《つ》められているだけ。秀麗はあと一つ二つ、おっかなびっくり開けてみたが、やはり同じ。花の寝床《ねどこ》でしかない。

「わたくしが、どうやって命を繋《つな》いできたかは、聞いたはずじゃ。わたくしは生きたかったのでの。同胞《はらから》の娘《むすめ》らを、そのために容赦《ようしゃ》なく使い潰《つぶ》してきた。このカラの棺の数はの、今までわたくしが使ってきた、娘たちの数じゃ。今はみんな逝き、土の下に眠っておる」

秀麗は絶句した。

何十も並ぶ、白い棺。この、すべてを。

瑠花は顔色一つ変えはしなかった。淡々《たんたん》と棺を見渡《みわた》す。

「この棺は、特別な術をかけてあっての。娘たちを眠らせたまま、何十年も生かしておくことができる。肉体が限界を迎えると、そのつどこの中から一人選んで、わたくしの次の体として使ってきたわけじゃ。いま残っておるのは、この棺のみじゃ」

瑠花がさっき蓋を叩く仕草をした棺だった。

「――たった一つの体しか、残っておらぬ」

ぽつりと呟く。

「さても、運がよかったことじゃな？　わたくしがこの娘の体を使っておったならば、そなたには何も残されておらなんだぞ。勿論《もちろん》、わたくしがそなたにこの大事な娘の体をくれてやる由はない。……が、少々気が変わった。そなたになら、この娘の体を与えてもよい。〝外〟で生きたい、生きてしたいことがある、願いがある、どんな理由でもよい。もっと生きたいというのであれば、――この娘の命、そなたにやろう。そなたの『魂《たましい》』を欠けなくこの娘の体に移すことも約束する。わたくしの名にかけて、謀《たばか》りはないと誓おう」

瑠花が秀麗に向き直る。

「……では、改めてきこうかの。紅秀麗、そなたはどうする？　わたくしと同じ方法を選ぶか。この娘の体をもらって、〝外〟に戻《もど》るか？」

秀麗は、その棺に視線を向けた。

「……開けて、中を見ても、いいですか？」

不自然な沈黙《ちんもく》のあと、瑠花は素っ気なく頷《うなず》いた。

秀麗は棺に近づき、そっと蓋をずらした。甘い花の香り……。花に囲まれて一人の娘が眠《ねむ》っていた。秀麗よりも年上、二十歳《はたち》をいくらか過ぎているように見える。胸の下で両手を組み合わせ、花の中で眠る娘の頰《ほお》はほんのり赤みが差している。そろりと手を伸《の》ばして触《ふ》れてみれば、やわらかく、あたたかかった。二度と目覚めないとは、信じられないほど。

秀麗は少女を見守った。まるで百年前から花に埋もれて眠っているかのよう。

「……綺麗な人ですね。体をもらったら、この人の顔になるってことですよね」

「そうじゃの」

秀麗はややぐずぐずしたあと、……棺を閉じた。

「こんな綺麗な人に生まれたらよかったですけど。……でも、私は結構私が好きなんです」

「顔かたちが変わるのが、嫌《いや》か」

「いいえ」

「生きたくないのか」

「いいえ、生きたいです。長生きしたいです。やりたいこと、いっぱいあります。方法があれば、飛びつきたいです。でも、私にこの方法は、選べません」

瑠花は怒《いか》りも、苛立《いらだ》ちもしなかった。

「目覚めない眠りでも、生きている他人の体と心臓をとりかえるような真似《まね》は、嫌か」

「いいとか、悪いとかの問題では、ないんです」

棺の娘は、鼓動を打ち、温かかった。……生きていた。

垣間《かいま》見《み》た不思議な光景が、蘇《よみがえ》る。あれが、過去のどこかで、本当にあったことならば――

――『姫様』と呼ばれていた娘が、もしも瑠花であったなら。

……瑠花は、彼女たちに強いたわけではない。彼女たちの意志で、体を差しだされたことになる。いつか眠りながら死んでいく体となった時、使ってほしいと。

それは棺の娘を『殺す』ことになるのか、それとも『生かす』ことになるのか。

正解のない、果てしない堂々巡《どうどうめぐ》り。問われた者の心次《し》第《だい》。

『〝外〟で生きたい、生きてしたいことがある、願いがある、どんな理由でもよい。もっと生きたいというのであれば、――この娘の命、そなたにやろう』

「瑠花姫……私は、生きたいです。理由があっても、なくても、その気持ちに変わりはありません。だからあなたがとった方法が、間《ま》違《ちが》っているとは、思いません。正しかったかは、あなたにしかわからないけれど。私の出した答えとは違うだけです。善し悪《あ》しではなく、私がその道を選ぶか選ばないか――だと思うから」

秀麗もずっと考えていた。

「顔かたちが変わっても、きっと父様たちは、わかってくれる。生きててくれてありがとうって、言ってくれると思うわ。私だって父様が同じ状況《じょうきょう》になったら、生きててほしいって、願うもの。その方法が、嫌なんじゃないんです。最後まで私のままでいたいなぁって思っただけです。ガタガタの体でも、丸ごと全部私のまま、生きる方が好みですって」

「好みか。ふむ、面白《おもしろ》い言い方をするの」

瑠花は、その言い方が気に入った。いいとか悪いより、しっくりくる。

善し悪しの問題でないなら、あとは自分の好み。

紅秀麗は瑠花とは違う生き方を好んだのだった。

「命が尽《つ》きかけてもか」

秀麗は苦笑いした。

「最後まで丸ごと全部私のまま、ですから。それだって、私がもらったものだもの。私のものよ。大事にしよーかと。だから、瑠花姫、私はこの棺《ひつぎ》を開けません」

「では、縹家で静かに余生を過ごすか」

「いいえ」

「では、大人しゅうわたくしに体を渡《わた》して、一足先にあの世へゆくか。わたくしの好みの生き方は、もちろんそなたの体をもらって長らえることゆえな。わたくしがその体を存分に役立ててやろうの」

「――いいえ。あげられません」

秀麗はきっぱりと、答えた。

「自分のことを第一に考えろって、リオウくんに怒《おこ》られました。死にかけていた私をここへ連れてきてくれて、お薬を煎《せん》じてくれて、一生懸命《いっしょうけんめい》に生きるすべを探してくれたのに、簡単に私の命を引き渡しちゃったら、ひどいじゃないですか」

自分で自分を守ってくれと、リオウは秀麗に願った。

『自分がどうなるかを、ちゃんと考えてから、選択《せんたく》してくれ』

考えて選んだのなら、文句は言わないから――と。

秀麗が今まで蔑ろにしてきたことだった。

自分を蔑ろにし、相手のことだけ考えて、間違い続けたことがある。

「……この静かで、不思議な天空のお城は、初めてきたはずなのにどこか懐かしくて、心地よくて、好きでした。縹家にいれば生きられるって聞いた時、それもいいって、思いました。……ここにきたとき、気持ちがぐちゃぐちゃで、わけもわからず途方にくれてました。泣いてばかり。貴陽に戻りたくなかった。何かとんでもない間違《まちが》いをしでかした気がするのに、何を間違えたのかわからなくて」

秀麗は吐露した。

「……ここは避難《ひなん》場所で、あらゆる権力から守られる。誰も私に何かを強いることはできない……。それを知った時、嬉しかった。私は――」

つづきの言葉は、胸にしまった。

秀麗は嘆息した。

「でも、どーしても、仕事のことを、考えてしまいまして」

「よいことじゃ」

「お陰様で考える時間は、山ほどありましたからね。――瑠花姫、御史としてうかがいます」

秀麗は瑠花に眼差《まなざ》しを据《す》えた。

「……縹家は、邪仙教と繋がりがありましたか？」

「……」

「兵部侍郎暗殺に関与していましたか？」

「……」

「李絳攸が一時期昏睡《こんすい》状態にあったことに、何某《なにがし》か関わりましたか？」

「……」

「――九彩江で王を殺《あや》めよと命じましたか？」

瑠花は愉快そうに笑んだ。答えることはしなかった。

「王を殺めよというあなたの言葉を聞いている者がおります。十の大罪の一つ、謀反《むほん》の疑いが、濃いものと思われます」

「さてもメソメソと情けない顔で泣いていた小娘《こむすめ》とは別人の面《つら》つきになったの」

「いっぱい泣いて元気をとりもどしましたからね。ここにずっといて、ノホホンと過ごすのもいいかなァ、って思いもしましたが、残念です。私は私のまま、貴陽へ帰らねばならないようです。ここでやるべきことをしたあとに」

「ほぉ？　やるべきこと？　なんじゃ」

「ここは閉《と》ざされた治外法権。滅多なことでは〝外〟も手を出せない場所だと聞きました。——が、十の大罪は別です」

瑠花はくつくつと喉《のど》を鳴らした。

「そうじゃの。そなたをここで始末するのが得策じゃの」

「でも、いまだに乗っ取りも殺しもしていません。いくらでも機会はあったのに。『私』を『私』のままでいさせておいて、ずっと好きにフラフラさせておいたのは、なぜでしょうね？」

「なぜかな」

秀麗はおそれずに瑠花を見返した。

「いま『私』に消えられては困るから——では、ありませんか。正確には『紅秀麗』でなく、『御史』としての私に」

「……では、何と解く？」

「さっきの件はどれも、私の体を乗っ取る云々《うんぬん》とは、関係ありませんよね？　謀反を起こして私の体を乗っ取るなんて、サッパリ意味がわかりません。それぞれの事件にしても中途半端《はんぱ》です。でも、朝廷に、あなたと協力関係にある『誰か』がいて、利害が一致すれば時々で手を組んできたから、半端な手出しの仕方になったと考えたら？」

縹家のおばちゃん、と、迅は言った。九彩江では『俺の主《あるじ》』という言葉も使っていた。そこには敬意がこもっていた。縹家のおばちゃんと迅の主は同一人物ではない。

迅を動かしている人物は、別にいる。羽羽様を通じて、ここに迅を送り込めるほどの要職に。

「……あなたの他《ほか》に、もう一人、いる。王への謀反を腹に隠している者が、朝廷の中に。十悪なら、大官でも官当は使えません。極刑になる。私がここで余生を過ごす選択をしたなら、ほっとけばいい。あなたに体を乗っ取られるのでもいい。でも『私』が『私』のまま、仕事して帰る可能性がでてくることだけは、困る。どうなるか確かめに人が送られてくる、と」

「治外法権じゃからのう。ここなら誰ぞがそなたを害しても、何の問題もない」

「――と同時に、ここなら誰かがあなたを殺しても罪に問われない」

秀麗はつづけた。

「『私』が『御史』のまま、あなたに朝廷の『誰かの名』を聞いて戻ることだけは避《さ》けたい。私とあなたを両方始末するのが、もっとも確実です。経済封鎖《ふうさ》やら蝗害《こうがい》やらでてんやわんやな今なら、御史台だって縹家に人手は回せないですよ。――肝心の縹本家《ここ》はなんでか家人が出払ってる。出払わざるをえない出来事が、そちらで起こったのだと思いますが。あなたを守れる人は少ない。だからあなたは『私』を『私』のままにしておいた。あなたを守れる可能性があるのは『御史』の私だけだから」

瑠花が外部との往来手段を前もって遮断していたことを考えれば、だいぶ前から瑠花は自分を殺しに誰かがくると予期していたのかもしれない。瑠花を抹殺すれば、謀反の証拠ごと葬れるのだから。

まさに渦中にノコノコやってきた秀麗を、瑠花はまんまと手駒《てごま》の一つに変えたのだ。

ふ、と、瑠花が微笑《ほほえ》んだ。

「で、どうする？」

秀麗が、何かおかしいと気づくまで瑠花は待っていたのだ。気づかなくても、それはそれで構わなかったのだろう。もともと秀麗がきたのは予想外だったはずだ。

頭のいい人だなぁと、秀麗はいっそ感心した。

縹家で異変が起こっている。そのせいで、術者も巫女も出払ってしまっている。おそらく今、瑠花の手勢はきわめて少ないのだ。彼女を守れるだけの者がいない。

だから秀麗に瑠花を守らせようとしているのだ。

瑠花がいなければ、どのみち秀麗も外へ帰れない。

蝗害。

瑠花を殺しにくる者。

朝廷にいる『誰か』。色々なことが、めちゃくちゃに起こっている。

『帰ってくるまでは、私の配下だ』

秀麗はまだ御史だ。

もう一度、葵皇毅の前に出るまでは。やることがある。しなければいけないことがある。

官吏たる誇りにかけて。

「――体は差し上げられません。でも、『私』が『私』のまま、縹家でやりたい仕事ができるなら、それもいいかもしれないって、実は後ろ髪をひかれてもいます。そこらへん、まだ迷ってるとこなんですけど」

「ふっふ。正直じゃの」

瑠花の『本体』の在所《ありか》を知る者はごく僅かという。

『本体』が死ねば、瑠花も死ぬ。瑠花を始末しようとするなら、『侵入者』は必ずそこを突いてくる。

「――まずは、あなたに会いに行きます。御史としての尋問はそのあとで」

瑠花は満足げにした。

「紅秀麗。さても、十悪とは、今の王に対する謀反を言う。そなたがわたくしを守った後、十悪になっておるかは、わからぬぞ」

終章

茶州——茶本邸《ほんてい》。

縹英姫は羽扇《うせん》を片手に、出現した星の軌道《きどう》を読んだ。

「妖星《ようせい》の天紀より孛《はい》するありて、織女《しょくじょ》へ至る、か……」

英姫が縹家を飛び出してから、五十年もの時が過ぎた。

高い神力をもって生まれた英姫は、長らく決まらなかった瑠花の後継者《こうけいしゃ》として育てられた。英姫はそれを蹴《け》っ飛ばして逃亡《とうぼう》した。鴛洵《えんじゅん》と共に生きたかったのは確かだ。だがそれ以上に、あの家にいたくなかった。縛《しば》られたくなかった。広い世の中を、自分の好きなように生きるのだと思った。自分の人生は自分で決めると、傲慢《ごうまん》なことを思っていた。

かつての少女の願いは、生まれた家を見捨てることで叶《かな》った。

——自分の人生は自分で決める？　笑止《しょうし》。逃げ出したのだ。璃桜様に言われたとおりに。

英姫の唇から、苦い自嘲《じちょう》がこぼれた。克洵《こくじゅん》には逃げるなと叱咤《しった》しておきながら。

自分が何をすべきだったか、今ならわかる。

英姫が投げ捨てたことを、かわりにつとめつづけているひとがいる。

傲慢な少女なりに、人生を精一杯《せいいっぱい》、駆《か》けて、駆けて、駆け抜《ぬ》けた英姫の、やり残したこと。

英姫は少女のような微笑みを浮かべた。

「それがすんだら、黄昏《たそがれ》の国にて、ゆるりとお逢いしましょう。我が那背《なせ》の君……」

ふと奇妙な気配がした。そちらに顔を向けてみれば、一人の若者が立っている。英姫の知った顔だった。英姫は呻いた。もう一つ、やることが残っていたようだ。

「まったく、今頃《いまごろ》きおってからに。助けが必要ならば、もっと早くこぬか！」

英姫はつかつかと若者に迫った。若者は斜に構えながら微笑んで見返してきた。初めて。この男はずっと、英姫の目も鴛洵の目も、まともに見返すことはなかった。

英姫の繊手《せんしゅ》がスッと動いた。

手は、ぶつのではなく男の頰《ほお》に添《そ》えられた。

「馬鹿者《ばかもの》……その若さで命を散らしおって……。どうじゃ、世は広く、そなたは無力であったであろう。生きることも死ぬことも、愛することも、そなたの思っていたようなものではなかったであろう。……妾《わらわ》と鴛洵は、ついにそれを生きている内にそなたに教えられなかった。さあ、そなたのために何かをしてやれる最後の機会じゃ。願いを申してみよ」

男はゆるゆると猫のような目を細め、英姫の顎《あご》に長く優美な指をかけた。

――あなたの命をください。

英姫と男を、円を描《えが》くように術者と〝暗殺傀儡《にんぎょう》〟が音もなく取り囲む。

英姫は目を細めた。懐《なつ》かしい顔ぶれを見たものだ。

「……ふん。妾を殺し、今度は茶州の祠《ほこら》を完全に破りにきたか」

かつて瑠花に迫《せま》るほどだった神力はもはや英姫にはない。只人《ただびと》と結婚《けっこん》し、歳とともに神力も衰《おとろ》えた。一介の元巫女に術者と〝暗殺傀儡〟を送りこむとは念の入ったことだった。

猫の目をもった若者は英姫を庇う気などとんとなさそうに見守っている。

たった一つ心残りがある。やり残したことがある。この歳まで生きたのも、それを果たすためだと思っていた。だが、違《ちが》っていたのかもしれない。命をくれてやる相手が。

英姫は笑っている猫目の男を睨《にら》んだ。

「うつけが……。よい。妾を殺してまで欲しいものがあるのなら——くれてやるわ」

それが、生前何もしてやれなかったこの孫にしてやれることであるのなら。

風が吹《ふ》く。

……力を失った英姫の手から、羽扇がはたりとすべり落ちる。

英姫が最後に見たのは、優雅に微笑む朔洵《さくじゅん》の顔だった。

＊　　＊　　＊

——天道に忽然と現れた赤い星が、尾《お》を引いて天翔《あまか》ける。

妖星。天紀から織女へ、帚星《ほうきぼし》が落ちていく。

茶州の祠が破られた衝撃を、羽羽が一身にひきうけた。体に凄《すさ》まじい負荷《ふか》がのしかかる。手足がもげそうだった。

この貴陽は国の要《かなめ》。政事においても――神事においても。

各州の神域の封印《ふういん》を仙洞省と縹家が守り、各神域から流れこむ力で貴陽が幾重にも守られる。もしどこかの神域が穢されても残りの神域で補完し、相互《そうご》に隙なく封印が解けぬようにしてきた。

碧州に続き、茶州の祠が欠けた。九彩江で壊《こわ》れた宝鏡も、碧歌梨殿に作製を依頼《いらい》したものの、まだ完成してはいない。……完成したら、歌梨殿は死ぬのだろう。

仙洞省として、頼《たの》まないわけにはいかなかった。

(そんなふうにして)

古《いにしえ》から、誰《だれ》かが誰かのために守ってきたものがあるのに。

(誰が、何の目的で、こんなことを)

縹家が関わっているかもしれないと思うと羽羽は身を切られそうだった。

九彩江で〝黒狼〟が宝鏡を割るのを、瑠花が止めもしなかったと聞いた時、羽羽は声を失った。

『〝外〟は戦《いくさ》で荒《あ》れておる。術でも知識でもいくらでも必要なものを得て、出て行くがよい。縹家一門は政事に関《かか》わらぬが鉄則じゃが、無関心であってはならぬ。ゆめゆめ忘れるでないぞ。我らは戦わずに民《たみ》を守るのじゃ。〝外〟へ行き、世と人をその目で見て、考え、最後にそなたが正しいと思ったことを為《な》せばよい。縹家一門羽家の誇《ほこ》りを忘れずにあれ』

いつでもその言葉が羽羽の道しるべだった。

何が彼女を変貌《へんぼう》させたのかはわからない。だが羽羽も、どこかで間違《まちが》えてきたのだ。

彼女を裏切り、〝薔薇姫〟を縹家から逃《に》がした決断を後悔《こうかい》してはいない。けれどもあのときから、真っ黒な長い影《かげ》を引きずっているようだった。影はだんだん変な風に伸《の》びて、長くなって、それを感じていても羽羽は振り返ることができずにきた。歳を取れば取るほど、己《おのれ》の過《あやま》ちから目を背《そむ》けるのがうまくなる。若者に説教をたれる資格なんて、自分にはないのだ。

とうとうこんなところまできてしまった。

若い王のために、リオウのために、しなくてはならぬことがある。

……前はそれを〝黒狼〟にやらせた。だからこそ後ろめたさが長い影となった。

永劫の責め苦の如き負荷に耐え抜いた羽羽の体が、くずおれ、床に転がる。

(わたくしの姫様《ひめさま》)

羽羽は天を仰いだ。

もしもあなたが二度と元のあなたに戻《もど》らないというのなら。

今度はわたくしがあなたと相対いたしましょう。

あなたのためにとっておいたこの命、お約束どおり残らずあなたに捧《ささ》げましょう。

——たとえあなたを永遠に失うことになっても。

アナザーエピソード

鈴蘭の咲く頃に

序

その類《たぐ》いまれなる清麗《せいれい》な美貌《びぼう》から、彼女は鈴蘭《すずらん》の君と呼ばれていた。

『お前は誰《だれ》より幸せになれるよ、私の宝』

それが娘《むすめ》時代からの、彼女の父の口癖《くちぐせ》。

侍女が気を利かせたものか、窓が開けられていた。床《とこ》で折れそうなほど華奢《きゃしゃ》な身を起こし、彼女はぼんやりと庭を眺《なが》める。透明《とうめい》な眼差《まなざ》しの先には、一群れの鈴蘭が音もなく風に揺《ゆ》られている。

打ち棄《す》てられた書物さながら、時が沈殿《ちんでん》するばかりの単調で色のない彼女の住処《すみか》で、鈴蘭の花はひっそりと咲いている。

忍《しの》び入ってきた夕刻の風を受け、不意に、こん、と弱い体が小さく咳《せ》いた。そろそろ息《むす》子《こ》が見舞《みま》いにくる頃《ころ》だわ――。

彼女のほっそりした顎《あご》の先が、小刻みに震《ふる》え始める。

それは冷えた夕風のせいばかりではなかった。

（清苑《せいえん》がくる……）

聞こえるはずもないのに、息子の足音が死神のように耳もとで響《ひび》き、彼女の雪白《せっぱく》の面《おもて》はいっそう青ざめ、わなないた。

第二妾妃《しょうひ》の座の如《ごと》く、望んでもいないのに分不相応すぎるものは多々あったが、最たるものが息子だった。

嫁《とつ》いですぐの懐妊《かいにん》、第二公子の出産。長じれば誰もが羨《うらや》む、賢《かしこ》く見目麗《うるわ》しく、幼い頃から第一公子を上回るとの称賛《しょうさん》。そのすべてが、彼女を追いつめた。向けられた女たちの激しい嫉妬《しっと》と憎悪《ぞうお》に、彼女は耐《た》えることができなかった。嫉妬に怯《おび》え、陰湿《いんしつ》な嫌《いや》がらせに怯えた。何よりも息子をおそれた。あまりに怜悧《れいり》な息子は、彼女にとって別の生き物にしか思えなかった。

(清苑のせいではないわ……)

彼女は己にそう言い聞かせ、可愛《かわい》がろうと努力した。けれどそれさえも彼女のか細い神経をますますすり減らすこととなった。

コツ、と扉《とびら》の向こうで足音が止まる。

彼女は身震いを止めようと、掛布《かけふ》を強く握《にぎ》りしめる。

開いていく扉から、息子の清冽《せいれつ》な美貌が現れる。繊細《せんさい》でやわらかな顔立ちと、抜《ぬ》き身の刃《やいば》のように鋭《するど》く硬質《こうしつ》な雰囲気《ふんいき》を併《あわ》せもつ、少年期特有のあやうい美しさ。息子を見ると、彼女はいつも、たった一度契《ちぎ》っただけの夫の冷たい横顔をどうしようもなく思いだす。

「お加減はいかがですか、母上」

清苑が気遣《きづか》わしげに微笑《ほほえ》む。一分《いちぶ》の隙《すき》もなくつくりこまれた氷細工の微笑《びしょう》だった。

彼女は白い喉《のど》を鳴らしたが、一声《いっせい》も出なかった。せめて微笑もうとしたが、成功したかどうかは疑問だった。清苑は気にした様子もなく、他愛ない話をし、母をいたわり、母の世話をつとめる侍女ら一人一人をねぎらって、辞去を述べて帰っていく。

太陽が東から昇《のぼ》って西に沈《しず》むように繰《く》り返される日常。

――優《やさ》しく母思いの公子。

誰が知ろう。息子が示す愛情や優しさはうわべだけの偽《いつわ》りにすぎず、王が彼女をまったく愛していないように、息子もまたそうだった。

聡《さと》い清苑は母に見抜《みぬ》かれたことさえ気づいたが、かといって何を言うでもなく、別段態度も変えなかった。彼にとって母は、すでに嘘《うそ》がばれてもばれなくてもどうでもいい程度の存在になっていた。日々朝廷《ちょうてい》で貴族や妾妃を相手どって戦う清苑にとって、弱い母など二の次で、ましてや愛だの真実だのは馬鹿馬鹿《ばかばか》しい世迷《よま》い言に過ぎないのだろう。それに彼は息子として母を守ろうとしてくれた。それが愛でなく、最低限の義務感であっても。

……仕方がないことだ。わかっているのに、彼女は時折、驟雨《しゅうう》のように激しい感情に呑《の》まれて目が覚める。最初に息子を愛せなかったのは彼女だ。なのに、息子に愛されないのが嫌だなんておかしい。そもそもどうしてこんなことになってしまったのだろう。

『お前は誰より幸せになれるよ、私の宝』

彼女はずっとその言葉を考えつづける。父は今も、お前ほど幸運な娘はいない、という。

彼女にはよくわからない。これが幸せ？　わたくしは幸せなのかしら……。

……そうして月日がめぐり、また鈴蘭がさやぐ春が訪《おとず》れた。

彼女は誰かが扉からチラチラ顔をのぞかせているのに気づいた。小さい子だった。

「……どなた？」

「りゅうき、です。お、おかげんはいかがですか。二番目のお義母《かあ》さま」

愛らしい顔立ちには六番目の妾妃の面影がある。第六妾妃は激しい気性《きしょう》ゆえか、もっときつい印象だったけれど、後宮の華《はな》と呼ぶにふさわしい傲岸《ごうがん》な美少女だった。

「……初めまして、劉輝《りゅうき》公子。お母様を亡《な》くされたばかりでしたね。残念なことでした」

公子はうなだれた。それから、そろそろとためらいがちに寄ってきた。拒否《きょひ》されたらいつでも帰れるような、そんなささやかな足取りで。第二妾妃に嫌がられていないとわかると、公子はむしろ戸惑《とまど》いがちになり、最後の一歩を大事そうに詰《つ》めた。そして背中に隠《かく》していた一輪の鈴蘭を、そっと差し出した。

彼女は驚《おどろ》き、久方ぶりに、心から笑んだ。青ざめた指を伸《の》ばし、鈴蘭を受けとる。

「ありがとう存じます、お優しい若君様……とても素敵《すてき》な贈《おく》り物」

末の公子ははにかんだ。まるで、受けとってもらえるとも、笑いかけてもらえるとも思っていなかったとでもいうように。

公子はもじもじした。

「……せ、清苑兄上はとても優しくて、僕に色々なことを教えてくれます。ごびょうきだとわかっていたのですが、お義母さまにもお会いしたくて……」

「……清苑が？」

「はい。この間も、剣《けん》を頂きました。カンショウとバクヤというのだそうです。本当は二《ふた》口《ふり》とも兄上が父上から頂いたものなのですけれど、バクヤというほうを僕にくださって。でも重くてまだ持てなくて――」

きらきらと無邪気《むじゃき》な瞳《ひとみ》で語られる息子は、彼女の知らない人間だった。

急に胸が痛み、コン、と咳《せき》がこぼれた。公子はハッとして、話をやめた。

「あ、ご、ごめんなさい。アンセイになさってください。僕、もう帰ります」

と言いはしたものの、なおも去りがたいようにぐずぐずする。公子は目を伏《ふ》せた。

「……僕……優しくなんかないんです。母上が死んでも、泣けませんでした。カナシイとも、思いませんでした。僕はちっとも優しくないんです」

仕方あるまい、と彼女は思った。罵《ののし》り、撲《ぶ》ち、毎日折檻《せっかん》していたと聞いている。

「……でも、どうしてなんでしょう。胸がスースーするのです。大きくて真っ黒な穴があいたみたいに。母上を思いだすといつもです。もうぶたれないですむのに、母上がいたときのほうがよかった気もします」

愛していたのね、と彼女は胸中で呟《つぶや》いた。手元の真っ白い鈴蘭を見る。彼女が鈴蘭の君と呼ばれていることを、この子は知って摘《つ》んできてくれたのだろうか。

（最後までうらやましい娘《こ》……）

若く美しく自信家で傲慢《ごうまん》で、王を振《ふ》り向かせようとなりふり構わなかった娘。こんなに素直《すなお》で愛らしい息子をもっていたのだ。清苑は、母が死んでも、別に何とも思うまい――。

「……僕は、母上のためには泣けませんでしたけれど、清苑兄上と、……お義母さまのときは、泣くと思います。……また、お訪ねしてもいいですか……？」

……この公子のような息子がいたら、何かが違《ちが》っていただろうか。

彼女は小さく頭《かぶり》を振った。劉輝公子に。自分自身に。答えは否《いいえ》。

「……いいえ。もうきてはなりません。よいですか、もう二度と、この離宮にはおいでにならないでください」

公子の顔がみるみるくしゃくしゃになった。それなのに懸命に笑《え》みを浮《う》かべた。胸を突《つ》かれるような、拒絶《きょぜつ》に慣れたさびしい笑顔だった。清苑の精巧《せいこう》な笑顔とは何と違うことか。

「……わ、わかりました。もう二度ときません。お花……受けとってくださって、ありがとうございました。どうぞ、お大事になさってください……」

目をこすりながらトボトボ出て行く小さな公子を見送った。彼女は鈴蘭の花を生ける。

――そう、もうきてはいけない。

すべての終わりに、あの優しい公子を道連れにしたくなかった。

鈴蘭の季節が終わり、夏が過ぎ、秋がきた。折々に、彼女の許《もと》には末の公子が描《えが》いた鈴蘭の絵が贈られてきた。彼女はそれを大事にとっておいた。

そして、初冬——。

「鈴蘭の君様、お父上の謀反《むほん》にございます。縛《ばく》につかれませ」

彼女は男たちに寝台から引きずりおろされ、乱暴に縛りあげられる。彼女は疲《つか》れたように一つ、咳をこぼした。

牢《ろう》に放《ほう》り込まれ、荷物のように護送馬車に詰め込まれ、やがて茶州《さしゅう》にて刺客《しかく》に襲《おそ》われたときも、彼女はされるがままでいた。あがくこともしなかった。刺客にとらえられ、首を刎《は》ねられる間際、彼女は息子《むすこ》のほうを見た。

息子も、彼女を見た。

……何の意思の疎通《そつう》もなかった。彼女と清苑は、最後の最後まで、ついに母子たりえなかった。互《たが》いにその溝《みぞ》を埋《う》めようともしなかった。彼女は自らの人生が終わることを嬉《うれ》しく思った。もう、生きなくていい。そのとき初めて息子を哀《あわ》れに思った。

（かわいそうなわたくしの子……）

母に愛されず、守られず、一人孤独《こどく》の鎧《よろい》を纏《まと》い、誰《だれ》をも信じずに。ただ自らを拠《よ》り所に戦い、血の道を切り開いてきた息子。まだ十三でしかないのに、冷笑を覚え、嘘を覚え、仮面をつけて大人たちの間を慇懃《いんぎん》と偽りの微笑で縫《ぬ》い歩く。

こんな母しかもてず、そんな子供にしかなれなかった息子。

それでも清苑は愛していない母を守ろうとしてくれた。母を蔑《さげす》んでいても彼の訪《おとな》いが絶えたことはなく、偽りであっても優しくしてくれた。思えば矜持《きょうじ》の高すぎる息子にとって、あれが弱い母親への精一杯《せいいっぱい》の譲歩《じょうほ》だったのかもしれない。

自分の息子に生まれなければ……。

（かわいそうな清苑……）

視界に昊《そら》がうつる。灰色の曇天《どんてん》。はらはらと鵞《が》毛《もう》のような雪が舞《ま》いはじめていた。

彼女は満足だった。最後の最後で、彼女は「幸せ」を手に入れた。

もう生きなくていい。

でも、清苑の行く末はきっと――。

（あの子はわたくしと似ているから）

……息子の幸せは祈《いの》らなかった。

終《つい》にただの一人にも愛されなかった彼女に比べれば、末の公子に愛された息子のほうがよほど幸せだと思ったから。

舞い散る雪は、鈴蘭《すずらん》の白い花のよう。

（あの若君は泣いてくれるかしら？）

もうすぐ鈴蘭の季節ね――最期《さいご》にそう思って、彼女の首は地面をてんと転がった。

*　*　*

鈴蘭が咲《さ》いていた。

啜《すす》り泣《な》く母の姿が、清苑の思い出せる限り、最初の記《き》憶《おく》。

『どうして……わたくしは何も欲しくなどなかったのに……』

あれはいつのことだったろう。真っ白でたおやかな手にはたりと涙《なみだ》が落ちるその様を、美しいと思ったけれど、寂《さび》しいとも思った。いつも泣いてばかり。

慰めたくて、そっと近寄った。母はびくっとした。母の目に怯《おび》えと拒絶の色を見留めて、触《ふ》れようとした手を引っこめた。『欲しくなかった』もののなかに、自分も含《ふく》まれていることをその時に悟った。

悲しい、と思ったかもしれない。

母は毎晩のように泣いていて、自分は生まれたときから子《こ》守歌《もりうた》がわりにその嗚《お》咽《えつ》を聞いていた。だから悲しむよりも、静かにあきらめたように思う。それほど母の哀絶《あいぜつ》は深かった。その原因が自分と知れば、もはや微《かす》かな希望を抱《いだ》く余地もなく、暗黙のうちに母が息子を愛せない事実を受け入れた。

痛みも悲しみも寂しさも絶望も、今では思い出せないほど深い場所へ沈《しず》めて。

……鈴蘭がゆうらりと風に揺《ゆ》れる。いつものように離宮《りきゅう》で療養《りょうよう》する母を見舞《みま》った帰り、夕闇《ゆうやみ》に仄白《ほのじろ》く浮かぶその花の前で、清苑は足を止めた。

（後宮では生きていけない女人《ひと》だった）

母は後宮で妍《けん》を競《きそ》うことも栄耀栄華《えいようえいが》も望んでなく、そんな才覚もまたなかった。何もわからぬ少女《むすめ》のまま嫁《とつ》ぎ、今もそのままで。

母の弱さは受け入れていたはずだった。けれど母を見ると、清苑は時々どうしようもなくイライラした。あの弱さが自分にもあるかもしれないと思うと、今まで培《つちか》ってきたものが脆《もろ》く感じられてくるのだ。それは認められなかった。

（——それでは生きていけない）

今でさえ、すでに清苑は二桁《けた》を超《こ》える刺客をその手で殺していた。朝廷《ちょうてい》で生きるというのはそういうことだ。母のような弱さを欠片《かけら》でももつことは許されない——。

と、どこからか泣き声が聞こえた。

（……子供？）

清苑は眉《まゆ》を顰《ひそ》めた。なぜ王宮の庭院《にわ》から子供の泣き声が聞こえてくるのか。

「——誰か、いるのか？」

泣き声をたどると、清苑は世にも奇妙《きみょう》な物体を発見した。

（…………なんだこれは？）

地面にべろーんとうつぶせに転がっている。顔は涙と鼻水と泥《どろ》でぐちゃぐちゃで、ふえふえと面白《おもしろ》い声でしゃくりあげている。目が合った。見合っていると、力尽《つ》きたように子供は顔面を地面に打ちつけた。清苑はのけぞった。どうやら顔を上げ続ける気力も体力もないらしい。

場所と歳格好から自分の弟かと見当をつけた。そういえば、末にこんな年頃《としごろ》の弟がいた気がする。

（……確か、劉輝、だったか？）

「どうして泣いてる」

泣き疲れて仰向《あおむ》けにひっくり返ることもできないくせに、懸命に首をもたげて食いいるように清苑を見つめる。一つでも瞬《まばた》きをすれば、清苑が煙《けむり》のように消えてしまうのではないかというように。大きな水晶《すいしょう》のような目だった。

うるうると涙をいっぱいにためた目は純真さしかなくて、あまりに無垢で、清苑は目を逸《そ》らしかけた。

子供は嗚咽の合間から途切《とぎ》れ途切れ言った。

「……さ、さびしい、のです」

それが、たった三歳の幼子の言葉だった。

清苑の脳裏《のうり》に母との記憶がかすめたか、どうか。

清苑は近寄り、弟を抱き上げると、そうか、と呟《つぶや》いた。

誰も来ない中、夕刻まで泣き続けた末の言い分を、清苑は受け入れた。

――その価値のある言葉だった。

「わかった。もうここで一人で泣かなくていい。今度から私の宮にきなさい」

ぎゅうっと首にかじりついてくる。弟の高い体温も、小動物のように丸まってふえふえ泣く様子も、清苑は後年まで忘れることはなかった。抱き返すと、清苑の胸に不思議な熱がこみあげた。

「私は君の、二番目の兄だよ……劉輝」

──このとき劉輝三歳、清苑十歳。

清苑が母とともに茶州へ流罪《るざい》になる、三年前の出来事だった。

一

「藍《らん》家の四男が貴陽《きよう》にくる？」

清苑は回廊《かいろう》を祖父とぶらぶら歩いていた。もっぱら祖父に相槌を打つばかりだったが、その話題は耳にとめた。

「四男……確か藍楸瑛《しゅうえい》でしたか」

「ええ。どの公子に藍楸瑛を引き合わせるかと、朝廷はその話でもちきりです」

清苑は見わけのつかない三つ子を思い浮《う》かべた。資蔭《しいん》で入朝し、二十歳を前にそれぞれ官の要職についている。藍家の三つ子のいずれかでも陣営に取り込もうと躍起な他《ほか》の妾妃《しょうひ》たちと違《ちが》って、清苑は見切りをつけていた。

（あの三人はだめだ）

藍家のためなら麗《うるわ》しい微笑《びしょう》でたやすく裏切るだろうと思われた。利害が一致《いっち》して利用し合うことはあっても、信頼《しんらい》関係など到底《とうてい》築くべくもない。承知の上で支配できれば別だが、今の清苑には無理だ。危なくてとても側近にはおけない。

だが、藍家の力は清苑もまた欲しかった。上の三人は無理でも、その四男なら扱《あつか》いやすいかもしれない——清苑の内心などいざ知らず、祖父は目を輝《かがや》かせた。

「きっとあなたに紹介《しょうかい》するでしょう。藍家はあなたにつくだろうと、朝廷でも専《もっぱ》らの噂ですからね」

清苑は当たり障《さわ》りのない微笑を浮かべた。祖父が自分に王位を継《つ》いで欲しいと思っていることは知っていた。が、内朝とはいえ、こうも公言されては清苑の首がしまる。

（……そろそろ気をつけておくべきか）

老い先も見え、清苑の聞こえが高まる中、野心を抱くなというほうが難しいのだろう。

母は元紫門《しもん》一族の出で、母の家格からすれば清苑の家格は太子よりも上だ。祖父は清苑が王に即くことによって再び紫門に戻《もど》れると考えている。

（馬鹿《ばか》らしい）

王になりたいと思ったことは一度もない。だが、王にならなければ清苑が粛清《しゅくせい》される——彼を取り巻く情勢は、次第《しだい》にそうなりつつあった。このままでは争いは必至だった。清苑が王位を望まずとも、周囲が清苑を担《かつ》ぐ。気づけば敵も味方も増えすぎた。早々に藍家の支持をとりつけ、紅州《こうしゅう》に引きこもる紅《こう》家の三兄弟を引っ張り出して、うわべだけでも臣下の礼をとらせる。そうする以外、抗争を回避《かいひ》する手立てはなかった。

(兄が王位につけば波乱は最小限だろうが、母親があれでは……)

回廊の先にその兄である第一公子がいた。兄は昏《くら》く落ちくぼんだ目で清苑を睨《ね》めつけ、ふいと去った。

(……変わったな)

清苑は兄が嫌《きら》いではなかった。

幼い頃《ころ》は控《ひか》え目に笑う、気性《きしょう》の優《やさ》しい兄だった。歳も変わらず、よく二人で遊び、学んだ。それも差が目立ち始めたころを境に、苛立《いらだ》った第一妾妃が引き離《はな》した。彼女は毎日清苑の悪口を並べ立て、引き比べて見劣《みおと》りする息子《むすこ》を詰《なじ》り続けた結果、兄から笑顔《えがお》は消え、弟への親しみは憎《にく》しみと劣等感《れっとうかん》にすりかわり、生まれもったたくさんの長所も、今では跡《あと》形《かた》もない。

兄は決して無能ではない。あのまま育っていれば、物静かで人の話を良く聞く、良い為《い》政者《せいしゃ》になったはずだった。

清苑も慎重《しんちょう》に兄を立ててはいたが、すでに差は歴然としていた上、歳不相応の大人びた気《き》遣《づか》いが、かえって清苑の声望を高めることになった。そしてその反動はすべて兄に返ったのだった。

清苑は溜息《ためいき》を吐き、それ以上考えるのをやめた。自嘲《じちょう》する。

(……らしくもなく感傷的だな)

兄も清苑もそれぞれ潰《つぶ》されまいと必死で抗い、結果がこうなっただけの話だ。何が悪いという問題ではなかった。

祖父と別れた後、清苑は気分を変えるため、劉輝のいる宮に向かった。


女は繊手《せんしゅ》を振《ふ》り上げ、息子を撲《ぶ》った。

「私の目のつくところにいないで!!」

女の長い爪《つめ》が、やすやすと劉輝の頰《ほお》をかききった。劉輝は亀《かめ》のように体を丸め、じっとした。そんな息子に、女はいっそう眦《まなじり》をつりあげた。泣けば癇《かん》に障《さわ》ったが、泣かなくても癪《しゃく》に障った。視界に入るだけでイライラする。劉輝を生んでからというもの、王の寵を失い、若さも美貌《びぼう》も衰《おとろ》えた。彼女にとって息子は疫病神《やくびょうがみ》そのものだった。

「泣きもしないなんてかわいくない子!!」

彼女は感情的に傍《かたわら》にあった一輪挿《いちりんざ》しをつかむと、劉輝の頭に振り下ろした。

「――そこまでです」

すんでで女の腕《うで》を誰かがねじり上げた。花瓶は床でこなごなになった。清苑は第六妾妃を突《つ》き飛ばすと、うずくまって身を震わせている弟を、腕に抱《だ》き上げた。

「劉輝、さあ行こう」

「お待ちなさい!! あなたに何の権利があって。私の息子なのよ!」

清苑は第六妾妃を振り返った。冷徹《れいてつ》な眼差《まなざ》しに、勝ち気な妾妃も言葉を呑《の》んだ。子供のくせに、清苑は時折人を殺してきたかのような目をする。

「……何の権利？　私の弟です。勘違《かんちが》いしているようですが、妓女《ぎじょ》上がりの一妾妃など、どうにでもなるんですよ。いい加減に態度を改めませんと、そこの池に浮くことになりますよ？」

「な——」

「美容でお悩《なや》みなら、癇癪《かんしゃく》を起こさないことです。小皺《こじわ》が増えますよ。よろしければあとで母の愛用の乳液を届けさせましょう。母は私を生んだ後も変わらず美しいですから」

痛烈《つうれつ》な皮肉を叩きつけ、清苑はその場を後にした。

「……劉輝、まだ私の宮に移る気はないか？」

清苑はもう何度目かになる問いを繰《く》り返した。

劉輝は、首を横に振った。

劉輝の傷を手当てしながら清苑は嘆息した。いくら言ってもきかない。母親に撲《ぶ》たれても、罵《ののし》られても、母のいる宮へ戻っていく。あんな母親でも、劉輝は捨てることができないのだ。

（どうしようもない女だ）

元貴陽一の妓女というだけあって、絶世の美貌をもち、教養でも貴族の娘に見劣りしない。が、男たちにちやほやされていたかったら、父の後宮になどこなければよかったのだ。簡単に籠絡《ろうらく》できると踏んでいたのだろうが、美貌と教養なら母の方が遥《はる》かにまさる。

貴族の後見もなく、美貌だけがとりえの第六妾妃など、今や誰《だれ》も見向きもしない。

(ばかめ。返す返すも女というのは、どうしてああ感情的で愚《おろ》かで度し難《がた》いんだ)が、自分の母よりは後宮向きの女であることは認めざるをえない。

劉輝が不意に訊いた。

「兄上のお母君は、どんなかたですか」

「え?」

劉輝はもじもじと目を伏《ふ》せた。

「お、お優しいお母君、でしょうか」

清苑はどういうべきか、迷った。

(優しい、ね)

……弱い女人《ひと》だ。劉輝の母のように貪欲《どんよく》に栄華《えいが》や愛を求める女ではない。情緒《じょうちょ》不安定な時は、清苑が生まれなければと泣きながら繰り返す。一方で、うわべだけでも母子らしい関係をつくろうと努力もしていた。今も——実っていないが——なるべく清苑に胸の内を悟《さと》られまいとしていたし、会えば懸命《けんめい》に笑みを浮かべようとする。

本当に、呆《あき》れるほど普通《ふつう》の女性なのだ。多少人より心が弱くても、穏やかな暮らしを望めば充分《じゅうぶん》幸せになれたはずだった。後宮という場所が、「普通の女性」という存在を許さなかっただけの話だ。

祖父が後宮に入れなければ、清苑《じぶん》が生まれなければ、母はきっとささやかな幸福に満足するような、そんな人生を送っただろう。もともと頑丈《がんじょう》でない母の心身を弱らせ、離宮《りきゅう》で療養するほどまで追い詰《つ》めたのは、後宮という場所であり、息子である自分だった。

母が自分を愛せないのは仕方ないことだった。

愛するフリさえやめた自分に比べれば、まだ努力しようとしている母の方がよほど上等だ。だから清苑も息子としてできるだけ母を守ろうとは思っている。

「あにうえ……？」

「ああ、ごめん。……私の母はね、美しくて、優しい人だよ」

清苑は我に返り、劉輝の望む答えを返してやった。清苑が呆れる弱さを、優しさと呼ぶ者もいるだろう。劉輝の希望をむげにくじくこともなかった。

「鈴蘭《すずらん》の君と呼ばれているな」

「すずらん？」

「そう。今の季節ならまだ——ああ、あそこに咲《さ》いてる。ほら、小さな鈴のような白い花があるだろう。あれが鈴蘭だ」

劉輝は庭にでて、鈴蘭の咲く場所まで駆《か》けていった。控え目に群れ咲く白い花を、劉輝は憧憬《どうけい》と羨望《せんぼう》をこめて熱心に見つめた。第六妾妃があでやかな大輪の花だとすれば、自分の母は清楚《せいそ》で可憐《かれん》な鈴蘭には違いない。

「母は体が弱くて、少し離れた場所で暮らしているのだけれどね」

母を虐《いじ》め抜き、後宮から追い出した張本人が劉輝の実母ということまでは、知らなくていい話だ。

「……じゃあ、お会いできないのですか？」

会いたい、という気持ちが伝わってきた。清苑はためらう。劉輝の母よりはマシだが、やはり情緒不安定なところがある。劉輝がもう少し成長するまでは、幻想《げんそう》を壊さないほうがいいだろう。その頃には、母も落ち着いているかもしれないし――。

（妾妃も減っているかもしれないしな）

清苑は内心で呟いた。

「お前がもう少し大きくなったら、一緒《いっしょ》に出かけようか。歩きで行ける距離《きより》だから」

「じゃあ、その時はこのお花、お見舞《みま》いに摘《つ》んでいきますね」

清苑は母に花などもっていったことはなかったので、面食らった。花か……。

劉輝は鈴蘭を気にしながら、お気に入りの青いお手玉で遊び始めた。清苑があげたお手玉である。

清苑も一緒に遊んだ。誰知ることもない、心からくつろいだ笑顔で。劉輝といるときだけは、清苑はつくり笑いをしないですんだ。劉輝が笑えば清苑も笑い方を思いだした。嘘《うそ》と偽《いつわ》りでできた現実の中で、劉輝がいることで清苑は最後の一線に留《とど》まっていられた。それでも変わるには遅《おそ》すぎた部分もあったし、清苑自身変わるつもりはなかった。

清苑はもう嘘でも寂《さび》しいなどとは言えないし、感じることもない。素直《すなお》に感情を表すすべも忘れた。思いだす必要性も感じない。それらは清苑にとって不要なばかりか、邪魔《じゃま》でしかなかった。彼はすでに引き返せない場所まで歩いていることを自覚していた。

兄を立てながらも、補佐《ほさ》でなく覇《は》を競《きそ》う道を選んだ。負ければ自分が排除《ころ》される。兄を哀《あわ》れんでも、清苑はためらわない。自分がもっとうまく立ち回っていれば何かが違《ちが》っていたのかもしれないが、今となってはもはや手《て》遅《おく》れだった。兄が昔に戻《もど》ることもなければ、妾妃や兄弟たちとの溝《みぞ》が埋《う》まることも、降りつもった根深い確執《かくしつ》がとけることもない。ここまでくれば道が交わる日は永遠にこないことを、清苑ははっきりと悟っていた。

生き残るためには、進むしかなかった。

転がってきた青い手玉を拾って劉輝に渡《わた》すと、無邪気《むじゃき》な笑《え》みが返ってきた。

――王宮には魔物《まもの》が棲《す》む。知らぬ間にその魔物に端《はし》から喰《く》い尽くされ、徐々《じょじょ》に気狂《おか》しくなっていく。兄も妾妃たちも、清苑もその一人だ。まともなのは劉輝だけだった。

(せめて劉輝だけはこのままで)

それが、今の清苑のたった一つの願い。

二

「藍家の四男が貴陽に入った？　……それは先日もうかがいましたが……」

「そうでしたかな。気が逸《はや》りまして」

離宮で療養している母を見舞った折、居合わせた祖父がまたその話をするのを聞き、清苑は訝《いぶか》しんだ。このところ、祖父に関して気になることが増えた。

（……どこかおかしいな）

躁《そう》状態のようにはしゃいでいる。本来の祖父は注意深く、迂闊《うかつ》な言動はとらない人だ。呆《ぼ》ける歳でもない。耳目《じもく》はどこにでもある。祖父がおおっぴらに期待を露《あら》わにすればするほど、清苑は追い込まれていく。そんなこともわからない人ではないはずなのに。

清苑は持参した花で話を逸《そ》らし、藍家の件を強引《ごういん》に打ち切った。

「どうぞ、母上。もう夏になりますから、最後の見頃《みごろ》だそうです」

母がしげしげと鈴蘭を眺める。清苑はひそかにバツの悪い思いをした。……劉輝を見習ってみたが、唐突《とうとつ》すぎたかもしれない。ややあって母は思いがけず、鈴蘭の花房に、ほっそりした指先でおそるおそる触《ふ》れた。

清苑は果物皿に盛られていた桃《もも》を一つ剝き、劉輝にするように母に渡した。しょっちゅう膳《ぜん》を抜かれる弟のために、最近身に付いた小技《こわざ》である。特に何をしたとも思わず、渡したあともさっさと席を立った。そのせいで、母がいっそう目を丸くし、小皿に切りわけられた桃を穴があくほど見つめたことを知らなかった。

清苑は母の鏡台に向かった。一揃《ひとそろ》い化粧具《けしょうぐ》があったが、使った様子はない。鈴蘭の君と謳《うた》われる、透《す》けるように白く儚《はかな》げな美貌《びぼう》は息子《むすこ》から見ても傾城で、そもそも化粧で取り繕《つくろ》う必要などどこにもなかった。第六妾妃と違《ちが》って。

清苑は戯《たわむ》れに化粧瓶《びん》を掌上《しょうじょう》で弄《もてあそ》んだ。……第六妾妃の常軌《じょうき》を逸《いっ》した虐待《ぎゃくたい》は日増しに度を越《こ》しつつある。先日も癇癪《かんしゃく》を起こして劉輝から手玉をむしりとり、池に投げ捨てたときく。

手玉ならいいが、このままでは劉輝の身が危《あや》うい。

（さて、どうするかな）

黙考《もっこう》したのち、清苑は瓶を元に戻した。

　母の離宮を辞したのち、清苑は城下の小物屋に向かった。池に手玉を投げ捨てられてから劉輝はひどく落ちこんだままだった。見かねて、劉輝に買ってくると約束したのだ。一軒《けん》の店先で、古風な柄のお手玉袋《ぶくろ》に心を惹《ひ》かれた。巾着《きんちゃく》になっており、中に色とりどりのお手玉が五つ入っている。清苑は珍しく見るなり買い求めた。

　小物屋を出てしばらくして、清苑は異変に気づいた。

（……）

　清苑は頭巾《ずきん》を目深《まぶか》にひきおろした。途中《とちゅう》でまく自信があったが、追跡者はピッタリついてくる。複数で、うまく連携《れんけい》している。

（……腕《うで》が立つな。どこの連中だ）

　いつも妾妃たちが景気よくばらまくそこらの剣士《けんし》崩《くず》れのヘボ刺客《しかく》どもとは動きが違う。

清苑はまくのは難しいと見てとり、路地裏に入った。人気はなく、そこそこ広く、利用しやすい障害物も多い。追跡者たちもぶらぶらと、一人また一人と清苑を追って路地裏へとやってくる。

そのときだった。

「待て！　女の子相手に卑怯《ひきょう》だぞ!!　僕が相手だ！　覚悟しろ」

だしぬけに路地へ子供が一人駆け込んできた。

清苑は面食らった。

清苑よりも年下の少年だった。子供がもつには分不相応な業物《わざもの》を腰《こし》にぶらさげている。育ちの良さがわかる挙措《きょそ》と藍州《らんしゅう》特有の美しい発音。すぐにピンときた。

（ああ……これがお祖父《じい》様の話してた藍家の四男坊《ぼう》か）

清苑は頭巾を深くかぶりなおした。——お手並み拝見させてもらおう。

（どこまでもつかな）

——と思って傍観《ぼうかん》していたら、少年はあっというまにのされた。

「…………」

あまりの瞬殺《しゅんさつ》に、呆気《あっけ》にとられる間もなかった。

（おい……全っ然使えないぞあのガキ……）

司馬《しば》家の流儀《りゅうぎ》が見え隠《かく》れするだけあって、実戦的で無駄《むだ》がなく、あの歳にすれば弱くはないが、清苑が求める水準にはてんで達していない。

（——きれいすぎるんだよ）

汚《きたな》い戦い方をまったく知らないのか、兇手《きょうしゅ》相手に正々堂々真っ向勝負を挑《いど》んでいる。宋《そう》将軍並みの力量があるならともかく、馬鹿《ばか》じゃないのかあのガキ。

三つ子妖怪《ようかい》とは比べものにならない「良いとこの坊《ぼっ》ちゃん」ぶりに、清苑の脳内に吹雪《ふぶき》が吹《ふ》き荒《あ》れた。

捨て置いてとっとと立ち去りたかったが、藍家の四男坊を見殺しにすれば後が面倒《めんどう》だ。

清苑は剣を抜いた。三人の兇手を相手取って縦横無尽《じゅうおうむじん》に斬《き》り結んだ。剣《けん》が折れたので、呆然《ぼうぜん》と見ていた少年のやたら立派な剣をふんだくった。

三人の刺客はしたたかで、引き際《ぎわ》を心得ていた。ついには逃《に》げられ、清苑の不快指数はいや増した。小僧《こぞう》を守らなければならなかったとはいえ、一人も討《う》ち取れなかった。

（……あんなヤツらを使える妾妃がいたか？　あれほど訓練された兇手は滅多《めった》に見ない）

清苑はハッとした。専門的に兇手を育てている家が一つある。しかしまさか。

（あの家が動いているのか……？）

唖然《あぜん》としていた少年がだめ押しのひと言を漏《も》らした。

「もしかして君……女の子じゃなくて、男？」

清苑の堪忍袋《かんにんぶくろ》の緒《お》がぶち切れた。

少年の鼻先に剣を叩きつける。

ギロリと少年を睨《ね》めつけ、低く吐《は》き捨てた。

「――失《う》せろ」

それが、清苑が楸瑛に向かって吐いた栄《は》えある第一声となった。

楸瑛は呆然と清苑を見送った。

「せっかくお前が頑張《がんば》って助けに入ったのに、キツイ『お姫様《ひめさま》』だな」

「迅《じん》……」

終わったあとにぬけぬけと現れた幼馴染《おさななじ》みを、楸瑛は恨《うら》めしげに睨んだ。

「だーからほっとけっていったろ？」

「ほっとけるか！ ていうかお前見てないで戦えよ！ 一応護衛だろう！」

「お前オレの護衛なんか必要あるわきゃねーって高笑いしてたろが。華麗《かれい》なる剣技《けんぎ》で悪漢どもをばったばったと薙《な》ぎ倒《たお》し、颯爽《さっそう》と美姫《びき》を救い出し百年の恋《こい》が～チャラチャチャチャチャ～とか何とか鼻歌まで歌ってよ。お前もうすぐ兄貴たちに会えるからって浮《う》かれすぎだろ」

「うううるさい!!」

楸瑛は剣を拾うと、心底ガッカリした。

「くそ……あれが男だったなんて……しかもなんだあの性格の悪さ……」

迅は『姫』が去ったほうを見た。

（あれが第二公子か）

予想以上に腕が立つ。坊ちゃん楸瑛が馬鹿にされても仕方ない。それよりも迅は兇手たちの特異な動きが引っかかった。兇手は単独で仕事するものだ。だが今の奴等は集団戦を心得ていた。

（……）

迅はお気楽極楽な幼馴染みに訊いてみた。

「……なあ楸瑛、お前、公子の誰かに仕えて貴陽に残るかもしれないんだよな？」

「ああ。私の好きにしろと言われてるから、誰か気に入ったら仕えてもいいな」

迅はあんぐりと口を開けた。仕えてもいい、だと？

「ん？　なんだ。お前だって気に入らない相手に仕える気にはならないだろう？」

迅は返す言葉が見当たらない。司馬家は仕える側だが、藍家は主君側だ。その差なのかもしれない。今の楸瑛にとっては主君選びは着衣を選ぶのと大して変わらない軽さなのだ。気分と好みの問題でしかない。

「……お前、公子に忠誠を誓《ちか》うときも、気に入ったから、って言いそうだな」

「はあ？」

「なあ楸瑛、間《ま》違《ちが》えるなよ。好きと忠誠を誓うってのは、全然別物なんだぜ」

三人の兄と楸瑛との大きな違いを、迅は見抜いている。楸瑛にとって主君を選ぶというのは、人生を選ぶようなものだ。着物のように簡単に着脱《ちゃくだつ》できるものではない。

この時の楸瑛は迅の懸《け》念《ねん》を鼻で笑い飛ばした。

「いきなり真顔で何言ってるんだお前。心配しなくてもお前に忠誠を誓えなんて気色悪いこと言うわけないだろ。お前が私を好きなのはわかってるさ。紅顔の美少年だし、性格もいいし。でもすまない。ボクには応《こた》えられない。友でいよう」

迅は脱力した。つくづくコイツは――。

(適当で考えナシでお調子モンのアホの子坊ちゃんだよな……)

「なあ、お前ももうすぐ十歳だろ。自分がバカ殿《との》だってこと、自覚しろよ。まずは認めることから始めようぜ」

分かり合えない二人の少年は、いつもの如《ごと》く剣をとっての喧嘩《けんか》に移行した。

楸瑛が迅の言葉を理解するのは、まだ遠い先の話であった。

カッカしたまま清苑が城へ戻《もど》るや、庭院《にわ》から劉輝の泣き声が聞こえてきた。

(また第六妾妃《あのおんな》が何かしたか)

余計怒りがいや増した。が、清苑が池の傍《そば》で認めたものは、ずぶ濡《ぬ》れで泣いている劉輝と、その頬《ほお》をみょーんと引っ張ってさらに泣かせているもろ肌脱《はだぬ》ぎの男であった。

「モチみたいに景気よくのびるな」

「……父上!?」

父王・戩華《せんか》だった。清苑は動揺した。清苑といえど、父と話すことは滅多にない。清苑は王の気に入りと言われているが、実際の扱《あつか》いは他《ほか》の兄弟と変わらない。

父がチラリと視線を向けた。清苑はどぎまぎし、うろたえた。

清苑は父と血が繋《つな》がっていることだけは誇《ほこ》りに思っていた。

父王は泣いている劉輝のおでこに容赦《ようしゃ》なくデコピンを食《く》らわした。

「……うるさいガキだ。助かっといてメェメェ泣くな。羊と一緒《いっしょ》に鳴け」

父も劉輝同様ずぶ濡れだった。池の畔《ほとり》に父のものらしき衣服が脱ぎ捨ててあった。清苑が近くにいくと、池の生臭《なまぐさ》いにおいがぷんと鼻をつく。

清苑はハッとした。

「まさか劉輝、池に落ちたのか!?」

劉輝はごめんなさいとべそをかきながら、戩華王を指さした。父は脱ぎ捨てた衣服を拾って自分の髪や上半身をぬぐっている。

「でも、あ、あの怖《こわ》いおじちゃんが、た、助けてくれました」

蒼玄《そうげん》王の再来とまで称《たた》えられる父を「怖いおじちゃん」。父と認識《にんしき》できないのは仕方ないが――何せ滅多に会わないのだ――清苑の方がゾッとした。

清苑が弟の服を脱がせ、手巾《てぬぐい》で劉輝の髪や体を甲斐甲斐しくふいてやるのを見て、父は白けた顔をした。

「そいつは綿菓子《わたがし》かなんかか？　濡れてしぼむわけでもあるまい。そんなモチ、とっとと丸裸にひん剝《む》いて、犬にでも追わせてそこらへんひとっ走りさせれば、すぐに乾《かわ》く」

「宋将軍の稽古《けいこ》じゃあるまいし、何のイジメですかそれは」

清苑はぎょっと口を押さえた。父にこんな物言いをしたことはない。

父は肩《かた》をすくめただけだった。父のゆるく波打つ髪から水滴《すいてき》がしたたる。少し癖《くせ》のある髪質だけが、唯一《ゆいいつ》父との共通点だった。——父。そう、王でない父と話をすることに、清苑は柄《がら》にもなく狼狽していた。落ち着かないのに、行ってほしくもない、変な気分だった。どうすればいいかわからない。

「劉輝、どうして池に落ちたんだ？」

自ずと詰問《きつもん》口調になった。池は深く、藻も繁殖《はんしょく》している。多忙《たぼう》な父がどうして真っ昼間から後宮にいるのか知らないが、父が助けなければ溺死《できし》していたかもしれない。

「……落ちたお手玉、ひろおうとして……」

数日前に妾妃に手玉を投げ込まれた池が、ここだったらしい。

もろもろ高じて、清苑はつい怒鳴《どな》ってしまった。

「買ってくるから待てと言ったろう！」

劉輝はびくりと首を縮こませた。

やおら王が片手で劉輝の首根っこをつかみ、仔猫《こねこ》のようにつまみあげた。じろじろと劉輝を眺《なが》め回す。劉輝は「怖いおじちゃん」にたじろいだが、口を真一文字に結んで耐《た》えた。

「おいモチ」

「りゅ、りゅうき、です！」

「ふん、いっちょまえに何を抜《ぬ》かす。お前なんぞモチで充分《じゅうぶん》だ。手を出せ」

劉輝は素直に両手を差し出した。と、どこから取り出したのか、小さな巾着《きんちゃく》を王は逆さに振《ふ》った。中からかなり色あせた、小粒の赤いお手玉が三つ転がり出る。劉輝の手に余りすぎて、一つこぼれおちた。清苑がはっしとその一つを受け止めた。見れば柄は昔風で、手作りのようである。父とあまりに不似合いなそのお手玉を、清苑は不思議に思った。

「手玉ならそれで我《が》慢《まん》しろ」

劉輝は戸《と》惑《まど》ったようにし、「怖いおじちゃん」に訊いた。

「……大事なものではないのですか」

「馬《ば》鹿《か》を言え。俺の大事なものをお前なんぞにくれてやるわけあるか」

劉輝は掌《てのひら》の二つの可愛いお手玉を見た。

「いいかモチ。俺は優《やさ》しくない。今度その手玉を落として池で溺《おぼ》れても、助けてなんかやらん。池に落ちた手玉を拾いたかったら、河童《カッパ》に弟子《でし》入りでもするんだな。それか手玉を落とされないように、自分で考えて行動しろ。俺は馬鹿も嫌《きら》いだ。大事なものがあるなら自分で守れ」

　空いている片手で、また劉輝の頬をみょーんと引っ張る。

子供に言ってわかることか、と清苑は思ったが、劉輝は感じるものがあったのか、こっくりと頷《うなず》いた。

「……はい。助けてくださってありがとうございました。お手玉、大事にします」

「別に明日なくしても俺は驚かんがな。……しかしよくのびるな」

「なっ、なくしません！　あと、ひどいことしないでください。痛《いひゃ》いです」

　劉輝が誰かに食ってかかるのを清苑は初めて見た。

　王は劉輝の頬を引っ張るのをやめた。

「……口があるなら言いたいことはそうやって言うんだな。なめられるぞ」

　つまみあげていた末息子《むすこ》を降ろし、王は清苑を振り返った。

「清苑。藍家の四男坊《ぼう》と会ったようだな。どうだ」

清苑とて他の妾妃や貴族の動きは逐一《ちくいち》押さえているものの、父が息子の動向を把《は》握《あく》していたとは夢にも思わなかった。

「予想外に使えません」

「そうか。そいつをどうするかはお前が決めろ。それと、懐《ふところ》にあるものを出せ」

「え」

「お前が街で求めた手玉があるだろう。出せ」

清苑は戸惑いつつも、いわれたとおり小物屋で買った手玉を巾着ごと手《て》渡《わた》した。なんだか父のために手玉を買ったようで、妙《みょう》におもはゆい気分になる。

　王は清苑が握《にぎ》ったままでいた手玉を顎《あご》でしゃくった。

「これは俺がもらってやる。かわりにその手玉をお前にくれてやる」

　自分も欲しいと思った気持ちを見《み》透《す》かされた気がして、清苑は赤くなった。手玉で遊ぶ歳でもないものを——。

たどたどしく礼を言ったあと、訊いてみた。

「……父上、縹家に何か動きはありますか」

王が清苑に視線をくれたので、清苑はドキリとした。父の目に映ると、石ころも国宝になる。清苑はそう思う。清苑はつとめて平静なふりをした。

「何人か、動いているようです。誰かが依頼《いらい》をしたのかもしれません」

「――清苑」

王は手すさびに巾着を掌上で放《ほう》り投げ、踵《きびす》を返した。

「お前はもう少し馬鹿か賢《かしこ》く生まれるべきだったな」

そのあと王は一人の男と行き会った。年の頃《ころ》は三十後半。王とも血が近く、面差《おもざ》しも似ている。王が滅《ほろ》ぼさずに残した、数少ない貴族の一人だった。

男は外回廊から庭院を見ていた。視線の先には、もらったばかりのお手玉で遊んでいる劉輝と清苑がいる。

「旺季《おうき》、いつから見ていた？」

旺季は王と距離《きょり》をとったまま、目礼を寄こす。昔からそうだった。いつも王の隣《となり》にいた旺季の姉と違《ちが》って、旺季は決して必要以上に近寄ってこない。

「……あの手玉、姉上のですね」と、旺季は言った。王には旺季の感情は読みとれない。

それから、旺季は王に向き直った。やっと。王は自分をためらいなく睨《ね》めつける旺季の目が、結構好きだった。

「旺季、御史大夫《ぎょしたいふ》がご苦労なことだな。清苑と劉輝の様子を見にきたのか」

旺季は御史台《ぎょしだい》の長になってから、水面下で手を回し、それまで侍郎《じろう》並みに低かった御史大夫の地位を尚書《しょうしょ》より上に押し上げた。王が見向きもせず切り捨ててきた貴族たちを取り込み、旺季は今や若手随一《ずいいち》の派閥《はばつ》を築きつつある。

黙《もく》したままの旺季に、王は続けた。

「お前の目に清苑はどう映る。王にふさわしい器《うつわ》と思うか？」

旺季は劉輝と遊んでやっている清苑を一瞥《いちべつ》した。

「いいえ。むしろもっとも王位を継がせたくない公子です。朝廷《ちょうてい》にいてもらうことさえ困りますね。厄介《やっかい》です」

王は、そうか、と言った。まるで天気の話のように素っ気なく。

「お前の好きにするがいい。勝つも負けるも清苑次第《しだい》だ」

「……陛下、あの手玉ですが」

旺季はそっぽを向き、ボソッと言った。

「あと一つあるはずですが」

王は袖口《そでぐち》から最後の一つをとりだし、無造作に旺季に放り投げた。

「お前にやろうと思ってな」

そうして、王は旺季の脇《わき》を通り過ぎた。

その足で王は仙洞省《せんとうしょう》へ向かった。羽羽《うう》は年々生態系が変わっているのかと疑《うたぐ》るほどにモフモフしてきている。若い頃は櫂瑜《かいゆ》と並んで見劣《みおと》りしなかったものだが。

「羽羽」

「これはこれは陛下。お珍《めずら》しい。ようこ――」

羽羽はちょこんとお辞儀をしかけ――血相を変えた。

ひたと王のもつ青い巾着を見据える。羽羽の小柄な体がわなわなと震えはじめた。

「へ、陛下……その手にお持ちの巾着は……何をお持ちでございまするか」

「ほーお。すぐに気づくとは、さすがだな、羽羽。お前に幾《いく》つか仕事をしてもらうぞ」

王は簡潔に用件を告げた。

「まずは〝干将《かんしょう》〟と〝莫邪《ばくや》〟を、宝物庫の奥から引っ張り出してこい」

三

藍楸瑛が王へ謁見するために参内した。

（……まるきり馬鹿でもなさそうだな）

と、藍家の四男坊への評価を、清苑はやや改めた。清苑を一目見るなり凍《こお》りついたことくらいが失点で、王に対する受け答えは慎重《しんちょう》で、そつがない。藍家の不利になることも、揚《あ》げ足をとられることも言わない。天晴《あっぱ》れなのは、それを無意識にやっていることだ。――清苑は胸中で冷笑《れいしょう》した。

（まったく見事な藍家の男ぶりだな）

骨の髄《ずい》まで藍色に違いない。王に跪《ひざまず》きながら、心は兄と藍家にあるのが見て取れる。端々《はしばし》に見え隠《かく》れする、藍家たる誇《ほこ》りと揺るぎない自信。本能のように迷いない藍家への忠誠心を、本人は自覚さえしていないかもしれない。三つ子の兄が藍家のために死ぬことはなくとも、この少年なら藍家と兄のために喜んで死ぬに違いなかった。

ひととおり面通しの挨拶《あいさつ》が終わるや、藍楸瑛が清苑につかつかと向かってきた。

「清苑公子、無礼は承知の上ですが、私と手合わせしてくださいませんか」

楸瑛が真っ先に第二公子に声をかけたことで、周囲がざわりと殺気だった。

清苑は穏《おだ》やかな微笑《ほほえ》みを返した。

「光栄ですね。私でよろしければ、喜んでお相手をつとめさせていただきましょう」

当の楸瑛は実のところ汚名返上しか考えていなかった。

雪辱を果たすべく気負っていた楸瑛は肩透かしを食った。

（……え？　あれ？　全然印象が違くないか？　なんかいいひと？　もしかして昨日のや

つとは別人？）

人違《ひとちが》い？　他人のそら似？　しかしうり坊のようにそっくりだ。楸瑛がムダに懊悩している間に、いつのまにか御前仕合ということになり、中庭に場がしつらえられた。

楸瑛は混乱したまま、清苑公子と対峙《たいじ》した。

公子の顔つきが一変した。清苑の剣が、触れなば斬らんといった妖気を放つ。——他人のそら似などではない。本人だ。楸瑛の雑念が吹《ふ》っ飛んだ。

……胸もとに切っ先を突《つ》きつけられ、楸瑛は呆然《ぼうぜん》とした。今日は油断などしていない。なのに、五合ももたなかった。

清苑公子は兇手相手に見せたような変則的な技《わざ》は一切《いっさい》使わなかった。わざわざ楸瑛にあわせてまっとうな戦い方をした上で、たやすく打ち負かした。兇手との剣戟《けんげき》を目の当《ま》たりにしていた楸瑛は、今日の彼が実力の半分も出していないことにも気がついた。手を抜かれたのだ。

他《ほか》の誰《だれ》が知らずとも、楸瑛にとってこれほど惨《みじ》めなことはなかった。

一方の清苑も腹をたてていた。

思ったほど馬鹿《ばか》ではないし、骨の色まで藍色をしていても、呑《の》んで使うこともできよう。だが、三つ子の兄たちほどの能力があればの話だ。もろもろ未熟な上に甘すぎる。

清苑はにっこり笑って手を差し伸《の》べた。結構期待していただけに清苑の怒りは深かった。

地面に座りこんでいる楸瑛を立たせながら、耳元に低く冷たく囁《ささや》いた。

「役立たずは必要ないと、兄君たちに伝えておこう」

――もう少し使えるようになってから出直してこい。

楸瑛は返す言葉もなかった。

王は仕合を見守っていた面々に視線を走らせた。霄宰相《しょうさいしょう》は飄々《ひょうひょう》としている。一方、宋将軍は眉根《まゆね》を寄せムッとしている。

妾妃《しょうひ》や公子ら、清苑の祖父など、王はそれぞれつぶさに観察した。

藍家の一統に目を留めた。三つ子のうち、この場にいるのは一人だけ。それが『誰』であるかはわからない。王には判別する気もない。滅多《めった》に出てこない長子・藍雪那《せつな》だろうと当たりをつけた。単なる勘《かん》だ。

藍雪那は、優《やさ》しげで麗々《れいれい》しい顔を王に向けた。にこりとした微笑を見たとき、王は彼が進退を決めたことを悟《さと》った。

まだ二十歳にもならぬ三つ子がそれぞれ国の要職にあるのは、藍家直系だからではなく、実力だ。彼らと対せるのは霄瑤璇《ようせん》ら数人と、紅邵可《しょうか》。あとは――。

(……旺季くらいか)

目で旺季を捜《さが》す。旺季の顔つきで、王には内心が読めた。

清苑は致命的《ちめいてき》な失敗を犯《おか》した。

（清苑にしては珍しいな）

公《おおやけ》の場では常に注意深く芝居《しばい》をしていた清苑だが、今日は珍しく地が出た。どうやら藍家の四男坊につられたらしい。子供らしいしくじりだ。けれど生き馬の目を抜く朝廷ではささいな失敗が命取りになる。

『子供は甘くていいんだ！　戩華、私は子供が幸せでいられる国が見たいんだ』

もはや想《おも》い出の中でしか会えない女の口癖《くちぐせ》が思い出された。まったく、死んでからもいちいちうるさい女だ。

（…………。仕方ない。猶予《ゆうよ》をやるか）

王は二口《ふたふり》の剣をとりあげた。

宋将軍が目敏く気づいた。

「〝干將〟と〝莫邪〟じゃねぇか。久々に出てきたな」

剣をとった王の姿に、空気が張りつめる。古参の臣下にとって、それはほとんど叩《たた》きこまれた反射のようなものだった。

高位貴族も彩《さい》七家も関係なく、親兄弟までもその手にかけた殺戮《さつりく》の覇王《はおう》。気に入らなければ敵味方関係なく、臣下の首などたやすく飛んだ。

気まぐれで残酷《ざんこく》。けれども実力があれば誰であっても傍に置いた。農民も山賊《さんぞく》も関係なく、手柄《てがら》を立てれば一兵卒にも王は冷たい唇《くちびる》を緩《ゆる》め、「よくやった」と称《たた》えた。滅多に聞けないそのひと言のために、誰もが競《きそ》って文武を磨《みが》き、命を擲《なげう》って仕えた。殺されてもいいから仕えたいと思う、圧倒《あっとう》的な魅力《みりょく》があった。——今も、なお。

王が清苑に向かって歩き出す。百官らが次々と頭《こうべ》を垂れる。

——仕えるべき王はただ一人。支配されることに喜びと陶酔《とうすい》を感じさせる覇王。

霄宰相のみが鼻白んでいる。平和に首まで浸かっていた臣下たちの気を、一瞬にしてひきしめてみせた。いつもやっとりゃいいものを。

清苑は急いで片膝《かたひざ》をついた。

王は同じく跪《ひざまず》いている藍家の四男をまず短くねぎらった。それから、双剣を無造作に清苑の面前に放《ほう》った。

「清苑、お前にくれてやる。好きに使え」

水を打ったようにその場が静まり返った。

王はさっさと踵《きびす》を返した。

双剣を受けとった清苑は、声を失った。

清苑の祖父が目を輝《かがや》かせたように、誰の目にも、それは次期王を指名したまぎれもない証《あかし》として映った。

王の意外な行動に、藍雪那はしばしその意味を計って思案にくれた。それも弟がしおしお戻《もど》ってくるまでのこと。落ちこんでいる楸瑛の頭を、ぽんと叩いてやる。

「……さて、どうする、楸瑛？　藍州に帰る？　私たちと一緒《いっしょ》に貴陽にいる？」

「いえ、すぐに藍州に帰ります。司馬家でもっともっと稽古《けいこ》して――今度、は」

楸瑛は胸を詰《つ》まらせた。ここまでこてんぱんに負かされたのは生まれて初めてだ。自分の実力だから仕方ない。仕方ないけれど。

「すみません……藍家や兄上にまで恥《はじ》をかかせて――……」

「うん？　別に私も藍家も恥はかいてないよ？　かいたのは君だけ。それに清苑公子のお陰で、みんなもうすっかり君の存在ごと忘れ去ってるよ」

楸瑛はよろめいた。

「……そ、そうです、ね……」

「そぉそ。お前、別に悪かなかったぜ」

楸瑛は胡乱《うろん》な目で迅を見た。

「嘘《うそ》つけ!!　気持ち悪いから下手《へた》な慰《なぐさ》めはよせ!!　くそ、帰ったら猛特訓《もうとっくん》してまずはお前をぎゃふんといわせてやる!!」

迅は慰めたつもりはない。あれほど本気の楸瑛は滅多に拝めない。

楸瑛は何でもそつなくこなせる反面、ムラも多い。当人は真剣なつもりでも、気分次第で相当振《ふ》り子が揺《ゆ》れる。それに文官志望なので、護身術気分も抜けきらない。それゆえある程度強くはなれるが、極めることは難しく、必要もない。司馬家もその前提で制限的に教えていた。

が、どうやら火がついたようだ。迅もワクワクしてきた。

「ばーか。ムリムリ。オレから十本中三本とれたら何でもいうことき一てやるって」

「ふっ、言ったな？　吠《ほ》え面《づら》かくなよ迅！」

雪那は二人のやりとりを微笑ましく見守る。

楸瑛を手元に置いておけることを彼は喜んだ。

公子たちの器量はわかった。朝廷《ちょうてい》の動向もおおかたつかめた。

もう、朝廷にさして用はない。

「二人とも、気をつけて藍州にお帰り。私たちもそう遠くないうちに帰るから。そうしたら稽古《けいこ》の成果を見せてね」

楸瑛は休暇《きゅうか》や里帰りのことだと疑わなかった。

彼がその意味を知るのは、もっと後のことになる。


王が退出した後も、旺季はしばらくその場に留《とど》まっていた。

清苑派、他公子派で面白《おもしろ》いようにくっきり顔色がわかれている。

妾妃《しょうひ》たちはそれぞれ鬼《おに》のような形相だ。第一妾妃は椅子《いす》を蹴立《けた》てて立ち去り、面目《めんぼく》を失った兄の太子も母の後を追った。ひきかえ、清苑公子の祖父は狂喜乱舞《きょうきらんぶ》している。旺季は第六妾妃に目を留めた。彼女だけは世継《よつ》ぎが誰になろうと構わないはずだが、清苑にやりこめられることも多いからか、負けず劣《おと》らず憎々《にくにく》しげな目つきである。第二妾妃を王の寵姫《ちょうき》と勝手に信じ込み、ついには後宮から追い出した娘《むすめ》だ。感情的になると周りが見えなくなるところがある。

（……危ないな）

だが本当に危険なのは彼女ではないかもしれない……。

旺季は、御史台の配下にいくつか指示を出した。

「……第六妾妃の動向に注意を払《はら》え。おそらく近々《きんきん》に何者かによって消されるだろう。その証拠を握《にぎ》れ。それで片をつける」

＊　　＊　　＊

……半年後の初冬、第六妾妃の遺体が池に浮《う》かんでいるのが発見された。見つけたのは息子《むすこ》の劉輝だったが、衝撃《しょうげき》ゆえか、その記憶《きおく》ごと忘れることになる。

第六妾妃の顔はひどく爛《ただ》れ、見《み》る影《かげ》もなくなっていた。化粧瓶《けしょうびん》に劇薬が混入していたことがわかったものの、死に至るものではなかった。他《ほか》に外傷《がいしょう》も証拠もなく、死因は美貌《びぼう》を誇ってきた妾妃が爛れていく顔に錯乱《さくらん》し、自ら池に飛び込んだことによる発作《ほっさ》的な自殺と思われた。

旺季は、いち早く情報を握り潰し、『病死』として公的にも処理した。元妓女《ぎじょ》の死などさして問題にもならず、その件はそれで終わった。

清苑が以前「浮くことになる」と皮肉った池だったと、劉輝が知ることはなかった。

四

「……第六妾妃が、身《み》罷《まか》られたとか……」

母がポツッと呟《つぶや》いた。清苑は当たり障《さわ》りなく微笑《ほほえ》んだ。第六妾妃が死んだのは、もう何か月も前の話だ。今では誰《だれ》の口の端《は》にものぼらない。

「急にどうしたんです、母上」

「先日、劉輝公子が訪ねていらして……」

清苑は驚《おどろ》いた。確かに離宮《りきゅう》の場所は教えていたが、一人できたとは思わなかった。

……衝動《しょうどう》的に『母親』を求めてきたのかもしれない。日中は忘れているものの、目撃した母親の死に様は凄《すさ》まじく、夜な夜な悪夢となって劉輝を苦しめる。昼間でも、突然《とつぜん》ぼんやりと目の焦点《しょうてん》がぶれ、激しく震えだすことがある。不思議と〝莫邪〟の傍《そば》にいると眠《ねむ》れるようなので、清苑は自分の代わりにと、劉輝に〝莫邪〟を渡した。

「お母様を亡《な》くされて、さぞ、おつらいことでしょう……」

「ええ……私もなるべく傍にいてやりたいのですが、なかなか時間がとれず……」

つきっきりでいてやりたくても、このところの清苑は他に気にかかることが多かった。

第六妾妃の死後から、妾妃たちの様子が変わった。今まで互《たが》いに火花を散らし、てんでバラバラに我《が》を張り合っていたのが、奇妙《きみょう》にまとまり始めたのだ。なのに結託《けったく》しているようでもない。それぞれ自分の意思と思って動いていることが、結果的に連動している感じだった。まるで腕《うで》のいい傀儡《くぐつ》回しが、彼らを傀儡の自覚もないまま操《あやつ》っているよう。

嫌《いや》な感覚だった。知らぬ間に、少しずつ包囲網《ほういもう》を敷《し》かれているようで。

一年前から縹家の兇手《きょうしゅ》が見え隠《かく》れしているのも気がかりだった。

神事を司《つかさど》る裏で、異能と高い身体能力を利用して、縹家は暗殺も請《う》け負う。意に適《かな》う報《ほう》酬《しゅう》が用意できた者のみ兇手を借り受けることができる、というが、それも依頼《いらい》があればこそ。

（……誰が縹家に依頼をした？）

どれもこれも、尻尾《しっぽ》をつかめない。こんなことは初めてだった。清苑はイライラした。

気づけば父からもらった赤い手玉を掌中《しょうちゅう》でいじっていた。お守りがわりに持ち歩く内に癖《くせ》になったが、母に見られていた。

「いえこれは、父上から頂いて……」

思わず清苑はいらん言い訳をしてしまった。自分が『お守り』というのも認めたくないことではあった。

（まだ追いつめられたわけじゃない）

手玉を襟《えり》の中へ押し込む。

「それより母上、お祖父《じい》様のご様子は？」

母は疲《つか》れたように、静かに首を横に振った。以前から様子が変だったが、清苑が双剣を下賜《かし》されて以降、祖父は何かに取り憑《つ》かれたようにおかしくなりはじめた。周囲に悟《さと》られる前に母の離宮に軟禁《なんきん》したものの、何をしでかすかわからない。少しずつ現実が狂《くる》っていく。最善を尽《つ》くしているはずなのに、歯車はずれていき、坂を転がり落ちていく。清苑には相手さえ見えないまま。

（誰だ）

これほど周到に追いつめてくる相手に清苑は心当たりがなかった。そもそも、父はまだ五十にもならない。貴陽から出なくはなったが、依然《いぜん》壮健《そうけん》で、継承《けいしょう》争いなどまだ先の話だ。それぞれ派閥《はばつ》づくりに勤《いそ》しむ今、自分一人を狙《ねら》い撃《う》つ意図がわからない。

清苑の胸に焦燥《しょうそう》がこみあげる。

（冗談《じょうだん》じゃない）

負けてしまう。父が剣をくれたのに。

母はあきらめに似た、静謐《せいひつ》な目をしていた。母なら何が起こっても、黙って受け入れるのかもしれない。だが、清苑は受け入れない。

「――失礼します」

母から顔を背《そむ》け、足早に離宮を辞去した。母の疲れたような吐息《といき》が、耳に残った。

負けるかもしれない——清苑は生まれて初めてそう思い、それは事実だった。

終わりの足音は、すぐそこまできていた。

——季節だけが何ごともなく通り過ぎ、肌寒《はだざむ》くなってきた秋の終わり。

清苑が劉輝を訪ねに行くと、庭院《にわ》から珍《めずら》しく劉輝の明るい笑い声が聞こえてきた。

第六妾妃の死後、劉輝の後見を引き受けようという奇特《きとく》な者はいなかった。今ではほとんど存在も忘れ去られ、ただ清苑だけが劉輝の許《もと》を訪《おとず》れる。だが、今日は誰かがきているらしい。

（誰と一緒《いっしょ》にいるんだ？）

もしや父かと期待した。

が、真面目《まじめ》くさって劉輝とお手玉遊びをしていた男は、父王ではなかった。

「旺長官!?」

御史台の長、旺季だった。

——そのとき、清苑は旺季が何のためにここにいるのかを悟った。

おもむろに旺季が立ち上がり、清苑に言った。

「清苑様、お迎えに参りました」

旺季は手の中のお手玉を劉輝にそっと返した。優しげな手つきだった。

「劉輝様、お約束通り、清苑様がいらせられたので、ここまでです」

「はい。遊んでくださって、どうもありがとうございました」

何も知らない劉輝は、深々と旺季にお辞儀をした。

旺季は清苑に手を差し伸《の》べた。

「どうぞ、剣をお渡《わた》しください」

逆らう気は起きなかった。清苑は天を仰《あお》いだ。遠く渡る白っぽい秋の昊《そら》が広がっていた。

深呼吸を一つして、吐《は》き出す。乾《かわ》いた木枯らしが、清苑の長い髪《かみ》をさらった。

……終わりがきたのだ。

清苑は腰《こし》に佩びていた〝干將〟を旺季に手渡《てわた》した。武器はそれ一つきりで、旺季も対の〝莫邪〟のことは特に訊《き》かなかった。

旺季はスッと身を退《ひ》いた。

清苑は意図を汲《く》み、劉輝を両手で抱《だ》き上げた。

「劉輝、お手玉は楽しかったか？」

「はい。とっても。ご一緒にお絵描《えか》きもしたのです。すずらんを描きました」

旺長官がお絵描き？　いつもなら笑っていたかもしれないが、さすがに今は無理だった。

すずらん。きっと、今ごろ母も——。

「そうか。遊んでもらってよかったな」

劉輝の天真爛漫《てんしんらんまん》な笑顔《えがお》のお陰《かげ》で、清苑も最後に微笑むことができた。

いまだ中立の藍家が清苑を擁立する気になれば、ひっくり返る可能性は残っている。だがおそらく、そうはなるまい。

御史大夫・旺季は、霄宰相や櫂瑜のように表舞台で華々《はなばな》しく活躍《かつやく》はしないが、着実に証拠を積んで打ってきた手が覆《くつがえ》ることはない。旺季が動いたと知った上で、なお藍家が清苑を助ける見こみは薄かった。

「劉輝、これから冬で寒くなるから、風邪《かぜ》を引かないようにあたたかくして過ごすんだぞ。火鉢《ひばち》で火傷《やけど》しないように気をつけて。それから――」

清苑は一つ一つこまやかに注意をした。腕に抱いた劉輝は相変わらず体温が高く、出会ったときよりもズッシリと重かった。

別れは言わなかった。再会はないとわかっていた。遅かれ早かれ悲しむなら、先のばしにしてやりたかった。実母と死別し、つづけざまに自分もとなれば、劉輝の心が耐《た》えられまい。

「清苑様、そろそろお時間です」

折を見て、旺季が言を挟《はさ》んだ。

清苑は劉輝を抱き下ろした。

「行ってらっしゃいませ、兄上。おつとめ頑張《がんば》ってきてください」

劉輝はぶんぶんと元気に手を振った。

妙《みょう》に的を射ていたので、清苑はつい笑ってしまった。

劉輝に手を振り返しながら、清苑は短く旺季に謝意を伝えた。

「……感謝する」

御史も武官もただの一人も配置していない。旺季一人、かつ〝干将〟は取ったものの、縄《なわ》もかけない。傍《はた》からは、ただの散策としか見えないだろう。

劉輝はきっと、兄が捕縛《ほばく》される瞬間を見たとは思いもよらないだろう。お陰で、劉輝が泣く様を見ずにすんだ。

——その日、清苑は祖父の謀反《むほん》を受け、御史台によって投獄《とうごく》されたのだった。

五

清苑は暗く寒々とした牢《ろう》の奥で、凍《こご》える息を吐いた。季節は真冬になり、芯《しん》から冷える。

同じく牢に放《ほう》り込まれているはずの母が気になった。相当参っているに違《ちが》いない。

投獄された当初、まっさきに飛んできたのは兄だった。興奮のあまり意味不明な言葉を叫《さけ》び、狂ったように嗤《わら》い続けた。あとを追ってきた母親の第一妾妃《しょうひ》は、息子《むすこ》の狂態《きょうたい》を目《ま》の当たりにし、蒼白《そうはく》な顔で後ずさった。ようやく、彼女は息子の歪《ゆが》みと異常さに気づいたらしかった。

獄吏《ごくり》が兄を引きずり出し、その後は旺季からなにがしかの命がおりたのか、牢番以外誰がくることもなかった。

……第一妾妃が牢を去る前、すがるように清苑を振り返った。助けを求められてもあいにく清苑は檻《おり》の中で、もはや兄を止めるのは永遠に不可能だった。今さら勝手なものだと思ったが、皮肉は感じなかった。もしかしたら第一妾妃も清苑と同じで、歯車が狂っていくのに気づいても、止められなかったのかもしれない。

清苑は父からもらった赤い手玉を手の中で弄ぶ。これだけはなぜか旺季が見逃《みのが》してくれた。振れば、しゃくしゃくと紅豆《あずき》の音がした。紅豆は魔除《まよ》けと聞いたことがあるが、……清苑は魔物から逃れられなかった。父は、まんまと嵌《は》められた息子にさぞ失望していることだろう。

それを思えば死ぬほど心が沈《しず》んだ。

（……裏にいるのは誰だ？）

ありあまる暇《ひま》な時間で百万回考えたことを繰《く》り返す。祖父が謀反などありえない。放っておけば清苑が王になるとほくそ笑んでいた祖父が、わざわざ謀反などするわけがない。

清苑の情報網《じょうほうもう》に引っかからず、穴だらけな妾妃たちを裏でまとめあげ、祖父を謀反の首《しゅ》謀者《ぼうしゃ》に仕立て上げた者。縹家に清苑の暗殺を依頼《いらい》した者。

旺季の顔が浮《う》かんだが、すぐに打ち消した。彼であるはずがない――。

「誰かわかったか？　清苑」

清苑は息を呑《の》んだ。まさかと顔を上げれば、いつのまにか父が格子《こうし》の向こうにいた。足音どころか気配も感じなかったのに。通路で燃えている燭台の火が、父の美貌を赤々と浮かびあがらせる。牢の仄暗《ほのぐら》い闇《やみ》が、父の膝下に跪くようだった。

父の眼差《まなざ》しを受け、清苑は視線を逸《そ》らした。誰が嘲弄《ちょうろう》しようと構わない。でも、父にはこんな無様な姿をさらしたくはなかった。

「……なぜ、いらしたんです、父上」

「親が子供の顔を見にきておかしいか」

清苑はガックリした。

「……今さら、めちゃめちゃ不自然です父上……」

「そうか？」

そうです、と言おうとして、やめた。清苑は父の背か、横顔しか覚えがない。姿を目にすることさえ稀だった。

それでも、どうしてだろう。こうして父に見られることに違和感《いわかん》がない。

（……そんなわけがない）

父は息子を気にかけるような人ではない。はずだ。

……ためしに清苑は訊いてみた。

「……父上、私の歳、ご存じですか」

「知らん」

堂々と即答《そくとう》された。親子としてもっとも基本的な問いさえこの有様。

「……私のことはお捨て置きください。私の最後の誇《ほこ》りくらいは守らせてください。旺長官が動いたなら、私の極刑は確実でしょう。覚悟《かくご》はできています」

牢に放り込まれてひと月以上たつ。藍家に動く気はないということだ。ならば、他の誰も清苑を庇《かば》うはずがなかった。

清苑は切り捨てられ、負けたのだ。

「なんだ、捨て鉢だな。おかしな奴《やつ》だ。お前にとっては私がここにいるかどうかがいちばん大事なのか？」

そうです、とは言えなかった。そんな弱さを父にさらしたくなかった。無力な子供になりたくなかった。せめて最後まで、息子でなく王と公子でありたかった。

「清苑、お前と妃は流罪《るざい》に処す」

王は宣告した。清苑はとっさに意味が理解しかねた。

「……連座で極刑でしょう」

「私の権限で流罪にする」

清苑はカッとした。

「ふざけないでください！　謀反は十の大罪の一つです。公子だろうが問答無用で死罪です。一度でもそれを曲げたら、父上の権威《けんい》に関《かか》わります。後々まで貴族につけこまれる。

相手が誰でも、そんなことをする父上ではなかったはずだ」

親でなく、王である父こそが、清苑の憧《あこが》れだった。

特別扱《あつか》いなどされたくない。嬉しくもなんともない。子供だから憐《あわ》れまれるなどまっぴらだ。血族を殺して王位についた父が、息子のために減刑《げんけい》したと知れば、貴族や官吏《かんり》たちがどう思うか。父は弱くなったと——つけこむ隙《すき》ができたと侮《あなど》り始めるだろう。

(嫌《いや》だ。こんな形で——)

清苑はわなないた。こんな形で、自分が父の足手まといになるなんて断じて認められない。

紅藍両家が朝廷《ちょうてい》と距離《きょり》をとり、清苑という共通の的《まと》のなくなった妾妃たちが、てんでに貴族や官吏を取りこみ、朝廷を食いつぶす。目に見えるようだ。その引き金を、よりによって自分がひくのか。

清苑は格子に飛びついた。

「嫌だ。嫌です! そんなのは嫌だ」

「流罪だ。もう決めた」

「どうして!!」

「お前が子供だからだ」

戩華王の言葉の真意を清苑が知ることはなかった。

清苑は虚脱した。情けなくて泣きたくなった。公子として果たせるつとめは死ぬことだけなのに、子供だから流罪だという。一人前とも思われていなかった。

父に認められたいと思う本心に清苑はこのときやっと気づき、そうあれなかった自分に絶望したのだった。

「清苑、もう一度訊《き》く。お前の相手が誰か、わかったか？」

清苑はのろのろと首を横に振った。

王は素っ気なく頷《うなず》いた。

「そうだな。相手のほうがお前より一枚も二枚も上手《うわて》だった。お前の負けだ」

「……極刑をお命じください……」

「流罪は覆《くつがえ》さん。死にたいなら勝手に死ね。そこまでは止めん。どうせ妾妃たちからぞくぞく刺客が送りこまれてくるだろう。じっとしてればすぐ死ねる」

妾妃、という言葉に清苑が反応した。

「お前の人生はお前が決めろ。俺は楽な終わりを与《あた》えてやるほど優《やさ》しくない」

王は踵《きびす》を返した。

「流罪先は茶州。出立は今夜すぐだ」

通路の先で、旺季が待ち構えていた。王は短く命じた。

「わかったな。清苑と鈴蘭は流罪に処せ」

「謀反は連座でも極刑です。母親ともども死罪にすべきです」

「俺がしろといってるんだ。逆らうな」

旺季はぐっと顎《あご》を引き、王を睨《ね》め据《す》えた。

「……私は、あなたが王とは認めない」

王は口もとをゆるめた。懐《なつ》かしい言葉だった。旺季は昔から、幾度《いくど》となくそう言った。

王も変わらぬ言葉を返した。

「だが俺が王だ。俺に跪《ひざまず》き、俺に従え。それが気に入らなければ、お前が玉座を奪《うば》うんだな」

王と旺季の視線が交錯《こうさく》した。

旺季は、否定しなかった。

旺季のそんなところが、王は気に入っていた。小狡《こずる》くなれない珍《めずら》しいタヌキなのだ。

「鴛洵《えんじゅん》は〝殺刃賊《さつじんぞく》〟とかいう賊退治で里帰り、櫂瑜も地方赴任《ふにん》。紅藍両家は動かず。この機に乗じてとってきたな、旺季。これでお前の望み通り清苑は朝廷から消える。満足か？」

「満足です。……今のところは」

「お前のことだ。第六妾妃が死んだときも、調べさせていただろう。なぜあのとき検挙しなかった？」

旺季は渋面《じゅうめん》になった。

「……確たる証拠《しょうこ》が摑めませんでしたので」

王はいっそ感心した。

旺季さえ掌上《しょうじょう》で弄《もてあそ》び、手駒《てごま》にかえて策謀に利用してみせた。

「見事に負けたな。俺もお前も」

王の言を、旺季も認めざるを得なかった。完敗だった。

「――今夜中に清苑と鈴蘭を馬車につめて茶州へ発《た》たせろ。どこのどいつが清苑に刺客を差し向けようが構わんが、縹家の兇手が一人でも混じっていたら、俺がお前を殺すぞ」

「……御意《ぎょい》」

六

その晩、王は誰もいない玉座の間で一人、手玉を弄んでいた。以前、清苑と取り換《か》えた小間物屋の手玉である。清苑は今頃《いまごろ》、第二妾妃と共に城を出ている頃おいだろう。

「意外でした」

藍雪那が真夜中の闇《やみ》から不意にすべり出た。

「あなたが、清苑公子の処刑《しょけい》をお命じにならなかったとは」

「お前こそ、あっさり清苑を見捨てたな」

「旺季殿の判断は間《ま》違《ちが》っておりませんから。清苑は敵も味方もつくりすぎました。敵を味方に引き入れる器量はなく、簡単に潰《つぶ》れてくれるほど愚《おろ》かでもない。長子ではないが、家格は最上。彼が朝廷に存在するだけで朝廷はまっぷたつに割れ、長じるごとに国は政争で混乱するばかりでしょう。あの性格では、いつまでも敵は減りません。味方とて、清苑個人に心酔《しんすい》するというよりは利害での派閥《はばつ》になりましょう。覇権《はけん》争いに長《た》けた官吏や貴族が増え、民草《たみくさ》に尽《つ》くす官吏は減る。百害あって一利なしです。遅《おそ》きに失した感もありますが、今のうちに清苑を排除《はいじょ》すれば、まだ少しは保《も》ちます。他《ほか》の公子や妾妃なら、いつでも処分できますから」

優しく微笑《ほほえ》みながら、立て板に水とばかりに切って捨てる。しかも清苑を呼び捨てだ。

「おい……そんなに四男坊《ぼう》が面前でコケにされたことを怒《おこ》っているのか？」

「いいえ？　あれだけは大変嬉しかったです。ですからあなたの意を汲《く》んで、一年長く朝廷にいてあげたのですよ。ただちに藍州へひきとるつもりでしたが、……ああも公然と双剣を清苑に下賜されてはね。与えたのは状況を打開するだけの猶予でしょう？」

「なんともならなかったがな」

仕合をする以上、どんなに実力差があっても全力を尽くすのが相手への誠意と礼儀《れいぎ》だ。それを公《おおやけ》の場で手抜《てぬ》きをし、藍家の四男坊を叩《たた》き伏《ふ》せて侮辱《ぶじょく》した。そして能力だけを見て追い返した。

（清苑には決定的なものが足りん）

なまじ能力が高く、己《おのれ》だけを頼《たの》みに渡《わた》ってきた清苑は、誰かを信じる、ということができない。参謀《さんぼう》ならその疑り深さも有益に作用するが、王としては致命的《ちめいてき》だった。結果、清苑は多くの者に囲まれながらついに誰も信用できず、最初から最後まで一人きりで戦うしかなかった。

人を信用できない者は、誰からも信用されない。いざというときに大事を任せうる臣下を得られず、不利になれば周囲からたやすく見離される。

――今回藍家がそうしたように。

「藍州へ帰るといいにきたのか？」

是《ぜ》と即答《そくとう》するかと思った。

「……迷っています」

と、雪那は答えた。

「もし、あなたに、本気で私たち三人を従えるおつもりがあるのなら――」

雪那にも、この王は理解できなかった。残酷《ざんこく》で、気まぐれ。誰にも無関心に見えて、一兵卒の功績まで把握《はあく》している。血族を淘汰《とうた》しながら、旺季や櫂瑜がいくら逆らっても気にしない。自分しか信じないかと思えば、あっさり臣下に全権を委《ゆだ》ねる。妾妃に好き放題させながら、公子のことはよく見ている。各公子の命をそれぞれ一度ずつ、その手で救っていることも、雪那は知っている。果ては無情に見えて、一人の女を自覚がないほど深く愛しつづけている。その矛盾《むじゅん》と混沌《こんとん》。

それは藍家の三つ子をも、惹《ひ》いた。

もし、と思った。ぜんぜん藍家を従える気のないこの王が、もしその気になるなら。

本気でこの王が自分の忠誠を望んでくれるのなら。

……屈《くつ》しても、いいかと思うほどに。

(ただ一度)

生涯《しょうがい》最初で最後、この王だけに藍雪那が差し出す、たった一度の機会。

……王は無造作に、手玉とともに答えを放った。

「ムリだ。悪かったな。時間切れだ」

雪那は手玉を手に微笑んだ。寂《さび》しげに。

残念です、雪那は呟《つぶや》き、去っていった。朝廷から。


……メーメーと、泣く声が聞こえる。王が玉座にいても。

王は目をつむる。剣《けん》の主《あるじ》である王は、離《はな》れていても〝莫邪〟を感知できる。

清苑の傍《そば》にいろという命令に旋毛《つむじ》を曲げるかと思いきや、双剣は存外におとなしかった。

特に〝莫邪〟は、劉輝をよく守った。

「清苑様がゆかれましたか……」

王は目をあけた。藍雪那と入れ違《ちが》いで羽羽が玉座の間へ現れる。王のもとへトボトボと進み出た。そんな姿も愛らしい。

「ああ。俺の死期が早まったくらいで、そうしょんぼりするな。貴陽を離れなければあと

五、六年は生きられるんだろう」

羽羽は王の手をとり、袖《そで》をまくった。……王の二の腕に広がるのは、呪詛《じゅそ》の紋様《もんよう》。

一年前、清苑公子が街で買った手玉に仕込まれていた呪詛だった。

カンの鋭《するど》い王が気づき、手玉を取り換えた。それは、清苑に対する呪殺を王が身代わりに引き受けることを意味した。

――どうしようもなかった。

縹家大巫女《みこ》直々の呪殺には、羽羽も太刀《たち》打ちできない。延命に力を尽くしても、もって十年――。呪法はゆるゆると王の体を蝕《むしば》み、やがて死に至る。

なのに当の王はいかにも適当な顔をしている。

「約束通り華眞《かしん》が飛んできても追い返すしかないな。呪術《じゅじゅつ》はあいつの専門外だ」

「陛下!!」

「一度だけと決めた。一度ならガキの窮地《きゅうち》を救ってやってもいい、と。清苑の『一度』がたまたまコレだっただけだ」

藍家の三つ子の『主君』になるには遅すぎた。自分の命は清苑にくれてやった後だった。

牢中の清苑の顔が思いだされた。あれだけ鼻っ柱の強かったものを、しおらしく極刑を受け入れようとしていたのは意外だった。

(俺だったら獄吏《ごくり》を滅多《めった》切りにして、とっとと脱獄《だつごく》してるがな)

自分への減刑《げんけい》の余波を、清苑は見通していた。ひたすら自分のために血路を切り開いてきた清苑が、父のために死を望むかわいげがあったとはついぞ思わなかった。本心を見せないできた清苑が、あの時は藍家の四男坊のように、真摯《しんし》でまっすぐで、必死な目をして嫌だとわめいた。

（……まさか好かれていたとは思わなかった）

視線を感じてはいたが、命を狙ってるのかと思っていた。

全員自分の子のはずだが、中身はてんでまちまちだ。予想外の言動もする。

手玉を与えた時の、清苑の戸惑《とまど》い顔もそうだ。周囲の評判がどうあれ、戦乱の時代を生きた自分や古参の臣にとっては、清苑など隙《すき》だらけの甘い息子《むすこ》だ。が、きっと、ああいうのを『子供らしい』というのだろう。藍家の四男坊も、呆《あき》れるほど素直だった。親を殺して玉座にのぼった自分とは大違《おおちが》いだ。

表立った戦《いくさ》はなくなり、ゆるやかに時代は変わりつつある。

……まだ、メーメーと劉輝が泣いている。よく泣く奴《やつ》だ。

（羊の面倒《めんどう》を見るのは……羊飼いか？）

宋隼凱《しゅんがい》が若い頃《ころ》羊飼いの賃仕事をしていたはずだ。とはいえさしもの王も守り役を宋一人に押しつけるのは不安を覚えた。

ついでに紅邵可を紅州から引っ張りだそう。盛大に文句と嫌味《いやみ》がついてきても、あいつのことだ、結局出てくるだろう。

王は物憂《ものう》げにする。

清苑は確かに人を信じることができなかった。けれども劉輝が生まれるのがもっと早かったら。そして母親が鈴蘭でなければ、旺季も別の決断をしたかもしれなかった。

王は苦笑いした。――まったく、完敗だ。

「……旺季にさえ証拠《しょうこ》を摑ませないとは、鈴蘭は後宮に入れるより官吏《かんり》で登用するべきだったな。一流の政治家になれたぞ」

終

時は少し遡《さかのぼ》る。

……王は清苑の牢《ろう》を訪《おとず》れた後、別の牢に向かった。清苑の母、第二妾妃《しょうひ》が拘束《こうそく》されている牢へ。旺季の差配で、鈴蘭のほうは牢ながら行き届き、清潔で、暖も充分《じゅうぶん》とられている。

牢の中で、青ざめて儚《はかな》げな美女が、やっと生きているかのようにかぼそく座っていた。

……王が第二妾妃の姿を目にするのは何年ぶりかだった。

臥所《ふしど》を共にしたのも、初夜の一度きり。それで清苑を孕《はら》んだので通わなくなり、離宮《りきゅう》で療養《りょうよう》するようになってからは、姿を見ることもなくなった。

（相変わらず美しい女だ）

鈴蘭の君と称《たた》えられる清麗《せいれい》な美貌《びぼう》は今もいささかの翳《かげ》りもなく、たおやかで絶世だった。

顔の美醜《びしゅう》には頓着《とんちゃく》しない王でさえ、彼女を見たときは目を瞠ったものだった。逆に言えば、それだけだったともいえる。

今はあの頃よりもいっそう白々と美しく、触《ふ》れなば雪の結晶《けっしょう》のように儚くとけそうだった。清苑を生んで十年以上たつというのに、変わらず少女のようだった。

誰《だれ》が考えるだろう。

今回の一件のただ一人の勝者が、彼女だとは。

縹家と取引をし、清苑暗殺を依頼《いらい》した。第六妾妃に劇薬入りの化粧具《けしょうぐ》を送りつけて自殺に追いこみ、嫌疑《けんぎ》が息子の清苑にかかるよう画策した。縹家から兇手《きょうしゅ》を借り受け、自らの子飼いの侍女《じじょ》たちを他《ほか》の妾妃のもとへひそかに入りこませ、妾妃らを知恵づけて裏から操《あやつ》り、最後は実の父を利用し、謀反《むほん》の濡《ぬ》れ衣《ぎぬ》を着せて終幕。

旺季は縹家と鈴蘭の取引に勘づいていたが、確たる証拠をつかめず、結局鈴蘭に付き合わざるをえなかった。旺季も早晩清苑排除《はいじょ》をもくろんでいたようだが、よもやこんな形で計画が成るとは思いもしなかったろう。

離宮の寝台《しんだい》で、一歩も外に出ることなく、一人策を巡《めぐ》らせ、鈴蘭は勝利した。

「――鈴蘭」

王の呼びかけに、鈴蘭のけぶるような睫毛《まつげ》が、ふるりとほどけた。鈴蘭の双眸は生気に満ち満ちて美しかった。

「お前一人で、よくやったものだ」

鈴蘭は花がほころぶように微笑《びしょう》した。

「……あなたの、そのお言葉が、聞きとうございました」

それはまるで愛の囁《ささや》きのように。

「縹家への報酬《ほうしゅう》は、俺の命か？」

「はい」

「……第六妾妃に癇癪《かんしゃく》を起こさせるよう仕向け、劉輝の手玉を投げ込ませたのもお前か」

すべては、鈴蘭の掌上で。

「そんなに清苑に死んでほしかったのか」

「いいえ。ただ、あなたの政事に、いちばん邪魔《じゃま》になる公子があの子でしたから……。清苑は、望まずとも乱の目になる子です。清苑がいる限り、世継《よつ》ぎ争いは激化し、後宮の争いはやまず、収束も長引くでしょう。芽を摘《つ》んでおくのが最善かと……」

それは旺季や雪那と同じ政治観だった。

綺麗《きれい》なだけの女などでは到底なかったのだ。

「なぜそんなことを考えた」

鈴蘭はややあって、ぽつりぽつりと呟く。

「……わたくしは、父に言わせると、『幸せ』だそうなのですが」

あまり、幸せに、思えなかった。

自分の幸せがどこにあるのかも、よくわからなかった。

……清苑の訪れを怖れながらも、またきてくれるのを待っていた。清苑を見れば、新床《にいどこ》で会っただけの、夫の面影《おもかげ》に触れることができたから。

父が清苑や王の話をするたび、羨《うらや》ましかった。妃《きさき》には目もくれない夫でも、『仕事』なら目を向けてくれる。評価し、認められ、夫の傍《そば》にいることができる。

（一度だけでよかったの）

自分の体が、もう何年も保《も》たないことはわかっていた。一度だけ。一度だけでいいから、夫のために何かをし、それを褒《ほ》めてもらえたらどんなに嬉《うれ》しいだろう。あの人の眼差《まなざ》しを、自分だけに向けさせてみたかった。

標的が清苑になったのは、本当にたまたまだった。どう思案してみても、いちばん夫と国のためにならないのは自分の息子だった。望まれて王になるならまだしも、清苑は明らかに王位をとる気があった。兄より優秀《ゆうしゅう》という評判が憚《はばか》りもせずまかり通るのがその証《あかし》であったし、それこそ朝廷を二分する最たる要因だった。

なのに、当の夫が息子をかばった。

あの時、鈴蘭の気が変わった。

「お前は俺に死んでほしかったのか？」

鈴蘭は口をつぐむ。

鈴蘭が本当にほしかったもの……。

後宮に多くの佳麗《かれい》を擁《よう》しながら、誰にも后妃《こうひ》の座を与《あた》えなかった王。

どの妃も、夫の心を捕《とら》えることはできなかった。

その夫が、公子らにお手玉をあげ、宝剣《ほうけん》を下賜《かし》した。公子たちの窮地を一度ずつ助け。

（どうして？）

夫が、誰かを心に秘《ひ》めていることは気づいていた。その女人《ひと》以外、誰も夫の心に棲《す》まうことはできないはずだった。でも夫にはちゃんと子供を気にかける心があった。

そう——心があるのだ。

だから決めた。

「あなたの御心《おこころ》が欲しかったのです。それが叶《かな》わないなら、せめて命だけでも」

縹家の報酬には、充分だった。

「陛下……清苑への呪殺を依頼したのはわたくしです。依頼主のわたくしなら陛下の呪いをこの身に返し、あなたの呪を解くことができます。わたくしに、あなたの心と命、どちらをくださいますか？」

玉響《たまゆら》の沈黙。

王は笑《え》んだ。

「……お前の勝ちだ、鈴蘭。俺の命をくれてやる。俺の命はお前のものだ」

鈴蘭はくしゃりと微笑んだ。

——最後まで、嘘《うそ》でも愛していると言ってくれない人。残酷《ざんこく》なほどの誠実さ。

一目会ったときから、心を奪われた。怖くて、でもどうしようもなく惹《ひ》かれた。冷たい眼差しを独《ひと》り占《じ》めできたあの一夜が、鈴蘭を後宮に繋《つな》ぎ止めた。もう一度、あの人が闇《やみ》にまぎれて訪れてくれることを願って。

……けれど、二度とこなかった。

この人を愛する女は、みんな不幸になる。不幸で——なのに傍《そば》にいたくて。あきらめきれなくて。だから後宮から去らない。

知っている。名前そのままに、この覇王《はおう》こそが、いつだって乱を招く。

泣き笑いで、鈴蘭は告げた。

「……あなたは、最低の夫です」

「ああ」

「でも……幸せでした」

こうして王が自ら会いにきて、鈴蘭だけに眼差しを注いでくれる。

その、なんという幸せ。

「では、呪は解きません。あなたのお命はわたくしがいただいて参ります」

「……お前を嫁《よめ》にしたのは間違《まちが》いだった」

王は嘆息した。

「どんな名軍師も将軍も、今まで俺の命を殺《と》れずに死んでいったものを。お前は、俺の臣下にすればよかった」

それは、藍家の三つ子でももらえなかった最高の称賛《しょうさん》。

鈴蘭は満足した。

そうなれたらどんなによかっただろう。愛されなくても、傍にいられる。必要とされる。この人の助けとなり、身も心も捧《ささ》げて生きることができる。この王のために、命を擲《なげう》って仕える男たちが、息子《むすこ》が、鈴蘭はずっと羨ましかった。

心残りはなかった。王に殺してほしいと頼《たの》むほど、厚顔《こうがん》でもない。

ふと、末の公子が思いだされた。

鈴蘭の花をくれた、優《やさ》しい若君。

……嬉しかった。あんな可愛《かわい》い若君がいると知っていたら、第六妾妃を始末するときも、もう少し考えたのに。それだけが、彼女にとってただ一つの悔いとなった。

「陛下……あの末の若君を、どうかほんの少しでもお心にかけてくださいませ」

「……お前、もう少し実の息子のことを心配したらどうだ？」

「……陛下、そっくりそのままお返しいたします。ご自分を棚上《たなあ》げなさって……」

鈴蘭も言い返した。

——清苑。

どうしても母子にはなりえなかった。それでも、夫と違《ちが》って、理解できる。

（あの子はわたくしそっくり……）

全か無かを選ぶ性格のままなら、幸せにはなれないだろう。けれど、少しでいい。本当の幸せを見つけられたなら、それで満足できる子のはずだった。

末の公子との小さな幸せだけを糧《かて》に、朝廷《ちょうてい》を乗り切ってきた子だから。

もしも母が手を下したと知っても、あの子は最後まで鈴蘭を守る気がした。母を蔑《さげす》んでも清苑の訪《おとな》いが絶えることがなかったように、義務だなんだと理由をつけて。

……互《たが》いに愛せなかったのではない。愛する努力をしなかった。多分、自分たちは似すぎていたのだ。弱さも甘さも、嫌《きら》いなところまで、似ていて。互いに自分が嫌いだから、努力する前にやめた。口喧嘩《くちげんか》も、詰《なじ》りあうことさえなく、無言のうちにただあきらめていった。

けれども、清苑は少しずつ変わった。

鈴蘭の花をくれ、桃《もも》を切ってくれた。計算ずくではない思いやりで。末の公子によって、清苑の氷はとけていった。はりついたような仮面の笑顔から、徐々《じょじょ》に素顔《すがお》を垣間見せるまでに。

だが、そのささやかな変化は、それ以上にはなりえなかった。兄の補佐《ほさ》という道はとうになく、舞台《ぶたい》を降りようにももはや周りが許さない。政争を勝ち抜《ぬ》くために、清苑はやはり使い慣れた冷徹《れいてつ》な仮面と猜疑心《さいぎしん》を選ぶだろう。やがてささやかな変化は、大きなうねりの中に跡形《あとかた》もなく消えてなくなる。

清苑が変わるには遅《おそ》すぎて、鈴蘭にも時間がなかった。

（……でも）

自分の未来は変わらない。けれど清苑の未来は、もしかしたら。

朝廷を出て、公子でない他《ほか》の何者かになれたなら。

時間はかかってもいつか、鈴蘭とは違う人生を歩めるかもしれない。

堕《お》ちるところまで堕ちて、それでも光を見つけて、這《は》い上がることができたなら。

……それも、羨ましかったから、鈴蘭は、ツンとそっぽを向いた。

幸せを祈《いの》ってなど、やりはしない。

「あの子はたいそう悪運が強いようですから、放っておいて大丈夫《だいじょうぶ》ですわ」

王は呆れた。狭量《きょうりょう》で意地っ張りなところは、息子そっくりだ。

清苑の輝《かがや》くような明晰《めいせき》さと、容赦《ようしゃ》のない冷徹さは、母譲《ゆず》りだったものと見えた。清苑は最後までそれを知ることはない。清苑が敵《かな》うはずもなかったのだ。

「お前は本当に、鈴蘭のような女だな」

白く清楚《せいそ》な鈴蘭は、毒草でもある。それでも、手折《たお》り、口に含《ふく》まなければ、美しいだけの花だ。後宮に摘《つ》んできたのが間違いだった。

王が彼女を忘れることはないだろう。鈴蘭の一人勝ちだ。

「――見事だった」

王はひと言、最高の讃辞《さんじ》を贈《おく》り、爪先《つまさき》を返した。

「さようなら、愛《いと》しい御方《おかた》」

ここにおいても指一本触《ふ》れることのない夫に、腹を立て。

最後の矜恃《きょうじ》で、鈴蘭はいちばん綺麗《きれい》に笑ってみせた。

死の間際《まぎわ》、息子の幸せは祈らなくても、きっと花を想《おも》うだろう。母を嫌っても、ずっと自分を訪いつづけてくれた息子が初めてくれた鈴蘭の花。

――矜持が高ければ高いだけ、これから清苑が堕ちる奈落《ならく》は深い。

＊　＊　＊

鵞毛《がもう》のような雪が降っていた。

怯《おび》えた表情のまま、母の首は空《くう》を飛んだ。清苑はきつく目をつぶった。

「――――っ……」

最後まで、怯えた顔で事切れた。

互いに遠ざかることもないかわりに近づくこともなく、幼い清苑が母に触れる前に手をひいたあの時から、二人の距離《きょり》は一歩も埋《う》まることはなかった。

（母上）

風に吹《ふ》かれる木の葉のように運命に翻弄《ほんろう》されるまま、一人息子にも愛されず、薄暗い荒野で兇手《きょうしゅ》に斬り殺され、人生を終えて。

母を訪《おとな》い、その小さな世界を守ることは嫌いではなかった。息子を厭《いと》っても、母が自分の訪いを拒絶《きょぜつ》したことはなく、息子を恐《おそ》れながらも精一杯微笑《せいいっぱいほほえ》もうとした。母がなけなしの努力をつないでいる限り、あの静かな離宮《りきゅう》には、「清苑」のための数少ない居場所があった。

……これくらいでいい、多くは望まない。そう思ったから、清苑は穏《おだ》やかで優しい息子を演じつづけた。それくらいしか彼に返せるものはなかったし、むなしい努力をする母に付き合うのは、……嫌いではなかった。

自分の母でさえなければ、きっと幸せになれた女人《ひと》だった。

清苑は顔を歪《ゆが》めた。

母が死んで、清苑は確かにホッとしていた。心のどこかで、母はここで死ぬほうが幸せなのではないかと思っていた。その迷いが母を殺したのだった。

もう、母が泣く姿を見なくてすむ。母の涙《なみだ》も絶望も悲しみも、終わったのだ。

（どうか、母上）

幸薄《うす》い母の人生に、せめて一つでも幸福があってくれたらいいと、願った。

そうして清苑は一人になる。

公子の証《あかし》でもあった長い髪《かみ》は短く切り落とされ、母も死に、もはや清苑は何者でもなく、何かを守るために生きる必要もなかった。

なのに、なぜだろう。

気づけば清苑は、母を害した兇手を残らず殺戮《さつりく》していた。

雪が降っていた。

累々《るいるい》と屍《しかばね》が折り重なる朱《あけ》の荒野に、清苑は膝《ひざ》をついた。

（なぜ）

こんなになっても生きているのだろう。

嗤《わら》えば、口から血が溢《あふ》れた。

ぽちゃんと、血だまりに何かが落ちる。のろのろと顔を向けると、血に染まって、父のお手玉が一つ、転がっていた。

指を伸《の》ばした。

お手玉に届くより先に清苑の体はぐらついた。真っ赤な泥水《でいすい》の中に倒れこむ。

清苑は力を振《ふ》り絞《しぼ》り、震えながら指をのばして、お手玉を掌《てのひら》に握《にぎ》り込んだ。今の清苑はこのお手玉と同じ。何の役にも立たないのに、どうして捨てられないのだろう。どうして——。

父上。

……劉輝。

遠くで、泣き声が聞こえる。

『……さ、さびしい、のです』

今も、庭院《にわ》で泣いている気がする。

劉輝はいつまで待つだろう。帰らない兄を待って、待って待って。

一人きり。

こんなことなら、あのとき嘘《うそ》でも約束をしておけばよかった。
（お前の傍《そば》に）
いつかきっと戻《もど》ってくるから――と。
はらはらと、鵞毛のような雪《ゆき》が舞《ま》い散る。
……まるで、いつか見た鈴蘭《すずらん》の花のようだと思って、清苑は目を閉じた。

そして彼の本当の奈落がはじまる。

本書は、平成二十一年十二月、角川ビーンズ文庫より刊行された『彩雲国物語　暗き黄昏の宮』を加筆修正したものです。

「鈴蘭の咲く頃に」は平成二十一年五月に角川ビーンズ文庫から刊行された『彩雲国物語　黄粱の夢』より収録しました。

彩《さい》雲《うん》国《こく》物《もの》語《がたり》

十五、暗《くら》き黄昏《たそがれ》の宮《みや》

雪《ゆき》乃《の》紗《さ》衣《い》

令和4年 9月25日　初版発行

発行者●堀内大示

発行●株式会社KADOKAWA
〒102-8177　東京都千代田区富士見2-13-3
電話　0570-002-301(ナビダイヤル)

角川文庫 23320

印刷所●株式会社暁印刷
製本所●本間製本株式会社

表紙画●和田三造

●お問い合わせ
https://www.kadokawa.co.jp/(「お問い合わせ」へお進みください)
※内容によっては、お答えできない場合があります。
※サポートは日本国内のみとさせていただきます。
※Japanese text only

ISBN 978-4-04-111059-1　C0193

角川文庫発刊に際して

角川源義

第二次世界大戦の敗北は、軍事力の敗北であった以上に、私たちの若い文化力の敗退であった。私たちの文化が戦争に対して如何に無力であり、単なるあだ花に過ぎなかったかを、私たちは身を以て体験し痛感した。西洋近代文化の摂取にとって、明治以後八十年の歳月は決して短かすぎたとは言えない。にもかかわらず、近代文化の伝統を確立し、自由な批判と柔軟な良識に富む文化層として自らを形成することに私たちは失敗して来た。そしてこれは、各層への文化の普及滲透を任務とする出版人の責任でもあった。

一九四五年以来、私たちは再び振出しに戻り、第一歩から踏み出すことを余儀なくされた。これは大きな不幸ではあるが、反面、これまでの混沌・未熟・歪曲の中にあった我が国の文化に秩序と確たる基礎を齎らすためには絶好の機会でもある。角川書店は、このような祖国の文化的危機にあたり、微力をも顧みず再建の礎石たるべき抱負と決意とをもって出発したが、ここに創立以来の念願を果すべく角川文庫を発刊する。これまで刊行されたあらゆる全集叢書文庫類の長所と短所とを検討し、古今東西の不朽の典籍を、良心的編集のもとに、廉価に、そして書架にふさわしい美本として、多くのひとびとに提供しようとする。しかし私たちは徒らに百科全書的な知識のジレッタントを作ることを目的とせず、あくまで祖国の文化に秩序と再建への道を示し、この文庫を角川書店の栄ある事業として、今後永久に継続発展せしめ、学芸と教養との殿堂として大成せんことを期したい。多くの読書子の愛情ある忠言と支持とによって、この希望と抱負とを完遂せしめられんことを願う。

一九四九年五月三日

角川文庫ベストセラー

ゴーストハント1 旧校舎怪談　小野不由美

高校1年生の麻衣を待っていたのは、数々の謎の現象。旧校舎に巣くっていたものとは——。心霊現象の調査研究のため、旧校舎を訪れていたSPR（渋谷サイキックリサーチ）の物語が始まる！

ゴーストハント2 人形の檻　小野不由美

SPRの一行は再び結集し、古い瀟洒な洋館で頻発するポルターガイスト現象の調査に追われていた。怪しい物音、激化するポルターガイスト現象、火を噴くコンロ。怪しいフランス人形の正体とは⁉

ゴーストハント3 乙女ノ祈リ　小野不由美

呪いや超能力は存在するのか？　湯浅高校の生徒に次々と襲い掛かる怪事件。奇異な怪異の謎を追い、調査するうちに、邪悪な意志がナルや麻衣を標的にし——。怪異＆怪談蘊蓄、ミステリ色濃厚なシリーズ第3弾。

ゴーストハント4 死霊遊戯　小野不由美

新聞やテレビを賑わす緑陵高校での度重なる不可解な事件。生徒会長の安原の懇願を受け、SPR一行が調査に向かった学校では、怪異が蔓延し、「ヲリキリさま」という占いが流行していた。シリーズ第4弾。

ゴーストハント5 鮮血の迷宮　小野不由美

増改築を繰り返し、迷宮のような構造の幽霊屋敷へ集められた霊能者たち。シリーズ最高潮の戦慄がSPRを襲う！　ゴーストハントシリーズ第5弾。

角川文庫ベストセラー

今夜は眠れない

宮部みゆき

中学一年でサッカー部の僕、両親は結婚15年目、ごく普通の平和な我が家に、謎の人物が5億もの財産を母さんに遺贈したことで、生活が一変。家族の絆を取り戻すため、僕は親友の島崎と、真相究明に乗り出す。

夢にも思わない

宮部みゆき

秋の夜、下町の庭園での虫聞きの会で殺人事件が。殺されたのは僕の同級生のクドウさんの従妹だった。被害者への無責任な噂もあとをたたず、クドウさんも沈みがち。僕は親友の島崎と真相究明に乗り出した。

あやし

宮部みゆき

木綿問屋の大黒屋の跡取り、藤一郎に縁談が持ち上がったが、女中のおはるのお腹にその子供がいることが判明する。店を出されたおはるを、藤一郎の遣いで訪ねた小僧が見たものは……江戸のふしぎ噺9編。

お文《ふみ》の影

宮部みゆき

月光の下、影踏みをして遊ぶ子どもたちのなかにぽつんと女の子の影が現れる。影の正体と、その因縁とは。「ぼんくら」シリーズの政五郎親分とおでこの活躍する表題作をはじめとする、全6編のあやしの世界。

過ぎ去りし王国の城

宮部みゆき

早々に進学先も決まった中学三年の二月、ひょんなことから中世ヨーロッパの古城のデッサンを拾った尾垣真。やがて絵の中にアバター（分身）を描き込むことで、自分もその世界に入り込めることを突き止める。